末日愚者
伊坂幸太郎
Kotaro Isaka
伊坂幸太郎
李彦樺—譯
終末のフール

目錄

導讀

奇想・天才・傳說

張筱森

雖然是篇談論伊坂幸太郎的文章，不過請先讓我稍微離題談一下二〇〇六年的第一百三十四屆直木獎。這屆的大事當然是東野圭吾在五度鎩羽而歸之後，終於以《嫌疑犯X的獻身》獲獎；可說是了卻他一樁心願，也替其出道二十年錦上添花一番。東野連續五度提名五度落選的事蹟，讓日本大眾文壇和讀者之間開始悄悄地流傳著一個聽來有點辛酸的名詞「東野圭吾路線」，意指不斷被提名、不斷落選，然後過了該得直木獎年紀的作家。而東野總算在第六次的提名擺脫了這個看似不太名譽，不過差一步就會變成傳說的不幸陰影。但是在東野終於獲獎的這樣可喜可賀的事實背後，其實也存在著一名極爲有力的「東野圭吾路線」候選人，那就是本文主角——伊坂幸太郎。

伊坂幸太郎，一九七一年出生於千葉，畢業於位在仙台的東北大學法學部。小學時和一般小孩一樣閱讀各式各樣的兒童讀物，年紀稍長之後開始看當時流行的國產娛樂小說，如：都筑道夫、夢枕獏、平井正和等人的作品，高中時因爲看了島田莊司的《北方夕鶴2／3殺人》後，成了島田書迷。而在高中時，因爲一本名爲《何謂繪畫》的美術評論集，啓發伊坂認爲能使用想像力生存是件非常幸福的事情，而小說恰好可以一人獨力從頭開始，自己應該也辦得到；因此他決定在進入大學之後開始創作，再加上喜愛島田的作品，便選擇了寫推理小說。進入大學之後則開始閱讀純文學，尤其喜愛諾貝爾文學獎得主大江健三郎的作品。

也因爲他將對運用想像力的憧憬著力於小說創作上，於是各項具有想像力的元素都漂浮在其作品中，如法國藝術電影、音樂、繪畫、建築設計等等，使得讀者在閱讀推理小說的同時，也彷彿看了一場交織著奇異幻境寓言、生命哲思與青春況味的文藝表演。

巧妙地融合脫離現實生活的特殊經歷以及不可思議的冒險活動，一向是伊坂作品的創作主軸，這種奇妙組合，正是伊坂風靡了無數熱愛文學藝術的青年讀者的重要原因。

這樣的他，在一九九六年曾經以《礙眼的壞蛋們》獲得山多利推理小說大獎佳作，不過一直要到二〇〇〇年以《奧杜邦的祈禱》獲得第五屆新潮推理小說俱樂部獎後，才正式踏上文壇。奇特的故事風格、明朗輕快的筆觸，讓他迅速獲得評論家和讀者的熱烈歡迎，不光是在年度推理小說排行榜上大有斬獲。二〇〇三年以《家鴨與野鴨的投幣式置物櫃》拿下吉川英治文學新人獎，二〇〇四年則以《死神的精確度》獲得日本推理作家協會短篇部門獎，更在二〇〇三到二〇〇六年間以《重力小丑》、《孩子們》、《死神的精確度》、《沙漠》四度獲得直木獎提名，可以看出日本文壇對他的期待和重視。

伊坂到二〇〇六年爲止總共發表了八部長篇、四部短篇連作集和一篇短篇愛情小說。因爲喜歡島田，而決定創作推理小說的伊坂，打從一出道就以推理小說新人獎得獎作《奧杜邦的祈禱》獲得各方注意；然而《奧杜邦的祈禱》卻長得一點都不像讀者們所熟悉的推理小說模樣。伊坂曾經說過，「寫作的時候，我並不喜歡描寫眞實的現實生活，而是想寫十分荒唐無稽的故事。」《奧杜邦的祈禱》正是這樣特殊，有著前所未有的奇特設定的一部作品。一個因爲一時無聊跑去搶便利商店的年輕人伊藤，意外來到一座和日本本土隔絕一百五十年的孤島，孤島上有個會說話、會預言未來的稻草人優午。優午告訴伊藤，自己已經等了他一百五十年，而伊藤這個外來者將會帶來島上的人所欠缺的東西。留下這般謎樣話語之後，優午就死了，而且還是身首異處、死得相當悽慘。這短短幾句描寫，就能夠看出伊坂作品最顯而易見的特殊之處：「嶄新的發想」，我想很難有讀者在看了這樣奇異至極的開頭，而不繼續往下翻去，畢竟「會講話的稻草人謀殺案」實在太過特殊。而這種異想天開、奇特的發想，就成了伊坂作品中一個非常重要而且難以模仿的特色，在他往後的作品當中都可以看到這樣的特色，以死神爲主角的《死神的精確度》便是個好例子。

然而空有奇特的發想，沒有優秀的寫作能力也無法讓伊坂獲得現在的地位。第二作《Lush Life》便是讓讀者更認識伊坂深厚筆力的作品，畫家、小偷、失業者、學生、神、心理諮商師等等眾多人物各自在五個故事線中登場、彼此的人生互相交錯。如何將這五條線各自寫得精采絕倫，而在彼此交錯時又不落入混亂龐雜的境地，最後將所有故事線收束於一個點上。伊坂在敘事文脈構成上展現了高超的操控能力，就像不斷地在本作出現的艾雪的畫一般地令人目眩神迷。複雜的敘事方式中包含著精巧縝密的伏線，並且前後呼應，而此極爲高明的寫作方式，在第四作《重力小丑》、第五作《家鴨與野鴨的投幣式置物櫃》中也明顯可見。

筆者和大部分的台灣讀者一樣對伊坂最早的認識來自於《重力小丑》一作，對於本作中那幾乎只能以毫無章法來形容，或者可說是某種文字遊戲的章節名稱印象深刻。但在閱讀了伊坂的其他作品之後，便能夠理解日本文藝評論家吉野仁所指出的伊坂作品的一種極爲另類的魅力來源——「將毫無關聯的事物組合在一起」，像是「鴨子」和「投幣式置物櫃」明明是毫無關聯的東西，卻成了小說。或是書名爲《蚱蜢》內容卻是殺手的故事，這樣的奇妙組合讓伊坂的作品乍看書名就能吸引讀者的目光一探究竟。而更引人注意的是，這樣看似胡鬧的做法，也散見於每部作品的內容和登場人物的言行之中。在《家鴨與野鴨的投幣式置物櫃》中，主角的鄰居甫一登場就邀他一起去搶書店，而目標僅僅是一本《廣辭苑》!?在《重力小丑》中，春劈頭就叫哥哥泉水一起去揍人。然而在這些登場人物的異常行動，或是令人不由得笑出聲來的詞句背後，其實隱藏著各種人性的黑暗面。《奧杜邦的祈禱》中，仙台的惡劣警察城山毫無理由的殘虐行徑、《重力小丑》中的強暴事件、《魔王》中甚至讓這樣的黑暗面以法西斯主義的樣貌出現。伊坂總以十分明朗、輕快並且淡薄的筆觸，描寫人生很多時候總會碰上的毫無來由的暴力。如此高度的反差，點出了一個伊坂作品世界中的重要價值觀──在面對突如其來的暴力時，該如何自處？該怎麼找出最不會令自己後悔的生存方式？

如果將毫無理由的暴力推到最極致，莫過於「死亡」了，只要是人，難免一死，那麼人類該怎麼和終將來臨的死亡相處？從《奧杜邦的祈禱》中的稻草人謀殺案起，這個問題意識就一直在伊坂作品的底層流動，筆者想隨著此次伊坂作品集出版，讀者在全部讀過一遍之後，應該也都能得出屬於自己的答案。

而在熟讀伊坂作品之後，讀者便會發現伊坂習慣讓他筆下所有人物產生關聯，先出現的人物一定會在之後的作品登場。像是深受台灣讀者喜愛的《重力小丑》兩兄弟，也會在之後的某部作品中出現，這樣的驚喜也十足地展現了伊坂旺盛的服務精神。

在文章開頭提到伊坂是極有力「東野圭吾路線」候選人，如實地反映出日本讀者和評論家對於伊坂遲遲不能獲獎的難以理解。但是筆者忍不住想，就這樣成爲直木獎史上的傳說，似乎無損於伊坂的成就。畢竟就像日本推理天后宮部美幸說的：「伊坂幸太郎是天才，他將會改變日本文學的面貌。」作爲一名讀者，能夠和一位不斷替我們帶來全新小說的天才作家相遇，就是一種十足的幸福。

作者介紹

張筱森，推理小說愛好者，推理文學研究會（MLR）成員。結束了日本囤積推理小說的留學生涯後，回到台灣繼續囤積。

Today is the first day of the rest of your life.

今天是剩餘人生的第一天。

——by Charles Dederich（註）

註：Charles Dederich（1913-1997），於一九五八年創辦美國藥物中毒者支援機構Synanon，這句話是他的名言，在一九六〇年代非常流行。

末日愚者

1

「差不多該走了。」我自長椅起身，拎起了身旁的塑膠袋。袋裡重達五公斤的米，折磨著我的腰。

靜江臉上閃過一抹惋惜之色，但她隨即起身說，「是啊。」

這座公園位於高台上，可以俯瞰仙台街景。即將西下的太陽，讓街道逐漸籠罩在紅光之中。這片紅光反射到天上，讓飄在空中的鱗狀雲也染上了色彩。靜江似乎還意猶未盡，我心裡卻滿是不耐煩。

「老公，我們有十年沒來這座公園了吧？」

「是嗎？」

二十年前，我們剛搬到現在所住的這棟公寓時，幾乎每星期都會走一趟公園。但是最近幾年，我們甚至忘了這裡有座公園。

我們所住的「山丘小鎮」位在仙台北部，是一座建設在山丘上的社區，而這座公園更是整個社區裡景色最佳的地點。正因如此，這公園可說是社區的最大「賣點」。公園呈四方形，邊長約五十公尺，周圍以柵欄圍起，地面上鋪設著砂礫。四邊入口旁各擺了一根圖騰柱，據說是小學生的畢業作品。東南方的角落有著溜滑梯、鞦韆等兒童遊樂設備。中央則種了一棵櫻花樹，擺了十張長椅，方便居民坐著欣賞南方的街景。社區剛落成的那段日子，每到週末，「山丘小鎮」的居民就會湧入這座公園。每年四月上旬的賞櫻時期，社區住戶為了爭奪唯一一棵櫻花樹的樹下位置，甚至不惜大打出手。或許對住戶來說，坐在公園欣賞街景及賞櫻，也是背負高額房貸所應換得的權利之一。每個人拚命爭取這些權利，只是不想讓錢花得沒價值。別人我不敢說，至少當年的我是如此。

但如今這座公園卻是空蕩蕩一片。除了我們夫妻之外，放眼望去只有兩個人，一個是正在遛狗的女人，另一個是愁眉苦臉地坐在鞦韆上的中年男人。靜江說這兩人都是同棟公寓的鄰居，還說那中年男人經常上電視，我卻一點印象也沒有。

「他是個電視主播，聽說一年前全家搬走，現在又搬了回來。」靜江說。

「這年頭搬到任何地方都一樣。」我不屑地扔下這句話，接著催促她，「快走吧。」

「老公，你看。」

這一天，我們買了晚餐的材料，正準備要回家。最近已鮮少發生商店內爭奪食物或攔路搶劫的情況，因此大多是由靜江獨自前往買菜。但是遇上得買米這一類沉重物品的日子，我還是會陪她走一趟。雖然我已屆花甲之年，但和身材嬌小有如小學生的靜江比起來，還是我的力氣大得多。

「完全是秋天的景象了。」靜江望著仙台街景，伸出食指在空中撥弄。我見她不停以手指在空中比劃，還以為遠處街道上有什麼古怪，只是看了半天，卻沒看到什麼新奇事物。我將視線拉回近處，才恍然大悟，原來她正逗弄著空中的蜻蜓。蜻蜓共有十多隻，宛如是浮在空中的小魚兒，顏色與夕陽有三分相似，沒有發出半點聲響。或許牠們原本停在柵欄或看板上休息，因爲我們靠近才嚇得飛起來吧。

「眞不敢相信，秋天只剩下三次了。」靜江低聲說。

「笨蛋，別說這種讓人心情鬱悶的話。」我反射性地斥責她。

「難道我說錯了嗎？」

「像妳這種笨蛋，只要傻傻過日子就行了。」

「老公……」靜江露出了困擾又怯懦的神情。

「幹什麼？」

「你一定要答應我，別對康子露出那種臉。」靜江懇求我。

「我這張臉是天生的。」

「我指的是像現在這樣擠出下唇，眼神凶巴巴，一副瞧不起人的樣子。」

「誰叫妳要說那種蠢話。」

「總而言之……」平常靜江絕不會跟我頂嘴，今天卻繼續喋喋不休，「你跟康子已經十年沒見了，千萬別對她擺這種臉色。」

「笨蛋，難不成我得討好自己的女兒？」我嘴上說得嚴厲，其實心裡也是七上八下，只是不敢表現出來。

我離開了公園，沿著小徑往東前進，靜江一直跟在我身後。「山丘小鎭」就跟其他社區一樣，是由許多外觀大同小異的公寓建築所組成，道路宛如棋盤般縱橫交錯。走在社區裡常常會失去方向感，搞不清楚身在何處。

「妳還記得嗎？」我想起了一件往事，因此故意放慢腳步，緩緩問靜江，「在搬來這裡之前，我們住的那個地方也是像這樣，讓人搞不清楚東西南北。街上經常有小孩子找不到回家的路，像無頭蒼蠅一樣繞來繞去。」

「是啊。」

「後來不知道是哪一家的小孩，竟然異想天開，在沿路的柏油路面上畫了箭頭。」

「是啊。」靜江頻頻點頭，露出懷念的神情，「其他小孩也有樣學樣，結果路上到處都是箭頭，到頭來還是搞不清楚回家的路。」

「眞是太好笑了。」

靜江以眼角偷偷瞄了我一眼，表情不變地說，「老公，你忘了嗎？第一個這麼做的孩子，就是我們家的和也。」

我目不轉睛地望著靜江，好一會兒說不出話來。和也是我們的長男，在十年前以二十五歲的年紀離開了人世。我完全沒預料到靜江會在這時提起和也的名字，內心遭受沉重一擊。

「那孩子拿了教室的粉筆，在回家的路上畫了箭頭。」

「是嗎？」

「那時你還很生氣，罵他是個連回家的路也記不住的笨蛋。」

我已不記得這回事，但我猜靜江說的多半八九不離十。當時我擔任電信公司主管，整天忙於工作。業務上一天到晚出問題，作業進度不斷延宕，我心裡焦慮卻不能對屬下訴苦，只能暗自責怪自己能力不足。當時的我或許是害怕兒子繼承我的無能，這股懼意令我一直在兒子面前表現得冷酷而嚴峻。

爸爸，你一天到晚罵媽媽及哥哥是笨蛋，其實說人笨蛋的人才是真正的笨蛋。

康子當年的這句話驀然浮現腦海。我已不記得她是在什麼場合說出這句話，但我卻清楚記得她當時垮著嘴角，故意擠出怪模怪樣的表情。

你有沒有想過哥哥的心情？康子還曾這麼質問我。

事實上當時的我從不曾考慮過他人的心情。和也心裡想些什麼，我根本不在意。

「在馬路上畫箭頭，正是和也的點子。」靜江再次強調。

「那又怎麼樣？」我的口氣差得連我自己也嚇了一跳。

「他是個很有創意的孩子。」

自從和也去世後，我跟靜江幾乎不曾聊過關於兒子的事。此時我聽靜江突然這麼說，心裡有些不知所措，「對了，妳最近在打掃他的房間？」

「你發現了？」

「三更半夜搞出那麼多聲音，再遲鈍的人也會發現。」

「也是……對不起。」

「算了，不談這個。」我改變話題，「康子隔了十年突然說要回來，到底在打什麼主意？」

靜江搖搖頭回答，「或許她認爲只剩三年好活，總得回來看看父母。」
「她在電話裡說了什麼？」我問。
「什麼都沒說。」靜江說。
「既然打了電話，怎麼可能什麼都沒說？」
既然你這麼在意，當初何不自己接電話？靜江的眼神中流露著這樣的譴責。
「康子只說見了面再詳談，或許是有什麼想對你說的話吧。」她說。
「對我？難不成到了這時候，她還想多罵幾句？」
「有可能。」
「喂。」
「我開玩笑的。」

2

女兒康子從小就成績優異，天資慧黠聰穎，考試分數總是全學年第一名。在我的記憶裡，她就算考得再差，至少也是第二名或第三名。除了成績之外，性格大方、善於交友也是她的優點。高中一畢業，她就考上了東京名列前茅的國立大學。大學畢業後，她更考上了國家公務員。身爲父母能生下這樣的孩子，可說是別無所求。

康子一直是我的驕傲。正因如此，我經常忍不住說出「和也實在完全不能比」之類的牢騷。

每次我將他們帶回家的成績單放在一起，心裡總是會浮現「失敗作與傑作」這樣的想法。我不願承認和也的軟弱與笨拙是遺傳了我的缺點，只是不斷催眠自己「和也是個碰巧搞砸的失敗作品」。

和也或許早已察覺我心中的想法，對，他一定早就知道了。我的內心彷彿有兩個自己，正在自問自答。他一定很難過吧？對，他當然很難過。一想到和也當年的心情，我的胸口便湧起一股絕望。

十年前，康子扔下一句，「我絕對不會再回來。」便離開家，那是和也過世的兩個月前。

康子並非只是說氣話而已。從那天起，除了和也的葬禮之外，別說是「山丘小鎮」，她連仙台也不曾踏入一步。六年前，我到盛岡參加我父親，也就是康子祖父的葬禮。那天我見到了康子，但她連招呼也沒打一聲。

葬禮結束後，靜江偷偷以手肘頂我說，「老公，過去跟康子說說話。」但我沒有讓步。跟親生女兒鬧僵的感覺很糟，我也很想過去跟女兒說話，但我的回答是，「除非她先道歉，否則我才不理她。」

事實上，這也是我的眞心話。當時我滿心以爲人生還長得很，總有一天康子會先低頭道歉。沒想到事隔一年，我得知了壽命只剩下八年的驚人消息。我指的不是「我的壽命」，而是「世界的壽命」。這樣的事態完全超出了我的預期。

我想起了康子說出訣別宣言時的回憶。那時是三月，康子趁還沒就職前的空檔，回了仙台一趟。

一家人吃完晚飯，各自坐在客廳打發時間，康子突然對正在念書的和也說：

「哥哥，我看你別考了，離開這個家吧。」

如今回想起來，康子回仙台的目的，或許只是爲了對和也說這句話。

「怎麼說？」和也問。當時和也已從本地私立大學畢業，但沒有就職，每天拚命苦讀只爲了報考一些他一輩子也不可能考上的證照。

「哥哥，你腦筋這麼好，應該活得自由自在。」

「妳這句話聽起來像稱讚，其實是在諷刺吧？」和也露出了一如往常的溫厚笑容。

和也這孩子向來討厭與人競爭，從小抱著以和爲貴、息事寧人的觀念，這一點也讓我相當反感。爲何反感？因爲我也是這樣的性格。

「不，哥哥，你的腦筋比我好多了。」

「若我能像妳這麼聰明，考這些證照一定是輕而易舉吧。」和也苦笑著說。當時我心裡也重複了相同的話。

「我指的不是那種聰明。哥哥，你從小就有著與別人不一樣的想法，而且……」

「而且什麼？」

「你有一顆溫柔的心。」

「溫柔的人往往懦弱。」和也低聲說道。

「康子，妳別胡言亂語了。」我插嘴。

我並非刻意幫和也說話，而是不願再看優秀的妹妹堆砌各種言詞來安慰不成材的哥哥。

沒想到康子突然轉頭，怒氣沖沖地望著我，「爸爸，我想你到死都無法理解，哥哥其實比我聰明上百倍。」

「荒謬。」我想也不想地反駁。

「爸爸，在你的心裡，大概只有考試成績、學歷及社會地位能代表腦筋好壞吧。這種罪，讓我來受就行了，求你饒了哥哥吧。爸爸，你眞是太愚蠢了。因爲你的愚蠢，才害哥哥變得不幸。若沒有你，哥哥一定可以擁有偉大的成就。」康子指著我破口大罵，彷彿把我當成頭號戰犯。

和也嚇得手足無措，不停東張西望。原本正在洗碗的靜江也自廚房走出來。對於女兒突然翻臉，我心裡有三分震驚，以及七分的憤怒。「妳竟敢說父親愚蠢！」我罵道。

「從小到大，我一直在忍著。」康子努力調勻呼吸。她噘起嘴，以壓抑情緒的聲音說，「這句話，我憋在心裡好久了。」

「什麼？」

康子深吸一口氣後說：

「爸爸，你太傻了，你是個看不到哥哥優點的笨蛋。」

「妳說什麼？」

「別說了，康子。」和也無奈地打起圓場。

「妳倒是說說看，和也哪裡厲害？有什麼理由讓我不當他是失敗作品？」我忍不住大聲咆哮。女兒的一句話刺在我心裡，讓我又急又氣，一時口無遮攔。

突然一聲巨響，沙發旁矮櫃上的葡萄酒瓶裂成了碎片，原來是康子扔出了手邊的時鐘。不知是蓄意還是偶然，那時鐘剛好撞中那年秋天公司送我的一瓶葡萄酒，宛如鮮血一般的葡萄酒灑了一地。

「妳幹什麼！給我滾出去！」我無暇細想，指著門口破口大罵。

「我絕對不會再回來這種家了。」康子淡淡回答。隔天，她便回東京了。當時她的眼神流露著對我的憐憫與惋惜。

如果當年沒有發生這場口角，我就不會脫口說出「失敗作品」這字眼。如此一來，或許兩個月後和也就不會在地下鐵月台跳軌自殺；但這樣的想法，如今已無法向任何人證實。

3

往左右兩側望去，大部分屋子都拉上了遮雨板。有些庭院內的針葉樹斷成兩截，有些屋子的二樓窗戶破了大洞。

「聽說瀧澤先生上星期搬走了。」一旁的靜江似乎察覺我的視線，這麼對我說。瀧澤指的大概是剛剛某棟屋子的屋主吧。靜江接著又說，「瀧澤先生有個住在關西的兒子，一家人決定接下來三年要一起生活。」

我哼了一聲，不置可否。

「這鎮上不曉得還剩多少人……我們那棟公寓大概有一半的人已經不在了……」

「天知道。」我說。

「今天遇到的佐伯先生也是……堅持了這幾年，聽說終於決定要把店收了。」靜江說。佐伯是米店老闆。

「沒有了米店，以後到哪裡買米？」

「佐伯先生的米店不做了，但聽說附近的超市要重新營業，也不曉得是不是眞的……」靜江說到最後，聲音愈來愈細。

我又哼了一聲。

半晌之後，靜江突然以開朗地說，「對了，我昨天做了個夢。」

「夢？」

「是啊，在那夢裡，我一打開電視，竟然看到了美國總統。」靜江說得結結巴巴，顯得相當沒有自信。「那似乎是衛星轉播，美國總統出現在電視畫面上，前面擺著麥克風。」

「他說了什麼？」

「他說『之前說的都是錯的』。」

「別傻了。」我冷笑一聲。

「『重新計算之後，我們發現小行星根本不會撞上地球，造成大家恐慌，我們深感抱歉。』他紅著一張臉，不斷對著鏡頭道歉。」

「妳這個人，連做夢也是少根筋。」

「是啊，我也這麼覺得。美國總統怎麼會說日語？」

「笨蛋，我指的不是這個。」我懶得繼續罵下去，但「笨蛋」這字眼似乎令靜江心有感觸，她一臉悲傷地望著我，卻一句話也沒說。

我們就這麼默默往前走著。馬路上看不到一輛往來通行的汽車。如今回想起來，五年前那場騷動宛如夢境。當時每個人都急忙把行李搬到車上，開著車子想要逃命。每一條馬路都塞滿了汽車，到處是車禍、怒罵聲與喇叭聲。其實小行星一撞上地球，不管逃到哪裡都一樣，但絕大多數的人還是慌慌張張地發動車子，想要遠離現在的地點。那些人或許只是沒辦法承受坐著等死的心情而已。我能理解這種焦慮感，倘若當時我有車，一定也會做出相同的行為。

「最近變得安靜多了。」我說。

「是啊，安靜多了。算是小康狀態吧。」靜江說得氣定神閒。

「小康狀態？」

「那陣子眞是鬧得不可收拾呢。」靜江或許是回想起這五年來的騷動，臉上滿是疲憊。

局勢只能以慘絕人寰來形容。受恐懼與焦慮支配的群眾在各地引發暴動，商店及百貨公司遭到攻擊，連警察也束手無策。有人專挑女性施暴，有人在街上胡亂砍殺。混亂到不禁讓人擔心在小行星撞上來前，人類的歷史就會結束。這聽來很可笑，卻是當時的最佳寫照。我們夫妻竟然能在那種亂世下存活至今，連我自己也不敢相信。

然而自今年年初起，整個社會突然變得安定不少，簡直像是大家事先約好一樣。警察開始嚴厲取締搶劫及暴動，當然也是社會趨向穩定的主要原因之一。但我認爲更重要的理由，在於大多數世人已學會了放棄希望。那些無法承受恐懼而胡作非爲的人，幾年下來幾乎都死光了，剩下的倖存者於是開始思考如何有意義地度過最後一段日子。大家終於明白，因爲胡亂鬧事遭到射殺或坐牢，對自己沒有任何好處。沒錯，一定是這樣。

「等到日子繼續逼近，一定又會開始騷動了。」靜江說。

我也這麼認爲。現在只是暴風雨前的寧靜而已。等到死期愈來愈近，世人又會開始失去冷靜。當然，我也不例外，現在只是剛好處於小康狀態而已。

太陽西沉的速度極快，不過一會兒功夫，周圍已是一片昏暗。我不禁懷疑街上的某處有個調整亮度的旋轉鈕，某個人一口氣將旋轉鈕往左轉了半圈，才會像這樣一眨眼便由白天轉爲黑夜。一看時間，此時才下午五點半。我往左彎過街角，一股咖哩香氣自左手邊的圍牆內飄了出來。一股懷舊情緒頓時充塞在我的胸口。

「這一家今天吃咖哩。」我還沒細想，已脫口而出。還有人過著正常的生活，光是這一點便讓我欣慰不已。

「好像是。」靜江的語氣也有些雀躍。圍牆門的旁邊立著石燈籠，隱約照出了靜江的臉龐。我不經意地一看，豁然驚覺靜江也老了。她的嘴角皺紋比以前更明顯，皮膚也乾燥不少。

「老公，要不要租錄影帶來看？」靜江突然說道。

我手上提著米袋，皺起眉頭問，「錄影帶？」

「好不好嘛。」靜江呢喃細語，像是在撒嬌，又像是在鬧脾氣。「從前我經常租來看呢。」

「我想起來了，妳以前經常悠哉地坐在電視前，原來是在看錄影帶？」

「我們到錄影帶出租店瞧一瞧，好不好？」

「我說妳啊……」我不耐煩地說，「妳知道現在是什麼狀況嗎？」

「當然知道。」

「只剩三年好活了，何必把時間浪費在看錄影帶上？」

「但康子要三更半夜才會到，我們該怎麼打發時間？」靜江聳著肩膀問。

被靜江這麼一問，我也答不上來。

據說康子打算開車前來仙台。雖說抵達時間會因出發時間而改變，但車子在國道上慢慢前進，最快也要晚上十點之後才會抵達我們夫妻所住的公寓。我不清楚康子此次回來有什麼目的，爲了讓自己保持平靜，總得找點事情來轉移注意力。

「問題是現在這年頭，錄影帶出租店還會營業嗎？」

「最近大家好像都不看錄影帶了，改看另外一種不知叫什麼名堂的機器。不過我們家附近就有一間錄影帶出租店，直到現在都還持續營業呢。」

我擠出無奈的神情，點頭說，「好吧，那就去看看。」

「好。」靜江顯得相當興奮。我實在想不透，爲何租個錄影帶也能這麼開心。

4

那間店剛好就在回家的路上。從我們住的公寓到公車站牌之間有條上坡路，那間店就在路旁。從前我還在上班時，每天都會經過店門口，卻從來不知道那是一間錄影帶出租店。店內約十坪大小，招牌早已模糊不清。

「啊，好久不見。」我一踏進店內，並聽見櫃檯內年輕人的招呼聲，嚇得我差點脫手放開手中的米袋。

「好久不見。」靜江低頭行禮。

「妳先生？」店員以爽朗的笑容看著我。

「這年頭還有人看電影？」我反問。店內瀰漫著一股溼氣，沒有其他客人。我的手腕早已有些痠麻，於是將米袋放在櫃檯旁的小棚架上。

「不多就是了。」店員回答。他的胸口別著一枚牌子，上頭印著「店長 渡部」字樣，身上套著一件乾淨整潔的鮮藍色圍裙，與陰暗潮溼的店內氣氛頗不協調。這名年輕人年約二十五歲，有著濃眉大眼及細長的下巴，雖然帶了幾分稚氣，但勉強稱得上是一表人才。然而如此年輕的店長，仍舊給我一種無法信賴的感覺。

「可惜最近幾乎沒有新片。」渡部聳肩說道。

「那是當然的事，這年頭誰還拍電影？」

「不，電影導演大多性格古怪，聽說有不少導演還想繼續拍，只是找不到願意配合的演員。絕大部分演員都以之前存下來的片酬買了核彈防護所，躲到裡頭去了吧。不過，聽說韋納・荷索及史蒂芬・史匹柏都還在繼續拍片。」渡部說到這裡突然頓了一下，似乎是察覺自己太多話了。「總而言之，還是有客人會來租錄影帶。剩下的時間說多不多，卻還是得想辦法打發。」

「原來如此。」

至少在這日本，大部分民眾都已不再工作。一來不必存養老的錢，二來不必再付房屋貸款，手邊的積蓄便足以應付生活上的開銷。因爲這個緣故，許多人不知該如何打發剩下的時間。蔬果店老闆沒事可做，於是繼續開店賣蔬果；漁夫把捕魚當成了天職，於是繼續捕魚。每個人基於自己的需求及理由而行動，整個社會竟維持著奇妙的平衡。生產者繼續生產，物流機制也勉強持續運作。自私自利的政治家都撒手不幹了，日本的政治僅靠少數背負使命感的政治家繼續支撐。

我轉頭一看，櫃檯正對面的架子最上段貼了一塊牌子，上頭是一排手寫字，「以地球毀滅爲主題的電影」。那塊牌子底下，放著數捲錄影帶。

「這是你安排的？」

「是啊，評價相當不錯。像這樣把相關作品都排出來，我才發現原來地球毀滅也有許多模式。」渡部露出純樸的笑容。

「有誰會這麼無聊，看這種鬼東西？」

靜江聽我說得刻薄，趕緊改變話題，「老公，渡部先生也是我們那棟公寓的鄰居呢。他住五〇一室。」

渡部欠身說，「家裡除了我之外，還有我老婆、女兒。對了，還有個頑固的父親。我父親原本在山形過獨居生活，因爲家被燒了，才來跟我一起住。」

「家被燒了？」

「是啊，鄰居家起火，波及到我父親的房子，整個都燒光了。於是我問他要不要來一起住，他答應了。」

多半是難以承受絕望感的人基於自暴自棄的心態，到處縱火吧，這種事在這幾年已稱不上新聞。

「令尊一定很開心吧？」

「我也不敢肯定。」渡部皺起眉頭，有氣無力地說，「我父親雖然年過七十，還是精神矍鑠，反而是我累得筋疲力竭。最近他熱中的事情，是在屋頂上蓋瞭望塔。」

「瞭望塔？」我不禁重複了一遍。

「就是那種架設了梯子的木頭高塔。他開車到外頭買木材回來，每天在公寓屋頂上敲敲打打。從前他的興趣就是在假日的時候製作家具，這種事可說是他的拿手絕活。」

「他蓋瞭望塔做什麼？」

「聽說是受了電影的影響。」渡部指著地球毀滅系列電影的架子說，「在這些電影裡，有一部的劇情是地球因隕石而毀滅。」

這不就跟現實一樣嗎？我光是聽他這麼說，心情已開始鬱悶，忍不住問，「在這部電影裡，人類得救了嗎？」

「很遺憾，沒有。」渡部沮喪地說，「電影裡的劇情是這樣的，隕石墜落之後，海平面急速攀升，引發大洪水，淹沒了城市……」

「啊，我也看過這部。」靜江說。

「我父親蓋瞭望塔，似乎就是爲了預防洪水。」

「就算爬上瞭望塔也沒用吧？」我問。

「是啊，但我父親說他想親眼目睹所有人都沉入水底。這種想要最後一個死的想法，不知該說是不服輸，還是不放棄希望。」

「眞有趣的父親。」靜江說了句客套話。

「有不有趣，我也說不上來。」渡部露出困擾的表情，「我只體會了一點，那就是每個人打發最後時間的方式都不同。」

一會兒之後，靜江說，「老公，我們開始挑片吧。難得看一次電影，不如就挑一部平常很少看的恐怖片，好不好？」

我對恐怖片毫無興趣，渡部卻搶著說，「若是這樣，有部既殘酷又血腥的恐怖片還不錯，裡頭的人物一個一個被殺死，如何？」

「看人一個一個被殺死，有趣嗎？」我問。

「至少看完後會覺得『幸好我只是遇上隕石』。」渡部一臉認眞地回應我。

5

我與靜江一起坐在和室裡看著錄影帶。整部片充斥著刺耳的喧鬧聲，卻沒什麼劇情。從頭到尾就是看一對美國夫妻在怒罵、咆哮及發飆。電影名稱是《牆中有人》（註），我原本期待的是牆壁裡躲了壞人卻沒有人能加以證實的那種「好像有人又好像沒人」的陰森感。然而一看之後，我才知道劇情與我原本的預期完全不同。簡單來說，就是一大群人遭監禁在一棟屋子裡。所以說躲在牆後的不是一個人，而且是一大群人。

靜江的想法也與我大同小異。看完了電影後，她感慨地嘀咕了一句，「這應該叫『牆中眞的有人』。」

「一點也不懂低調的美德。」

「是啊。」

一看時鐘，此時才九點，距離康子抵達還有不少時間。

晚餐吃烤肉，沒什麼特別須要準備的東西。蔬菜類及迷你瓦斯爐早已擺在桌上了。「要烤的時候，再把肉跟沾醬拿出來吧。」靜江說。雖然早過了保存期限，但有總比沒有好。肉類供給愈來愈少，已成了珍貴食材。解凍過的薄牛肉片排放在盤子裡，成了近來難得一見的畫面。

「再看一片吧。」靜江從出租店的袋子裡掏出另一支錄影帶。

「隨便。」我實在提不起興致，但有總比沒有好。

這時候，腹部突然有種宛如遭到束縛的不適感。不知是肌肉僵硬造成的疼痛，還是胃痛。這讓我驚覺，原來我正恐懼著與康子重逢一事。與六年未見的女兒見面當然是椿喜事，卻讓我感到緊張不已。

「老公。」靜江察覺我神色緊張，一邊努力伸展她那嬌小的身體，將錄影帶推進機器內，一邊低聲說，「你一定要跟康子和好，知道嗎？」她在說這句話時，並沒有看著我。

我隨口應了一聲，沒有給予明確的回答。

「只剩三年了。」手握遙控器的靜江接著強調。

「這不用妳告訴我。」現在是什麼情況，我當然相當清楚。我不知康子今晚回來的用意，但我知道這是最後的機會。話雖如此，我心裡還是感到不安。我不知道該以什麼辦法，藉由何種切入方式，靠著怎樣的言詞談吐，才能修復父女關係。我找不到答案，也不認爲世上有任何一個人知道答案。

電影開始了。這一部跟剛剛的驚悚片不同，劇情相較之下中規中矩得多。癌症末期的主角費盡千辛萬苦找出殺害妻子的凶手，最後爲妻子報仇雪恨。除了槍戰場面的噪音搞得我有些心浮氣躁外，大致上還算精采有趣。雖稱不上令人著迷，但以排遣無聊而言倒是不錯的選

註：原名「壁の中に誰かがいる」，是一九九一年上映的美國電影《*The People Under the Stairs*》的日文版譯名，台灣翻譯爲《餓鬼之家》。

擇。

「挺有意思的。」靜江一面倒帶一面發表感想。

「是啊。」我給了個簡短的回應。接著我漫不經心地望著一片漆黑的電視螢幕說，「都什麼時候了，還像這樣坐著看電影，真像個傻子。」我突然覺得自己的行爲實在是愚蠢至極。

「像傻子也不錯，不是嗎？」

「是嗎？」

「是啊。」

「康子那丫頭……」我盡量不讓緊張顯露在臉上，「該不會是恨我到了極點，打算在小行星撞上來前殺了我吧？」

「有可能。」

「喂。」

「我開玩笑的。」

6

十點半，門鈴響了。我家已有數年沒有訪客，因此剛聽到門鈴聲時，都有些摸不著頭緒。

「一定是康子。」靜江喜孜孜地站了起來。

我感覺心跳愈來愈快。明知道這樣的自己實在很窩囊，卻又拿自己沒轍。我試著深呼吸，卻連吸氣的動作也微微發顫。我端正坐姿，並且開始一些毫無意義的行爲。例如改變桌上餐具的位置，或是將肉從冰箱拿出來，改變餐盤方向，確認沙拉油的量。這些都是我平常絕對不會做的事。

「爸爸，好久不見。」

我抬頭一瞧，康子正站在門口。她的模樣跟六年前在父親葬禮上見到時幾乎毫無不同，不，甚至跟十年前亦無多大改變。

她上半身穿著宛如楓紅一般充滿秋天氣息的開襟襯衫，下半身則是一條纖細的深藍色長褲。她今年應該已三十二歲了，苗條的身材卻像二十多歲的年輕女孩。一頭只到耳下的俏麗短髮，更是帶給人活力十足的印象。一對秀眉依然流露著堅定的意志，黑黝黝的雙眸不斷朝我瞟來，接著卻是立即移開視線，不在我臉上停留。不，其實先移開視線的人是我。

此刻我的笑容想必相當僵硬，康子的神情也稱不上開朗。其實我原本期待在她臉上看見燦爛的笑容。既然大老遠回來，或許已將從前的不愉快忘得一乾二淨了。如今見了面，我察覺她心中依然抱持著明顯的芥蒂。從她那木訥的表情，我彷彿聽見她在對我說，「我們之間的嫌隙可沒有消失。」

「眞是好久不見了。康子，這些年過得好嗎？」靜江露出這些年來我從不曾見過的興奮眼神。我實在很羡慕她這種粗線條的個性。她從廚房取來一些小碟子，帶康子坐在餐桌邊，自己也坐了下來。

「我過得很好。媽媽，妳呢？」

「好極了，至少還能再活三年。」靜江露出微笑。我一聽，忍不住嘖了一聲。康子瞥了我一眼，似乎是聽見了我的嘖嘴聲。但她不理睬我，繼續朝靜江說，「眞難想像只剩三年了。話說回來，幸好你們平安無事。仙台這幾年也不平靜吧？」

「經過這一段，我才知道人命有多麼脆弱。」靜江感慨萬千地說。她點燃瓦斯爐，以俐落的動作在鍋裡抹油，指著蔬菜及肉說，「想吃什麼，自己烤吧。」接著她又忍不住嘀咕說，「自從知道只剩幾年好活，可眞是鬧翻了天。每個人只顧著逃跑、搶奪及爭執，人命彷彿變得不值錢了。街上那些流浪狗，還比人沉著冷靜得多。」

「廢話，妳幾時見過狗會看新聞了？」我嘴上譏諷，心裡卻驚愕於靜江竟然會說出「人命眞脆弱」這種話。原來她內心一直藏著這樣的想法。

接著我們不再說話，專心享受著烤肉的美味。雖然三人皆沉默不語，但燒烤聲及煙霧讓餐桌依然維持著熱絡的氣氛。

我絞盡腦汁想要擠出一些話題。對於康子，其實我心裡有著數不清的問題。這幾年都在做些什麼？結婚了嗎？若是已婚，是否有了孩子？工作順不順遂？是否打算回來跟我們一起住？當然，我最想問的是她是否依然在生我的氣。

我將碗裡最後一粒飯放進嘴裡，擱下筷子，輕輕吐了口氣。康子與我十年未見，此刻卻對我連正眼也不瞧一眼。凝重的氣氛幾乎讓我窒息。

「對了……」「對了……」

我跟康子同時發話。

我們對看一眼，各自有些尷尬。以眼神推讓了半天，就在我決定先開口時，康子竟然也同時開了口。

「妳這次回來，有什麼事？」「爸爸，你找我回來，有什麼事？」

「什麼意思？」我歪著腦袋問。康子似乎也糊塗了，皺著眉頭沒有說話。鐵板上的肉片不斷發出聲響，恐怕已經烤焦了。

「是妳自己要回來，怎麼問我？」

「爸爸，你不是說有要緊的話，要我回來一趟？」

康子露出丈二金剛摸不著腦袋的神情，但臉上不帶慍色，我的反應也跟她大同小異。到了這節骨眼，我實在不想跟她再起爭執。

「誰跟妳說的？」當我問出這句話時，心裡已有了答案。

「媽媽。」

果然不出我所料。能夠串連我跟康子的人物，除了靜江之外沒有別人。她一定是先說服康子回來，然後對我說，「康子說要回來。」

「喂！」我轉頭喊了一聲。這時我才察覺，靜江早已離席，不知跑哪裡去了。「喂，這到底是怎麼回事？」我大喊。

靜江拉開寢室的拉門，慢條斯理地回到餐桌邊。「喂，妳在搞什麼……」我怒斥。

「噹噹噹！」靜江發出古怪的音效，抬起手中的紙箱，放在她自己的座位上。「我想讓你們看看這個。」

那是個髒兮兮的瓦楞紙箱，上頭印著搬家公司的標誌，多半是我們當年搬到「山丘小鎮」時使用的紙箱。

「那是什麼？」康子歪著頭問。她的語氣不是憤怒，而是錯愕。

「我最近在整理和也的房間……」靜江低聲說。

「哥哥的房間？」

「我在壁櫥的深處找到了這個。康子，我想讓妳及爸爸都看一看。」

「那是什麼？」

靜江依著右、左、上、下的順序掀開了盒蓋。

我與康子正要探頭，靜江卻早已伸手取出了箱裡的東西。

「你們還記得這個嗎？」

她的右手握著一根櫸樹樹枝。長約三十公分，前端尖銳，似乎是以小刀胡亂切削而成。她的左手則抓著一頂黃色的工地用安全帽。除此之外，箱裡還露出了一截網狀物體。那看起來就像是不知從哪個足球球門上切割下來的網子。

「那是什麼？」我才剛不耐煩地問出這句話，腦海裡已浮現一幅原本早已遺忘的畫面。

7

那是某一年的夏天。到底是哪一年，我已記不得了。我只記得當時有著彷彿要將大地烤焦的陽光，以及震耳欲聾的蟬鳴。

那時我正坐在客廳沙發上發呆。既然能坐在客廳沙發上發呆，應該是星期天。難得的假日，讓我身心皆獲得喘口氣的機會。窗外的藍天同時爲我帶來了爽快，以及憂鬱。萬里無雲的晴空令我心情舒暢，只能窩在家裡看電視又令我不由得自怨自艾。

靜江與康子也在客廳。在我的記憶之中，康子正將作業本攤開在桌上，專心寫著功課。就在這時，還在就讀小學的和也走了進來。

「康子，我們走！」和也發出氣勢十足的吆喝聲。

我無奈地抬頭，看見和也頭上戴著安全帽，右手拿著木弓及手工製作的長長箭矢。

「和也，你幹什麼？」靜江睜大眼睛問。

在看見和也的那一瞬間，想必我已皺起了眉頭。當時和也已是小學四、五年級左右，那副打扮實在太過幼稚。

「哥哥，怎麼了？」康子也抬頭問他。

「走，康子！我們去打倒妖怪！」和也一臉認眞地說。

我們三人一聽，全都啞口無言。我光是聽到他說出「妖怪」這字眼，內心便湧起一股絕望感。雖然我原本就知道他不是個聰明的孩子，但「打倒妖怪」這種無可救藥的荒唐念頭依然讓我搖頭嘆息。

「去哪裡？真的有妖怪嗎？」康子年紀較小，說起話來卻務實得多。

「妖怪在兵庫縣。」和也說得斬釘截鐵，「媽媽，給我到兵庫縣的車資。」

「兵庫？」靜江也慌了。

和也點點頭，一臉嚴肅地環視眾人，接著緩緩說，「剛剛電視上說的。」

「什麼？」

我轉頭望向客廳電視。剛剛播放的是高中棒球總決賽的現場轉播。眾人看好的強隊一開始處於劣勢，卻在最後一局且兩人出局的情況下打出反敗爲勝的再見全壘打。

「電視上說，甲子園住著妖怪（註）。」和也接著解釋。

8

我已記不得當時自己臉上有著什麼樣的表情。多半是露骨的厭惡，宛如看見一隻醜陋的蟲子吧。但此刻回想當年情境，我卻感覺胸口彷彿有陣輕柔的微風飄過。一團輕盈卻搔動人心的不明情緒，自腹部慢慢攀升到喉頭，最後化爲一股舒暢的氣息。

我吐出了這股氣息，臉上的肌肉不再僵硬。我感覺得出來，我的嘴角正在上揚。轉頭一瞧，康子也嗤嗤笑了起來。她的眼角下垂，一隻手掌輕貼著嘴邊。

「你們還記得這些東西嗎？」靜江眉開眼笑地說。

「是妖怪嗎？」我皺起了眉頭，卻不是因爲心情不悅。

「是妖怪。」康子強忍笑意，回答了我的疑問。

「當時眞是太有意思了。」靜江將安全帽放回箱裡。

康子以充滿緬懷情緒的嘶啞聲音說，「我好感動。自從那件事之後，我知道哥哥是個與眾不同的人。」

「怎麼與眾不同？」靜江問。

「有種別人所沒有的天賦。」康子笑著說。

「天賦？」我低聲重複了一遍，隨口應道，「我看是當笨蛋的天賦吧。」

「老公！」靜江蹙眉斥責。

我趕緊閉上嘴，腦中回想起康子當年說的那句「說人笨蛋的人才是眞正的笨蛋」。不過這時我脫口說出「笨蛋」一詞，其實並沒有惡意。

「是啊。」康子竟附和了我的話。她維持著和善的神情，絲毫沒有改變，「哥哥是個有天賦的笨蛋。又不是幼稚園小孩，竟然會以爲甲子園眞的住著妖怪。」

我鬆了口氣，轉頭問靜江，「妳把康子叫回來，就只是爲了讓我們看這些東西？」

註：「甲子園球場」是全日本高中棒球賽的舉辦場地，位於兵庫縣西宮市。「甲子園住著妖怪」是棒球愛好者們經常掛在嘴邊的比喻，意思是比賽結果往往出乎意料之外，宛如遭到妖怪捉弄一般。

「該怎麼說呢……」靜江望著箱中，似乎不知如何措詞，半晌後才說，「我希望和也幫我們打倒妖怪。」

「成功了嗎？妖怪被打倒了？」

「我也不知道。」靜江歪著頭說。

和也那頭戴安全帽，站得威風凜凜的可愛模樣清晰浮現在我的腦海。

「爸爸。」康子起身瞪著我。她的臉色相當凝重，顯然正要處理一件棘手的難題。我嚥了口口水，整個人仰靠在椅背上，不知如何是好。

「爸爸，因爲你的關係，我過得相當痛苦。生活的意義，只剩下成績跟名次……」康子咄咄逼人，數落起我的罪狀。

就在這一瞬間，我終於領悟到原來所謂的「妖怪」，正是從女兒口中說出的這些充滿憎恨與憤怒的言詞。

「爸爸，你老是一副瞧不起人的態度，害我也變得脾氣暴躁。從小到大，我一直活得喘不過氣。就連哥哥的過世，也是爸爸的錯。」

一股長年累積的恨意，宛如肉眼看不見的妖怪，朝著我鋪天蓋地襲來。我心中同時感受到了壓迫與恐懼。世界再過三年就要終結，這些妖怪卻不肯放我一馬。我只能緊閉雙唇，目不轉睛地望著康子。屋內燈光彷彿逐漸變得昏暗，所有牆壁都染上了黑色汙漬，令我感到呼吸困難。我不知該將視線移向何處，有股想要閉上眼睛的衝動，但我壓抑下來，強迫自己繼續盯著女兒看。

「不過……」康子驀然吁了口氣，不知是嘆息，還是發笑。她的表情似乎溫和了不少，目光也不再嚴峻。「我原諒你了。」

「咦？」我忍不住輕呼。

「看見哥哥的安全帽，我的氣突然消了。過去的一切，我都原諒你了。」

女兒高傲地對父親說，「我原諒你。」我從沒聽過如此大逆不道的事情，但我沒有生氣，只是勉強擠出了一聲「嗯」。

9

隔天早上，康子動身回東京，我送她上車。她繫上安全帶後，打開車窗朝我們揮了揮手。我看見她左手無名指上戴著戒指，但我什麼也沒問。

「爸爸，我勸你最好跟媽媽道個歉。」康子將頭探出車外。

「我跟她道歉？」

「你過去老是瞧不起她，我想她一定懷恨在心。」

「眞是胡說八道，妳說對吧？」我望向身旁的靜江。

「我的確懷恨在心。」靜江說。不知道是不是我的錯覺，她的語調比平常高亢了些。

「我就知道。」康子哈哈大笑，「爸爸，你聽我說，世界末日再過三年就要到了。那時候陪在你身邊的人，一定是媽媽。除了媽媽之外，不會有別人了。你最好趁現在多巴結她，跟她好好相處。」

「真是胡說八道。」我重複了相同的話，偷偷朝靜江臉上一瞥，發現她的臉色相當難看。

「我跟康子不一樣，要得到我的原諒沒那麼容易。」靜江說。

康子發動了引擎。

我腦中浮現了公園的景象。三年後，我與靜江坐在長椅上，等待著那一刻到來。目睹洪水摧殘建築物，內心不可能保持平靜，但我心中描繪的畫面卻是如此恬適自在。兩個駝著背的老人，瞇著雙眼面對西下夕陽，逗弄著優雅懸浮在空中的蜻蜓。那彷彿是一段寧靜祥和的時光。

「爸爸，你要加油，還有三年可以挽回。」康子大聲說道。「三年」這兩個字，帶給我一股莫名的勇氣。

「喂。」

「我絕對不會輕易原諒他的。」靜江提高了音量，一字一句說得清清楚楚。

太陽貼紙

1

選擇的權利往往是種折磨。

我坐在公寓的和室裡，將手肘靠在桌上，凝視著佛壇上母親的遺照。右手邊的小矮櫃上擺著一座青蛙造型的時鐘，上頭指著下午五點。再過不久，美咲就會回家，以她那一貫的豁達口氣問我，「如何？決定了嗎？」今年三十四歲的她，年紀比我還長兩歲，深知我是個優柔寡斷的人。

要我下抉擇根本是天方夜譚。

我壓抑住想要嘆氣的心情，對著黑白照片內的母親暗禱。受銀色相框包覆的母親彷彿正臭著臉對我說，「世上假如有優柔寡斷的比賽，你肯定能拿第一。真不敢相信你是我兒子。」

獨力拉拔我長大的母親，從我小時候就經常說這句話。或許她相當滿意這個比喻吧。這讓我有了根深柢固的觀念，認為自己就是個優柔寡斷的人。

「眞正優柔寡斷的人，連該不該報名比賽都無法下決定，所以這比賽一定辦不了。」十年前，剛與我結婚的美咲如此反駁。母親相當中意這個反駁，也因此對美咲刮目相看。

我不需要選擇的自由。沒有選擇的餘地，才是最讓人安心的狀態。開車旅行時，最好只有一條路能抵達目的地；餐廳販賣的午餐，最好只有一種可以選。我就是這樣的人。

「不管選哪一邊，都不會有太大的差異。」美咲經常這麼對我說，「當你後悔『早知如此』的時候，其實往往是選另一邊也會後悔。」

有一次，我這麼反問她，「別的姑且不談，至少我決定跟妳結婚，是個重大抉擇吧？」

美咲的回答相當簡潔有力，「富士夫，在結婚這件事上，你根本沒有選擇的權利。」

「原來如此。」

繼續在這六張榻榻米大的和室埋頭苦思，也沒有任何意義。我站了起來，伸了個大懶腰。

接著我走進客廳，拿起掛在衣架上的夾克穿上，回頭望向窗戶。隔著蕾絲窗簾，我看見窗外的藍天。太陽西下，魚鱗狀的白雲拉得又薄又長，散發著秋天的氣息。不知道是不是錯覺，最近的夕陽及雲彩似乎有愈來愈美的趨勢。大自然充滿無窮活力，彷彿正冷眼旁觀著人類的驚惶失措。

我走向廚房，聞到了瓦斯爐上的鍋子飄來陣陣燉煮蘿蔔的香氣。那是昨晚吃剩的青甘魚燉蘿蔔。

「我告訴你一件事，你可別吃驚。」昨晚吃飯時，美咲突然這麼說。當時她嘴裡嚼著蘿蔔，前一刻才心滿意足地說著「蘿蔔眞入味」，後一刻卻突然迸出「我懷孕了」這句話。那態度簡直就像是夾魚肉時偶然想到了一件微不足道的瑣事。

「咦？」我愣住了。

「我今天去了醫院。」

「妳不是說好像有點感冒……」

「其實是感覺身體有些不對勁，早就猜到了苗頭。」

「猜到了苗頭？」

「就像婆婆說的，『這世上任何事情都可能發生』。」

「她什麼時候說過這句話？」

「大約五年前。」

「噢，那陣子確實任何事情都可能發生。」我點頭說道。當時整個社區，不，應該說是地球上每個角落，都亂成了一團。自暴自棄的群眾在各地鼓譟滋事，不是攔路搶劫，就是四下放火。反正再過八年，隕石就要墜落地球，再活下去也沒什麼意義。數不清的人因爲這個理由而跳樓自殺。這種「與其要死，不如死了算了」的念頭，如今想來實在有些匪夷所思。總而言之，那是個任何事情都可能發生的年代

「八週了。」美咲發出爽朗的笑聲，「你說，該怎麼辦？」

「什麼怎麼辦？」

美咲的臉上沒有一絲憂愁。她興高采烈地凝視著我說，「生，還是不生？富士夫，又到了你最拿手的抉擇時間了。」

我望向餐桌旁的月曆。昨天的那一格上頭以簽字筆畫了個圈，旁邊還寫著「下午兩點，丸森醫院」那是美咲的字跡。丸森醫院是間小診所，從「山丘小鎮」搭公車前往，只有兩站

的車程。我聽到美咲說她到醫院接受了檢查，第一個反應是驚訝於醫院竟然還在營業。

我將錢包塞進口袋，走向門口，卻想起忘了拿鑰匙，於是又折回和室。照片裡的母親望著我，眼神似乎訴說著，「這次你有辦法下決定嗎？」

2

我搭上電梯，腦中回想著五年前的八月十五日。

那時美咲與我正計畫著年底的一場國外旅行，因此到仙台市內的旅行社蒐集了不少宣傳手冊，正準備回家好好研究。那年夏天的平均氣溫不若往年炎熱，專家說這叫冷夏，唯獨那天卻熱得令人受不了。每次移動身體，沾滿了汗水的T恤就會貼在皮膚上，相當不舒服。

當時我們搭上公寓電梯，準備回到六樓住家。我們一面翻閱旅遊宣傳手冊，一邊說些「這麼熱的天氣計畫夏威夷旅行眞是瘋狂」之類的閒話。電梯在中途停了下來，如果我沒記錯的話，應該是二樓吧。一名婦人走進電梯，按了八樓的按鈕。她朝我們瞥了一眼後移開視線，接著卻又像壓抑不住衝動，再度轉頭望著我們，眼神散發著異樣神采說，「你們已經知道了嗎？」

「什麼事？」我問。當時我滿心以爲她指的是公寓內的八卦謠言，或是居民會議針對丟棄垃圾的新規定之類的小事。但我錯了，那是一件大事，而且是大得完全無法相比的大事。

「電視從剛剛就不太正常，不管轉到哪一台，都是相同的畫面。」

「故障了？」

「都是一則奇怪的新聞。」

「奇怪的新聞？」

「八年後小行星將墜落地球，造成毀滅性的傷害。」

年紀老大不小的婦人竟然會說出「小行星」、「毀滅」這類幼稚字眼，我差點就笑出聲來。

「應該是惡作劇吧？」我說。「我也這麼想。」她皺眉說道。接著她指著電梯天花板，「我正要去找板垣太太聊這件事。」她相當興奮，顯然是把聊八卦當成了生平樂事。

後來我們才知道，那則新聞並非惡作劇。那天晚上，我們看著電視上不斷重播的新聞，想不相信也不行。我試著打電話聯絡母親，但電話一直打不通。如今回想起來，比起八年後世界將毀滅這件大事，電話打不通這一點更讓當時的我心浮氣躁。

那天深夜，公寓內不知哪一戶發出了哀號聲。緊接著，嘆息聲此起彼落，彷彿要跟剛剛的哀號聲互相呼應似的。理解現實狀況的速度，每個人不盡相同。有的人快，有的人慢。快的人慘叫得快，慢的人自然就慢一些。

自那天之後，八月十五日多了比「終戰紀念日」更加重要的意義。

電梯抵達一樓，我沿著走廊來到公寓門口。正對面有座郵筒，郵筒上擺著兩副棒球手套。那兩副手套擺在那裡已不知多少天了。我每次看到這兩副手套，心情便感到憂鬱。無人問津的棒球手套，彷彿象徵著即將走到終點的世界。

公寓外是條平緩的斜坡，右手邊有一座小花壇。不論任何時候，壇裡的泥土總是乾淨平整，似乎是有居民定期照顧維護著。

我漫無目標地走著，只希望走路這個行爲能幫助我下定決心。一邊走，一邊不禁搖頭苦笑。當年渴望得到孩子，卻說什麼也無法成功受孕；如今已沒心情想那些，卻莫名其妙地懷孕了。母親說的沒錯，這世界眞是任何事情都可能發生。

3

自結婚之後，我們夫妻便非常想要孩子。我們在準備及計算上不知費了多少苦心，卻只換來一場空。

「我看還是檢查一下吧。」美咲說得輕鬆自在，彷彿只是請鑑定人員評估一件骨董的價值。於是在七年前，我們接受了檢查。

「原因在先生。」

仙台市郊區有間婦產科診所，醫生是治療不孕症的名醫。他當著我與美咲的面，說出了這樣的結論。

「精子數量太少了。」他說得輕描淡寫，不帶同情也不帶冷酷，令人不得不佩服他的「技術」。

「無精子症？」我問。「倒也稱不上。」他給了含糊的回答。

「一定無法受孕嗎？」我再三確認。

「近年來醫療技術日新月異，請不用擔心。讓我們先做個詳細的檢查吧。」醫生的眼神充滿了自信。

接著醫生詳加解釋了我的身體狀況，最後推測不孕的肇因是我數年前因流行性腮腺炎而發了一場高燒。

「對不起。」走出醫院後，我第一件事便是道歉。

「爲什麼道歉？」美咲笑著問。

「因爲我才沒辦法懷孕。」

「這又不是什麼壞事。」她的態度還是一樣豁達。以從容優雅的心情面對棘手問題，是她的拿手本領。「而且，我有一點開心。」

「開心？爲什麼開心？」

「老實說，我一直認爲不孕是我的責任，常常覺得對你很抱歉。現在知道是你的錯，心情輕鬆多了。」

「這不是誰對誰錯的問題。」我急忙強調。

「好吧，不是你的錯，是託了你的福。」美咲換了個詭異的說詞。接著我們一如往常聊起公司的不愉快，或是從前看過的電影之類的零碎話題。但是在回家的公車上，我忍不住又問，「該怎麼做才好呢？」

「什麼怎麼做？」

「檢查，還有治療。」

醫生說不孕症的檢查必須重複許多次，而且只要接受治療，懷孕的機會就可以大幅提升。

「富士夫，你說呢？」

「是我問妳，妳怎麼反而問我？」

「我啊……」美咲睜大眼凝視著我，一會後忽然瞇起雙眸，笑著說，「哪一邊都可以。」

「眞是不負責任的回答。」我抱怨。那是像我這種優柔寡斷的人才能說的台詞。

「我是眞的這麼認爲。」

「但妳還是希望能有孩子，不是嗎？」

「話也不能這麼說。檢查很花錢，治療也不見得輕鬆。」

「妳別嚇唬我了。」

我絞盡了腦汁思考這個問題。一定要做出抉擇的強大壓力，更是讓我如坐針氈。

直到下了公車，走回當時住處的一路上，我依然默默煩惱著這個問題。美咲在一旁眉開眼笑地看著，什麼話也沒說。就在看見當時所住公寓的屋頂時，她才以開朗的口氣說，「其實選哪邊，又有什麼不同？不然這樣好了，我們現在什麼也不做。假如將來有一天，想接受治療了，就接受治療。倘若那天一直沒有來臨，那也沒關係。」

她拍拍我的背，彷彿是棒球教練在安慰守備失誤的外野手。我知道她這麼說只是想給我台階下，我心裡極不願接受她的同情，但轉眼間這抉擇竟然就這麼拖了七年。

4

我走在路上，旁邊突然有一輛自行車猛然煞住。自行車上的人原本似乎沒有停車的意思，卻驀然押下煞車，整個車身因而往前傾斜。我嚇了一跳，急忙轉頭一瞧，竟看見了高中時的好朋友。

「富士夫，眞是太巧了。」他說。

「好久不見了。」我說。這朋友跟我一樣是仙台人，現在依然住在鄰鎮。自從小行星騷動爆發後，我們極少碰面，但我知道他並沒有離開仙台。他沒有汽車，只有一輛他最引以自豪的越野自行車。就算是再心愛的自行車，也沒辦法載家人遠行。

「富士夫，最近有沒有空？」

「接下來三年都有空。」

「要不要一起踢足球？」

我跟他在讀高中時，整整三年都是足球隊隊員。他是中鋒，我則是負責在敵陣內搗蛋的前鋒。每次他都會漂亮地將球傳給我，但我總是沒辦法射門成功。類似的情況，不知發生了多少次。然而隊員們相當寬容，總是安慰我，「富士夫，別氣餒。你總是能跑到最適合射門的位置，只是沒辦法將球踢進球門而已。」當然，他們能這麼寬宏大量，是因爲我們的足球隊並不是足以晉級全國大賽的強隊。

「土屋回來了。前陣子，我在理髮店遇上了他。」朋友說。

「那可眞是奇遇。」我說。鎭上的理髮店一間接著一間關門，要找到尙在營業的理髮店可說是愈來愈困難。因爲這個緣故，每一間理髮店都是大排長龍。就算世界末日快來臨，就算隕石即將撞上地球，也沒辦法阻止頭髮變長。

「我跟土屋一聊之下，決定邀集住在附近的鄰居好友一起踢足球。」

「三十多歲的大叔聊足球聊得這麼起勁，倒也稀奇。」

「正因爲是大叔才有意思。」

我不明白「大叔才有意思」到底是什麼意思，但我應了一聲，「好，我參加。」距離上次踢足球，不知已過了幾年。正當我努力回想釘鞋到底塞到哪裡去了，那朋友又如連珠炮般說，「後天下午一點，河堤球場集合。」

「我跟土屋已好多年沒見了呢。」我回想著高中時期足球隊隊長的勇姿。

「就連『大逆轉的土屋』，也沒辦法逆轉隕石的角度。」朋友露出無奈的笑容。

「照政府的說法，那不是隕石，是小行星。」

「有什麼不同？」

當年土屋是足球隊的靈魂人物。不管是技術上還是士氣上，他都是我們仰賴的重鎭。在所有高中朋友之中，他是最聰明的一個，個性不愛出鋒頭，緊要關頭卻總是發揮統率眾人的領導力。我們足球隊的實力太差，他身爲守門員，面對來自四面八方的射門攻勢，往往只能孤軍奮戰。但不論輸得多慘，他絕不輕言放棄。每次踢完前半場，他看我愁眉苦臉，就會笑容滿面地對我說，「富士夫，撐下去，最後會大逆轉。」每次他說這句話時，語氣就像是描述某部他看過的電影的情節。他口中所說的大逆轉有時成眞了，有時沒有。但那信心十足的態度，總是讓人彷彿吃了一記定心丸。別人我不知道，至少我自己是如此。

「對了，我有個好友懷了孕，煩惱著不知該不該生下來，你認爲呢？」朋友臨走時，我試著問他。但我不好意思說自己是當事人，所以撒了點謊。

「現在生下來，孩子只能活到三歲。」他回答。事實上他自己也有個七歲的女兒。

「生了也沒有意義？」我搔了搔太陽穴。

「有沒有意義，只有當事人才能決定。」

「也對。」

「不過我若是你那好友，絕對不生。」

他踏下自行車的踏板，最後扔下一句「後天見。」騎著車走了。

我獨自站在路旁，本來想繼續往前邁步，但實在不知該去哪裡，只好再次佇足，抬頭仰望天空。我看著雲朵在空中無聲無息地快速移動，驀然感受到一股隕石墜落的恐懼彷彿自背後襲來。那感覺是如此眞實，我還不及仔細思考，整個人已忍不住蹲在地上。胸腹之間隱隱抽痛，令我蜷曲起身子。我忍受著暈眩與胃痛的難受，半晌之後才重新站起，深吸一口氣，搖頭對自己說，「別想了，別想了。」

現在是回家好，還是到公園去？我一邊煩惱，一邊不禁感慨，每次我遇上這種舉棋不定的窘境，總是美咲替我拿主意。

5

十二年前，我就讀東京某私立大學時，邂逅了美咲。

那天我正要參加一場與女大學生的聯誼。其實我原本只是「候補」，因爲那個「正取」生病不克前往，我才獲得參加的機會。

聯誼地點在池袋，我先到濱松町辦了點事情，才動身前往會場。但我站在車站售票機前，看著電車路線圖，卻陷入了窘境。

從濱松町到池袋，只要搭山手線就行了。但山手線是環狀線，我一時拿不定主意，不知該搭順時針方向，還是逆時針方向。以路線圖來看，池袋剛好在中間，兩邊的車站數差不多。

既然分不出優劣，表示搭哪一個方向都差不多。我明知這個道理，還是無法下定決心。所謂的優柔寡斷，指的不正是這種性格嗎？

「你要到哪裡？」背後有個女人這麼問我。那個人就是美咲。她見我一直擋在售票機前，卻沒有動怒。

她聽完我的說明後嗤嗤一笑，「不管搭哪一邊，都只差一、兩分鐘而已。」

「這我也知道。就是因爲差不多，所以才煩惱。」我說。

接著她竟說出了驚人之語，「如果先搭京濱東北線到田端，再轉山手線，或許會更快。」

「請妳別再增加我的煩惱。」我拚命揮手，氣急敗壞地說。

「好吧，不然我幫你決定好了。山手線，逆時針！」

我道了謝，走向山手線逆時針方向的月台。這算是遭受脅迫還是接受建議，我也說不上來。更讓我摸不著頭緒的是，她竟然跟在我身後，一同上了車。我們在車廂內天南地北閒聊，最後我決定放棄參加聯誼。不，其實是美咲替我決定的。

五年前，小行星撞地球的消息鬧得沸沸揚揚的時候，也是美咲決定我們待在家裡就好，哪裡也不去。當時正是母親口中所說的「任何事情都可能發生」的時期。剛開始的一年半左右，各種謠言滿天飛，就連新聞媒體也亂了方寸，頻頻公布一些來歷不明且眞僞難辨的消息。

其中最惡劣且影響最重大的，是例如「大洋洲很安全」或「標高一千五百公尺以上的地點不會有事」之類慫恿民眾長途跋涉的謠言。

街坊鄰居紛紛打包行李離開了。休旅車或露營車的需求量大增，陷入供不應求的狀態。無數民眾花錢購買大型車輛，開始了移動生活。汽車製造廠忙得焦頭爛額，最後負責人氣呼呼地說，「你們想逃，難道我們不想？」

我是個沒有主見的人，相當容易受周圍環境影響，頓時不知如何是好。我擔心如果不趕快跟著群眾一起逃亡，將來恐怕會後悔莫及。但我又害怕換了新環境後沒辦法適應，因此整天愁容滿面。

美咲剛開始的反應跟我差不多，她看著我問，「現在該怎麼辦？」

「老實說，我也正拿不定主意。」我回答。

「看得出來。」美咲笑了，「富士夫，你永遠都在拿不定主意。」

「或許我們該跟大家一起逃命。」

「好吧，我決定了。」美咲以快刀斬亂麻的明快口氣說道，「我們想辦法蒐集食物，先躲在家裡一陣子再說。你想想，我們只有一輛輕型車（註），就算要逃，也逃不遠。」

「我們可以買一輛大型車。」我說。

「我不要。我很喜歡那輛車，而且一月才做過車檢，雨刷也才剛換新呢。」

世界末日要來了，她卻還在意車檢的問題，似乎有些小家子氣；但她這番話卻讓我感到既溫暖又安心。

「繼續住在這裡，絕對不會有錯。」她再一次拍了我的肩膀。

「不會有錯？」

「根本沒有什麼撞擊地球的隕石。而且我們一起住在這裡，生活一定很快樂。」

她這句話只對了一半。眞的有即將撞擊地球的隕石，但生活確實很快樂。同樣是對一

註：根據日本《道路運送車輛法》的規定，輕型汽車的排氣量爲660cc以下（車身大小亦有所限制）。車牌爲黃色。

半，我寧願是現在的情況，而不是反過來。

6

最後我坐在公園長椅上看了一會兒夕陽，才回到公寓。正在準備晚餐時，美咲回來了。我不經意地望了一眼青蛙時鐘，發現已接近七點。

「打烊前突然來了一堆客人，收銀台大排長龍。」美咲一面說，一面脫掉外套，掛在衣架上。

「哪一天不是大排長龍？不管三七二十一，下班不就得了？」我下意識地看向她的腹部。好歹也是孕婦，不應該這麼勞累。

美咲平日在超市打工。那間超市相當小，只有兩座收銀台，但這幾年販賣食物的店家大多歇業了，這家超市成了附近居民的重要命脈。

事實上不管是農家也好，養雞業者也罷，絕大部分都失去了聯絡。有的逃了，有的不幹了，有的死了。超市光是要找到貨源就不是件容易的事，何況還得提防搶劫，經營變得困難重重。

美咲打工的那間超市，是少數依然維持營業的商店之一。鎮上的佐伯米店苦撐數年後終於還是結束了營業，原本居民都認爲接下來的日子將會很不好過，沒想到那間超市卻突然重新開張。或許是超市店長敏感地察覺社會已逐漸恢復平靜，因此決定重新做起生意吧。搞不好店長心裡想著「現在這種非常時期，商人更應該負起搬有運無的責任」。

「我們那店長啊，是個一提到『氣魄』跟『榮譽』就會熱血沸騰的人物。他抱持著強烈使命感，最喜歡挑戰不可能的任務。」美咲的語氣中包含了一半讚揚與一半哭笑不得。

「好一個正義使者。」我由衷感到欽佩。

「沒錯，他正是把自己當成了正義使者。他最喜歡當英雄，還要求我們稱呼他『隊長』。」

「隊長？」我露出納悶神情。

「聽起來挺神氣，對吧？總而言之，就是一種敬稱吧。基本上他是個好人，但個性實在有些古怪。他總是稱客人爲『無辜百姓』，一天到晚說些『今天又有不少無辜百姓來補給物資』之類的話，滿腦子都是隊長爲了無辜百姓挺身奮戰的情節。」

「他自己不也是無辜百姓嗎？」我狐疑地問。

「不，隊長就是隊長，不是百姓。」美咲笑著訂正。

我趁美咲在房間換衣服時，將餐具一一排在桌上。兩碗飯、兩盤昨天吃剩的青甘魚燉蘿蔔、兩碗湯、兩雙筷子。

自從辭去工作後，我便一肩扛起大小家事。一般人聽到「男人親手做的料理」或許會有許多幻想，但說穿了就是些偷懶又隨性的料理。把家裡剩餘的食物或煮或煎，加入鹽巴或調味醬就完成了。明明每天的材料及調理方式都不盡相同，聞起來的味道卻是大同小異。

「決定了嗎？」美咲吃完飯後，一邊揮著筷子一邊看著我問道。

「咦？」

「決定要怎麼做了？」美咲的眼中閃爍著神采，並故意以誇張的動作輕撫自己的肚子。

「還在煩惱。」我回答。她的明知故問令我有些不悅，但我想不出更合適的答案。

「太好了。」她深吁了口氣。

「太好了？」

「要是你立刻說出決定，就不是我認識的富士夫了。那不是很無趣嗎？」

我們一起洗了碗，接著將黑白棋的棋盤擺在餐桌上。最近我們家流行在餐後玩黑白棋當消遣。

我很喜歡玩黑白棋。其他像圍棋、麻將、將棋之類的遊戲都引不起我的興趣，唯獨黑白棋令我愛不釋手。我把這件事告訴美咲，她分析後的結論是「因爲黑白棋的選擇較少」。以麻將來說，除了得決定要捨棄哪張牌外，還得決定要不要吃或碰，以及要不要宣布聽牌。至於將棋，則是得決定要移動哪顆棋子，以及決定進攻策略。圍棋又更困難了，棋盤上任何位置都可以放置棋子，玩法可說是千變萬化。相較之下，黑白棋的選擇相當少，棋子只有白及黑兩種，而且放了就不能移動。只能放置在可以翻轉對手棋子的位置，不用計算分數，而且規則相當簡單。

「因爲這些理由，你喜歡玩黑白棋。」

「眞是一針見血。」

這一個月來的戰績大致上是五五平手。根據美咲筆記本裡的紀錄，她贏的次數稍微多一點。

「眞是安靜。」

美咲一口氣翻轉了我的三顆黑棋。我看著黑棋被翻成白色，發出咚、咚、咚的聲音，心裡有著同樣的感想。眞是太安靜了。

大約一年前，不，直到半年前也一樣，只要一到晚上，鎮上就會到處響起尖叫聲。「未來一片黑暗」的絕望感，似乎會因看見天空變暗而顯得更加強烈。街上的路面彷彿會滲透出一絲絲無助的意念，夜色愈深便愈發濃厚。女人遭受攻擊的慘叫聲、對抗侵入者的吶喊聲、因人世無常的憤慨而誘發的爭論聲，種種聲響在黑夜中斷斷續續地爆發。

然而現在的夜晚，卻是一片死寂。拉上窗簾後，甚至會有一種錯覺，彷彿這間公寓成了懸浮在宇宙中的物體。整個空間在夜空中冉冉上升，俯瞰下方的街景，不斷左右搖曳。讓人不禁懷疑，似乎正因爲如此，所以聽不見任何來自街上的聲音。唯獨擺放黑白棋棋子的聲響，在無聲的空間中顯得特別清澈。仔細想想，或許再也聽不見車潮壅塞的噪音，也是理由之一吧。想走的人都走光了，剩下的都是不想走的。

「眞是不可思議。」我一面說，一面擱下一顆黑棋，翻轉美咲的白棋。「如此寧靜的夜晚，只讓人聯想到幸福的未來。」

「不，你再仔細聽聽看。」美咲露出若有深意的微笑。

我將耳朵湊向窗簾，凝神細聽了半晌，卻沒聽見任何聲響。「什麼聲音也沒有。」我說。

「沒聽見小行星逼近的聲音？」

「一點也不好笑。」我只感覺胃部隱隱抽痛。

在我與妻子你來我往下著黑白棋的時候，小行星持續以秒速二、三十公里的速度接近地球，我很難說服自己相信這件事。如果小行星是人，我還可以罵一聲卑鄙無恥，可惜它不是。

「美咲，妳認為呢？」我試探性地問道。

「我認為那個角落被你搶走實在是失策。」美咲指著棋盤右側角落的黑棋說。

「我指的是小孩。」

「我知道。」美咲望著我說。

我驀然驚覺美咲的嘴角皺紋似乎變多了。她今年三十四歲了，但外貌比實際歲數年輕得多，經常有人誤以為她不到三十歲，而且身材也維持得苗條纖細。此時我不禁感嘆，就算看起來再年輕，畢竟難以抹滅歲月的痕跡。年華老去的她，眼角已帶著若隱若現的線條。

「我真沒想到妳會懷孕。當初那醫生原來是蒙古大夫。」我故意擠出開朗的聲音。

「他當初只說機率很低，也不算說錯，是我們自己放棄了。」

「不僅放棄了，而且也忘了。」我嘆了口氣。

「忘了？你指的是忘了避孕？」

「忘了做愛會生小孩。」我老實說道。十年前討論生男孩好還是生女孩好的往事彷彿一場夢。我甚至忘了自己曾抱著想要小孩的念頭。或許那是因為我與美咲都在不知不覺之中，避免提及孩子、懷孕這類話題吧。

「搞不好正在生氣呢。」美咲低頭看著肚子。

「誰在生氣？」我才剛問完，已恍然大悟。沒錯，她肚子裡的嬰兒或許正在生氣。氣我們對懷孕一事毫無計畫性，毫無責任感，且毫無猶豫。氣我們不該擅自懷孕後，才又抱著頭煩惱該不該生下來。「生氣也是應該的。」我感慨地說。一股恐懼湧上心頭。

「再過三年就要世界末日了。依常理來想，或許不該生。」美咲歪著頭說道。她望向貼在書架旁的月曆，接著又說，「連三歲都活不到，實在太可憐了。」

「可憐……」其實我不知道怎麼樣才算可憐，但我還是回答，「或許吧。」

「這孩子……不管生或不生，或許都會生氣。」她看著肚子。

「不過，假如沒事呢？」我說出了從昨晚一直掛在心上的疑問。

「咦？」美咲一愣，整個人僵住了。「你指的是小行星沒掉下來？」

「是啊，或是雖然掉下來，但人類以某種方法避免了危害。到那時候，我們會不會後悔當初沒生下來？」

我這句話剛說完，卻又忍不住自言自語，「某種方法？什麼樣的方法？」

我能想得到的方法，世界各國早就嘗試過了。各國政府集思廣益，在大陣仗的各種典禮之後，有的發射核子彈，有的蓋起了庇護所，但似乎都成效不彰。當然，或許只是我們這些市井小民沒有接到消息而已，但至少以我看來，事態完全沒有好轉的跡象。現實跟電影完全是兩碼子事。電影裡的演員只是裝裝樣子，現實中那些政府官員的不知所措卻是玩真的。

「哪有時間後悔？」美咲笑了起來，「要是小行星沒有毀滅地球，我們抱在一起歡呼都來不及了。至於孩子，再生一個就行了。」

「也對。」我點頭附和，卻不是眞的認同。一會之後，我又忍不住說，「但我們花了十年，才好不容易得到這個孩子。」

「下一次不見得也要花十年。我聽說只要懷孕過一次，就很容易懷第二次。」

「但也有可能再也無法懷孕。」

「那也沒關係。」美咲語氣輕鬆地說，「我們夫妻一直過得很快樂，大不了繼續過這樣的生活。」

「我也這麼想。」

「但就是無法釋懷？」美咲問。

「我總覺得這是一種考驗……」我說到一半，望向棋盤，「等等，現在輪到誰了？」

「輪到你。」美咲指著我說。於是我放了一顆黑棋，翻轉兩顆白棋。

「考驗是什麼意思？」美咲問。

「如果我們放棄孩子，等於是接納小行星將撞擊地球這個事實。某個人看見我們的決定，或許會眞的讓小行星撞上地球。」

「某個人是指誰？」

「我也不知道，反正就是站在遠處觀察我們的某個人。」

「你指的是神？」

「總之不會是三丁目的山田先生。反過來說，如果我們選擇生下孩子……」

「小行星就不會撞上地球？」

「這只是舉個例子。」

「你什麼時候開始信宗教了？」

「唔……這也算宗教嗎？」我雙手盤胸，咕噥起來。一來我搞不清楚什麼才算是宗教，二來我驚訝於宗教這兩個字什麼時候成了批評字眼。

「但假如我們生了孩子，三年後小行星真的掉下來了，難道只是一句『當年想太多』就可以解決？」

「妳認為這樣太沒責任感？」

「不，這樣倒也不錯。」美咲說。她真的是個心胸寬大的人。不論我提出什麼樣的想法，她都會認真與我討論，從不曾顯露過厭惡之意。很久以前，我曾問過「妳到底看上我哪一點」這個無聊的問題，她一臉認真地告訴我，「富士夫，你雖然優柔寡斷，其實你心裡很清楚該如何抉擇。」

這種過度抬舉的評價，讓我一時欲哭無淚。

「既然如此，那就生吧？」她凝視著我。

「能不能再給我一點時間？」

美咲沒有說出「給你再多時間也沒用」這種話，只是提醒我，「我是願意等，孩子可不行。」

我一想確實沒錯。若是不打算生下孩子，就得盡快採取行動。

我們繼續玩起了黑白棋。一會兒之後，美咲突然提議，「不然這樣好了，如果這局我贏了就生，我輸了就不生，如何？」

「我不想以這種方式決定。」

「我開玩笑的。」

7

兩天後，我在廣瀨川的河堤邊享受了遺忘多年的足球之樂。一起踢球的同伴共有十二人，分成兩隊進行比賽。

這些人大部分都是熟面孔，有的是住在附近的四十多歲老伯，有的是高中學長。其中有個年輕人，我不知道他的名字，聽他自稱是錄影帶出租店的店長，我才想起從前經常到他的店租錄影帶。

由於人數不足，同時要兼顧攻擊及守備實在相當累人。不過我雖然汗流浹背、氣喘如牛，卻有種心曠神怡的舒暢感。

大家忙著調勻呼吸，根本沒時間說話。但從每個人的臉上，我看見了滿足。有些同伴並非獨自前來踢球，而是將一家大小全帶了過來。運動場旁的草地上，幾個老人悠哉地躺著看我們踢球。當初邀我一起踢球的那個同學，似乎挨了老婆責罵，理由是「這種時候還踢什麼鬼球，眞是瘋了。」

我們沒有馬表，於是訂下了「先得三分就獲勝」的規則。但踢到二比二的時候，所有人都已上氣不接下氣，兩條腿不聽使喚。我們只好在不分勝負的情況下稍事休息。大家拖著沉重的身體走出運動場，卻沒有人說出「回家」這句話。

就在這時，土屋跑來找我攀談。那時我坐在長椅上，他走到我身邊坐下，說了一句，「富士夫，好久不見。」

「眞是好久不見了。」

我跟土屋算一算已有十五年沒見。此時他頭上多了不少白髮，雙眉之間的皺紋也變深了，流露出一副大人物的氣勢。但那份穩重與帶給人的安心感就跟當年如出一轍，我心裡不禁感到欣喜。

「聽說你結婚了？老婆沒來嗎？」

「她白天在超市打工。」我解釋。

「只剩三年了，怎麼不好好珍惜相處的時間？」

「幫『超市隊長』（註）管理超市，也是不錯的選擇。」我呢喃說。

「咦？這麼多年前的電影，你竟然還記得。」

「什麼？」我愣了一下。

註：《超市隊長》是一九九三年上映的美國電影《*Army of Darkness*》的日文版譯名，台灣譯名為《魔誡英豪》。

「男主角手裡拿著電鋸，對吧？」土屋繼續說道。我聽得一頭霧水。

眼前是一大片鋪著碎石的運動場，擺放著足球用的球門、棒球用的網子及記分板，除此之外什麼都沒有。遠方是一排草叢，再過去就是廣瀨川的川面。往右手邊望去，有座橫跨兩岸的鐵橋，橋身呈現古銅色，上頭生鏽斑駁。聽說數年前因爲交通壅塞太過嚴重，有許多人一時想不開，一個接一個從橋上跳水自殺。

天空是清澈的蔚藍色。白雲又長又稀疏，彷彿以毛刷刷過一般。除了白雲之外，什麼都沒有。或許是流汗的關係，清風拂上後頸，感到有些涼意。川面的潺潺流水聲，既像是心臟輕輕鼓動，又像是耳內的細毛在微微顫抖。

我不禁心想，如果此時美咲能在身邊，不知該有多好。接著我想起了「該不該生」這個懸而未決的難題。

「對了……」「其實我……」我正想詢問土屋的意見，他卻剛好也開了口。

「你先說。」我讓出了選擇話題的權利。

土屋笑著說，「其實我最近感到很幸福。」

「只剩三年可活，你還感到幸福？」

「正因爲只剩三年可活，所以感到幸福。」土屋的嘴角微微上揚。他望著河水，以側臉面對我。

「你不想活了？」

「爲何這麼說？」

「不然怎麼會說只剩三年可活很幸福？」

「我有個孩子，叫阿力。」土屋突然轉了話題。

「《南極物語》中領頭的雪橇犬？」我說道。讀音聽起來一樣，但我不確定字是否相同。

「什麼啊。」土屋笑了起來，「阿力今年七歲了。」

「這麼說來，跟那傢伙一樣。」我指著此刻依然留在場上練習射門的前隊友。

「或許吧，但阿力的情況特殊得多。」

「特殊？」

「他一出生就身患疾病。」土屋的口氣與高中時一模一樣，完全感覺不到陰沉或感傷。

「先天性的疾病？」

「不僅是先天性，而且還是後天進行性，夠慘吧？」

我當然不可能回答「夠慘」。

「若要形容阿力的健康狀況，就像是比賽開始時先送敵方五分，而且己方還沒有守門員。」

土屋接著說出了一個我從沒聽過的病名。症狀是內臟比一般人小得多，而且會隨年紀增長而萎縮。眼睛幾乎看不見，而且無法說話。

「那可眞糟。」我說了一句沒辦法帶來任何幫助的廢話。此時我腦中浮現了高中時那個備受眾人景仰，且永遠都是抬頭挺胸、積極進取的土屋。或許我當年還曾希望能成爲像土屋那樣的人，只是現在早已遺忘了那樣的心情。

「人生眞是無常。」土屋說。

「三十二歲就看破人生，會不會太快了？」我苦笑道。

「富士夫，你知道我跟我老婆最擔心的事情是什麼嗎？」

「孩子的病情？」

「這答案不算錯，但有另一件事更讓我夫妻提心吊膽。」

「哪一件事？」

「我跟我老婆的去世。」

「去世？」我愣了一下。從土屋口中說出的這個字眼，似乎帶有比死亡更加可怕的含意。

「阿力雖然患有重病，但我們一家人過得很快樂。這不是逞強或打腫臉充胖子，我們眞的每天活在歡樂之中。」

「我知道。」我所認識的土屋，確實是這樣的人。

「但是一想到將來，我心中就充滿絕望。」

「什麼意思？」

「阿力的成長讓我感到不安。我們夫妻一天老過一天，就算再怎麼健康，總是難逃一死。我們死了之後，誰來照顧阿力？」

「原來如此。」

「一想到這點，我就彷徨無措。」

我目不轉睛地看著土屋。

「我們早已下定決心，在活著的時候，無論如何要好好照顧阿力。但人一死，還能做什麼？」

「確實是什麼也做不了。」

「這就是我跟我老婆的煩惱。」

「原來如此。」

「但是……」土屋頓了一下，轉頭朝我望來，臉色同時帶著歡欣與困惑。那甚至有點像是考大學上榜的人，對落榜的朋友露出的哀憐表情。半晌之後，他才呢喃說，「只剩三年了。」

這時我才體會了土屋想要表達的眞意。

「三年之後，小行星掉下來，沒有人能躲得掉。若說我不害怕，那是騙人的。但因爲這件事，我們夫妻的不安消失了。雖然我們夫妻會死，但阿力也會一起死。不，應該說所有人都會一起死。我光是這麼想，就覺得心情好輕鬆。」

一股不知是感慨還是驚愕的情感充塞在我的胸口，令我說不出話，甚至無法呼吸。對於土屋的堅強，我只能以猛眨眼睛來應對。

「或許這麼說，對其他人很不好意思……」土屋說道。他在高中時，就是個懂得將心比心的青年。「但我現在眞的好幸福。」

「土屋，你眞偉大。」更正確的說法，或許是土屋還是跟高中時一樣偉大，一點也沒有改變。

「我並不偉大。我只是有種感覺，等了那麼久，終於讓我等到了。」

「等到什麼？」

「大逆轉。」此時的土屋跟高中時絲毫沒有兩樣。「我反敗爲勝了。」

想要跟土屋商量的那些話，還卡在喉頭說不出口。我感覺眼角有些溼潤，卻無法分辨那是汗水還是淚滴。

好一會之後，他指著眼前的太陽說，「你瞧瞧。」

即將西墜的太陽呈現完美的圓形，鮮豔得宛如是貼在天空上的一枚貼紙。「就算小行星掉下來，我們都死了，太陽跟雲還是會掛在那裡。」

「這麼說倒也沒錯。」要把那枚貼紙撕下恐怕不是件容易的事。

「這樣一想，心情就踏實多了。」土屋說這句話時的平淡語氣，在我心中留下了深刻印象。

我一站起來，其他人也紛紛回到運動場上，彷彿是大家約好了一樣。明明早已精疲力竭，卻還是堅持要繼續比賽。眞是一群古怪的大叔。我一邊這麼想著，一邊踢出了腳下的足球。

重新開始比賽的十分鐘後，土屋一記傳球，將球輕飄飄地送到我腳下。就在我直接起腳射門的瞬間，內心也下了決定。

8

這一天，我們一直踢到夜幕低垂，完全看不到球爲止。每個人都是氣喘吁吁，離開河堤邊時卻異口同聲地說道，「下次再玩吧。」我很想跟土屋打聲招呼，但球場上沒有任何燈光，我認不出他的身影。

回到家一瞧，美咲早已在房間裡了。「今天發生了點事情，所以提早下班了。」

「是不是身體不舒服？」我不安地問。「不是那麼回事啦。」她搖頭回答。過去她很少講話這麼吞吞吐吐。

晚餐早已煮好了，廚房傳來白醬及燒烤起司的香味。明明用的是差不多的材料，爲什麼我做的料理沒有這麼濃郁的香氣？我心裡有些不甘，卻不知該向誰發脾氣。

洗完澡、換完衣服後，餐桌上已排好了餐具。兩枚焗烤盤，兩枚湯盤，一枚裝著義大利麵的大餐盤，兩套分裝用的小餐盤及匙叉組。起司的味道令我食指大動，唾液在口中擴散。

「妳今天是怎麼了？突然提早下班，又做了晚餐。」我一邊吃一邊問。美咲有些沮喪地說，「富士夫，有件事，我想向你道歉。」

我聽她說這句話，心裡已明白是怎麼回事了。她一定是要先向我道歉，接著說出她自己的決定。若是過去的我，一定會先等她說出決定後，才附和，「妳這麼說也有道理，就這麼辦吧。」不管是當年搭山手線時，還是煩惱該不該逃離家園時，由她來做決定總是讓我心情輕鬆得多。

但今天情況不同，我自己早已下定了決心。過去我從不曾抱持如此堅定的想法。於是我鼓起勇氣，「不，讓我先說。」

美咲嚇得睜大了眼，但她馬上以詼諧的口吻問，「你要說什麼？」

「我決定了。」

「你決定了？」美咲剛以湯匙舀起湯，卻張大了口，整個人愣住不動。好一會後，才繼續問道，「你指的是那件事？」

「不然還有哪件事？」我笑罵一聲後，接著說道，「生吧。」我的聲音既不高亢，也沒有顫抖，更不是有氣無力。彷彿就像是平常吃飯時的閒聊一樣。

「羽毛（註）？」美咲眨了眨眼。

「我仔細思考後，終於決定了。」我說。到底是什麼契機讓我下定決心，我自己也說不上來。是土屋提起兒子的那段話？是「大逆轉」這字眼帶來的精神鼓舞？是許久沒碰的足球在我心中所占的分量？不，或許都不是。總而言之，我就是下定了決心。「其實答案一直在我心裡，只是我沒有勇氣說出來。」

「你想生小孩？」

「當然，實際生小孩的人是妳，我只是覺得應該生，不，非生不可。」

「基於道德？」

「不，不是那麼冠冕堂皇的理由。我只是認為有了孩子，我們還是會很幸福，不，會更加幸福。」我說完這句話，喝了口湯。一股安心感伴隨著暖意自咽喉流入胃中。「小行星不見得一定會掉下來，對吧？別想得那麼嚴重。」我心裡有些欣慰，因爲我從沒想過我能說出這樣的台詞。我得意洋洋地朝和室佛壇上的母親遺照瞥了一眼。「根本沒有什麼撞擊地球的隕石。而且三個人一起住在這裡，生活一定很快樂。」我將美咲五年前說過的話稍微修改了一下。「就算眞的只能活三年，孩子也會很幸福。」

「眞沒責任感。」她半開玩笑地指著我說。

「我這麼說確實是沒憑沒據，但這跟責任感無關。」我反駁。到昨天爲止，我滿腦子只想著如何得到美咲肚子裡的孩子的諒解。如果墮胎，孩子會原諒我嗎？如果生下來卻只能活三年，孩子會原諒我嗎？我整個腦袋裡，一直想著這些問題。

「放心吧，我對這個決定有自信。這跟諒不諒解無關。」我以彷彿在說服自己的語氣說。

美咲笑得有如花枝亂顫，整張臉扭曲變形。過去我從不曾見她笑得如此開心。眼睛瞇成了一條線，卻可隱約看出瞳孔上包覆著一層薄薄的淚水。接著她終於將湯匙裡那口湯送進嘴裡，快速嚥下後對我鞠了個躬，「富士夫，對不起。」

「咦？」這跟我原本預期的反應完全不同。

「沒想到你竟然能下這樣的決定。我不僅很驚訝，也很感動。」

註：日文中「生吧」音同「羽毛」。

「我也是。」我焦急地說。若這樣還不夠感動，天底下就沒有值得感動的事了。「感動歸感動，妳爲什麼要道歉？」

「老實說……」美咲說道。

當她說出這句話的瞬間，我心裡明白事態即將出現令我完全料想不到的發展。此時的氣氛，就好像是「大逆轉」的前一瞬間，所有我心目中認定的前提都將在轉眼間化爲烏有。我剛剛的氣勢早已消失無蹤，此時的我就像一隻顫抖的羔羊，只能屏著呼吸等她繼續說下去。

「今天我在超市聽人說……」美咲略帶羞赧地說，「丸森醫院不能信任。」

「什麼？」

「尤其是婦產科，聽說誤診率高得出名，我們超市的客人裡也有兩、三個受害者。」

「不會吧？」

「嚇到你了？」

「嚇得我四肢無力。」我的手不停打顫，連舀湯都沒辦法，「那傢伙原來是蒙古大夫？」

「可以這麼說。」

「爲什麼這種人能當醫生？」

「這世上任何事情都可能發生。」美咲露出了充滿哀憐之意的溫柔笑容。

9

隔天，美咲爲了確認懷孕的眞僞，決定到另一家風評不錯的婦產科接受檢查。我自告奮勇要開車載她去，她卻堅持獨自前往，要我留在家裡。

「多半是沒有懷孕吧。」美咲預測，「十年來都沒有成功，哪有可能說懷孕就懷孕，是我們太天眞了。」

我只覺得全身疲軟。踢足球造成的肌肉痠痛，或許也是原因之一。我只能躺在沙發上，一動也不想動。

當然，我心裡還是有些自豪。優柔寡斷到連搭電車都會陷入窘境的我，竟然在生孩子這種重大議題上能夠下如此大的決心，實在是值得激賞。而且我的決定可不是嘴巴上說說而已。在我說出「生吧」的瞬間，心中已確實浮現了未來的景象。我與美咲兩人共同養育小孩的畫面是如此清晰而眞實，彷彿伸手就可以觸摸得到。「三年後」逐漸逼近，世界再度掀起騷動，但不管掠奪及暴力行爲再怎麼氾濫，我都會拚命保護孩子的安全。我們會發出開朗的笑聲，三人圍著餐桌吃飯。我甚至相信，十年後，我會跟孩子下起黑白棋。到時美咲會以閒得發慌的口氣說，「讓媽媽也加入嘛。」我會無奈地回答，「黑白棋只能兩個人下。」孩子則會以略帶任性的語氣說，「媽媽再等一下啦。」那幅景象是如此溫馨感人，幾乎令我害羞臉紅。

就算懷孕眞的只是蒙古大夫的誤診，我心中描繪的未來雖會消失，但藉由昨天的決定所建立的自信，卻可以扶持我繼續走過往後的日子。

美咲在傍晚將近五點時回到家中。當時我準備做炒麵，正在切甘藍菜時，聽見了她匆忙進屋的聲音。

「妳回來了。」我說道。她皺起了臉，同時顯露出歡欣、靦腆與歉疚的神情。

「難道……」我擱下菜刀，走上前問，「妳眞的懷孕了？」

美咲先是哈哈大笑，接著對我雙手合攏，做出類似膜拜的動作，「富士夫，對不起。」

「怎麼了？」

「我好像眞的懷孕了。」

「那眞是……」

「而且好像是雙胞胎。」

我驚愕得好一會兒說不出話，但我已想好接下來該說的台詞，「那我們就可以分成兩組下黑白棋了。」

窗外的夕陽看起來雖然小，照在我右臉頰上的陽光卻是如此耀眼。我深信那是一股即使面對世界末日，也能屹立不搖的強韌力量。

困獸啤酒

1

「喂！不准動！」我對著坐在一旁的杉田舉起手槍。

「辰二，怎麼了？」站在正前方的大哥問。

「我只是想撿筷子而已……」杉田顯露出狼狽與不悅的神情。

我本來以爲「杉田玄白」只是這個人擔任電視主播的藝名，如今才知道那原來是本名。他今年四十五歲了，四十五年前幫他取這名字的父母，多半也不是什麼好貨色。「唯恐天下不亂」大概是他們親子之間的共同信念。

坐在杉田兩側椅子上的妻子及女兒，皆以憂心忡忡的神態直盯著我看。但她們臉上的恐懼之色並不強烈，或許是我們在晚餐前闖進屋裡，把她們嚇傻了，她們還沒搞清楚到底發生了什麼事。

我低頭一看，餐桌下確實掉了一雙筷子。「你撿吧。但你若敢搞鬼，我馬上就開槍。」我說完這句話，轉頭望向大哥。這十年來，大哥已練就了一張完全看不出感情起伏的撲克臉。他微微點頭，銀框眼鏡底下的一對瞳孔依然黯淡無光。他今年三十二歲，只比我大兩歲，外表看起來卻蒼老得多。那不是所謂的「老成」或「穩重」。若要加以形容，他就像是一朵尚未死亡便已放棄成長的乾燥花。

此刻我們所在的位置，是位於仙台市的一棟名爲「山丘小鎮」的公寓大樓五樓，五〇九號室。

「你們這些電視台的人，從來不知道什麼叫責任。」我面對著杉田，拚命壓抑心中的怒火。若不咬緊牙根，恐怕說出來的話全都會變成怒吼。

我朝小矮櫃上的時鐘一瞧，此時剛好七點整。窗戶雖拉上了窗簾，但仍可感覺得出來窗外天空的明亮。明明秋天已進入尾聲，太陽卻依然每天遲遲不下山，簡直像極了炎熱的七月。最近愈來愈多像這樣的天氣異常或大自然奇特現象。每個人都猜得到一定是受小行星即將撞擊地球所影響，卻沒有人說出口。不知是因恐懼而不敢承認，還是沒時間細想氣象異常與世界末日的因果關係。

「爲何這麼說？」杉田似乎並不特別害怕，更是讓我怒火中燒。

這公寓房子光是餐廳就有將近十五張榻榻米大，與廚房及客廳相鄰。長方形的餐桌下，鋪著柔軟的地毯。客廳有著寬螢幕電視、全套音響設備，透明玻璃櫥窗裡擺放著數張照片。那些多半都是杉田跟名人合拍的紀念照。這些對杉田而言象徵著榮耀的照片，不禁令我作嘔。這個人專門踐踏他人的不幸，對「毒辣主播」這稱號甘之如飴，那些照片彷彿不斷放射出他的自我表現慾及自我滿足感。

「電視台的人就是這樣，對於演藝人員的結婚或離婚緋聞，總是窮追不捨，遇上震驚全世界的大事，卻是逃得比誰都快。就像你這樣，厚著臉皮逃到仙台，早把民眾知道眞相的權利及報導自由忘得一乾二淨。」我說道。

「這裡是我的家，我本來就住在仙台。」

「在消息傳開之前，你不是住在東京，把家人都留在仙台嗎？你還常常在節目上自稱是離開妻小到東京打拚的主播，不是嗎？現在怎麼回來了？像現在這種世界亂成一團的時候，不正是你們媒體工作者爲民眾貢獻心力的時候嗎？」

如今依然恪守著新聞播報崗位的媒體工作者可說是少得可憐。

「再過三年，小行星就要掉下來了。全世界都陷入了恐慌，我們還能做什麼？這年頭有誰還看電視？」杉田滿臉苦澀地說。

「電視台還是有人努力經營節目，這是使命感的問題。」大哥說。

「那些人只是找不到其他事情做而已，那不是使命感，而是自我膨脹。」

「平常你們老是大言不慚地說『報導眞相是媒體工作者的使命』，一副正義使者的態度，對犯罪行爲大肆批評。小行星即將撞擊地球的消息一公開後，全世界的人都像無頭蒼蠅一樣，這種時候，你們不是更應該盡你們的職責嗎？」大哥以沉著冷靜的語氣說道。

「這個嘛……」杉田兩眼布滿血絲，一時張口結舌，轉頭朝坐在旁邊的妻子及女兒瞥了一眼。一家三口眼前皆擺著一盤牛排，上頭淋著色澤美麗的醬汁，誘人的香氣隨著熱氣冉冉飄升。此外，三人前方還各擺了一只美麗的玻璃杯。杉田及其妻子的杯裡裝著明亮小麥色的啤酒，女兒的杯裡則裝著不斷冒泡的黑色碳酸飲料。如此悠哉地吃大餐、喝啤酒的行爲，讓我看得目瞪口呆，甚至忘了生氣。

「事到臨頭，你們根本不會在乎電視台的工作。」大哥語氣平淡地接著說，「你們看一般民眾紛紛拋下工作，開始享受最後的人生，心裡一定急得像熱鍋上的螞蟻吧？於是你們察覺，繼續待在電視台一點好處也沒有，對吧？人生只剩數年好活，哪能浪費在工作上？你們心裡一定是這麼想的，對吧？平常裝出一副正義凜然的模樣，其實這工作對你們來說不過是這種程度而已。」

杉田愁眉苦臉地搖頭說，「或許你說的沒錯。」

「你承認了？」

「請問……」杉田的女兒突然開了口。這少女留著一頭及肩的茶褐色長髮，身材嬌小，臉上的妝卻化得極濃。世界只剩三年就要結束，什麼「培養未來主人翁」、「爲將來扎根的教育」都成了空談，絕大部分國中、高中都不再上課。依年齡來看，這少女應該是高中生，但多半也跟其他少年少女一樣無課可上吧。

「請問……你們來我家有什麼事？」少女的用字遣詞雖客氣，態度中卻流露著一股倦怠感。

「我們來殺妳爸爸。」大哥的回答不僅迅速，而且毫無抑揚頓挫，簡直像機械一樣。包含我在內，所有人一時之間都反應不過來。

過了半晌，杉田揚起眉頭問，「爲什麼？」沾滿汗滴的額頭，看起來跟餐桌上肥嫩的牛排有三分相似。「丟下工作不管的新聞工作者多得數不清，爲什麼偏偏挑上我？」

「這跟小行星一點關係也沒有。」我不屑地說。

「我們殺你，是爲了替妹妹報仇。」大哥說道。他的聲音就連身爲弟弟的我，聽了也不禁毛骨悚然。「因爲你殺了我們的妹妹。」

「咦？」杉田的臉上滿是驚恐。

「我不容許你這種人跟我們一起因小行星墜落而死。我絕對不容許這種事情。無論如何，我必須先殺了你。」我的心情比自己所預期的還要激動。

2

曉子，也就是我們的妹妹，死於距今十年前。算起來，就是全世界因小行星撞地球的消息而鬧得天翻地覆的五年前。

肇因是一起人質挾持事件。

歹徒是一名三十多歲的女竊賊，曾犯下多起竊盜案。據說她原本是化妝品公司的職員，後來因故離職。不知是爲了排遣鬱悶的心情，還是爲了另謀生計，竟然幹起了闖空門的勾當。總而言之，不會是基於什麼了不起的動機。有次她溜進一間出租公寓內，不小心被屋主撞見，接著她竟然做出了一件令人大感意外的舉動。她掏出了手槍，脅迫屋主就範，並躲在屋內與警察對峙。

一個闖空門的女竊賊竟然會攜帶手槍，光是這點就令人百思不解。更何況她不趁罪名尚輕時束手就縛，竟然還挾持屋主與警方對峙，這種自己往死胡同鑽的愚蠢做法更是讓人搖頭嘆息。當然，若是平常的我，根本不會在意這種蠢蛋的死活，偏偏這案子，我不能置身事外。

因爲遭挾持的屋主就是我的妹妹，曉子。

「我就說，不應該讓她獨自住在東京。」媽媽不停長吁短嘆。我和大哥急忙帶著她趕往東京，守在公寓附近，一面聽警察隨時告知案情發展，一面觀察公寓的狀況。

電視將警察包圍公寓的畫面全拍了出來。氣氛不像是播報犯罪案件，倒像是轉播一場熱鬧的慶典。

女歹徒顯然已失去了理性判斷的能力，每個舉動都踰越了常理。她警告警方，「再靠近就殺人質。」就這麼在公寓裡躲了三天。

第三天，人質挾持事件陡然落幕了。凌晨三點，女歹徒突然神情恍惚地走出公寓門口。警察還來不及決定該怎麼做，她突然對著腦袋開了一槍，就這麼當場慘死。當時我跟媽媽還在睡覺，事後得知都有些摸不著頭緒，唯獨大哥親眼見到了那一幕。「那女人竟然露出詭計得逞的表情。」大哥一邊說一邊咂嘴。如今回想起來，大哥當時依然是有喜怒哀樂的人。

曉子的身心都陷入虛弱的狀態，但至少在我們看來是「平安無事」的。長達三天的挾持事件終於落幕，我們放下了心中大石。原本以爲可以恢復原本的生活了，沒想到痛苦還沒結束。不，應該說眞正的痛苦才剛要開始。一回到位於福島的老家，我們便遭到媒體記者包圍。

根據我的推測，這或許與曉子的外貌有關吧。曉子是個皮膚白皙、身材苗條的女孩子，雖然才十九歲，卻已帶有成熟魅力。她是個名副其實的美女，並非因爲我是她哥哥才刻意吹捧。尾角微微上揚的大眼睛，散發出知性美與一股傲氣，尖尖的下巴卻又顯得嬌柔可愛，兩極化的特性令人難以移開視線。

新聞轉播連續三天在全國電視上播放，觀眾之中多半有人對曉子抱持的看法並非只是單純的「受害者」而已。或許有些人認爲她就像是悲劇中的美女，有些人更認爲她是自己命中注定的情人，正等著自己出手相救。此外還有一些心態殘酷的人，認爲曉子遭挾持時的態度太高傲了。總而言之，許多人基於各自不同的理由，對曉子抱持異常的關心。

滿足民眾的變態心理，似乎正是新聞媒體的職責。

電視台及八卦雜誌的記者不斷湧向我家，有的按門鈴，有的敲門，有的擅自從隔壁大樓偷拍。這些人沒有節操，沒有常識，而且不知什麼叫厚道。

剛開始的時候，我們總是以誠懇的態度面對他們。不，正確來說，面對他們的人只有大哥而已。我從小品行不良且不擅交際，媽媽則是精神上受了太大打擊。「媽媽跟阿辰負責照顧曉子就行了，外頭那些記者由我來應付。」大哥就這麼一肩扛下了這個重責大任。在我看來，大哥在面對媒體時，總是盡可能展現出最大的誠意。對了，現在大哥總是叫我「辰二」，但當時大哥總是親熱地叫我「阿辰」。

媒體追新聞的手法總是糾纏不清、陰狠毒辣、蠻橫霸道且口蜜腹劍。他們心中似乎從來沒有「還給受害家屬一個安靜生活」這種選項。他們每天想盡辦法要問出曉子的狀況，並且拍攝曉子的照片。其中有些記者會喋喋不休地述說對我們的同情，或是含著淚水表達他們對工作所抱持的尊嚴，但即使是這樣的記者，幹出來的事情也是大同小異。

媒體記者遲遲不肯散去的另一個原因，是有些人在外頭造謠生事，說什麼「歹徒跟曉子原本就認識」，或是「犯案動機是曉子搶了歹徒的男朋友」。只要「話題」及「社會關心」一天不停止，媒體記者的「使命感」就不會消失。

有些報章雜誌開始報導「曉子的異性交往狀況亂得令人咋舌」、「曉子在遭挾持時一直沒穿衣服」之類的毀謗文章。後來他們查出案發當天曉子沒有鎖上公寓大門，又開始批評她太不小心，說她根本是自作自受。媒體記者就是這樣，一開始在你面前花言巧語，想盡辦法吹捧討好，等到發現你不肯配合時，馬上就會翻臉不認人。

有一次，大哥再也受不了，氣呼呼地質問電視台記者，「爲什麼老是纏著我們？你們要查，應該是查加害者吧？雖然歹徒已經死了，但這件事是對方惹出來的，你們不去追究原因，一天到晚追著我們這些受害者家屬做什麼？」當時距離挾持案已過了一個月，大哥的口吻雖然客氣，但態度已表現出了怒意。

這段話被電視台原封不動地播了出來。當時我們一家人正圍著餐桌吃飯，剛好都看到了這一幕。我們並不是刻意要看，只是不小心看到了而已。電視畫面上，攝影棚內的主播是這麼說的，「當然是因爲有趣。比起過世的歹徒，民眾對這一家人更感興趣。」那是個名氣相當響亮的主播，有個與《解體新書》(註)發行者相同的名字。他說得輕描淡寫，接著得意洋洋地對著鏡頭強調，「聲稱自己是受害者的人，大多沒那麼容易受害。」

註：《解體新書》是日本江戶時代第一本翻譯自荷蘭文的醫學書籍，發行者爲杉田玄白。

我們一家人聽了，當然是氣得說不出話來。媽媽拿起遙控器，想要將電視關掉，就在那一瞬間，杉田又說了一句，「接下來，我們進一段廣告。」

我永遠記得那一幕。在說完這句話的瞬間，杉田露出了沉痛的神情。由於電視畫面沒有立刻切換爲廣告，反映出眞正感情的扭曲面孔就這麼在電視上播了出來。接著杉田又轉頭望向節目工作人員，眼神充滿了悲哀，咕噥了一句，「當壞人眞痛苦。」那種雙眉深鎖的無奈神情更是讓我印象深刻。

說起來慚愧，我當時的第一個感想是「啊，原來他說出那種挑釁的言詞也是逼不得已」。我相信絕大部分觀眾在看了那一幕之後，都會產生相同的反應吧。

但是大哥的反應完全不同。他呢喃說，「套好的。」

「咦？」

「剛剛那一幕是套好的。假裝是不小心拍到了內心感受，其實都是故意安排好的。既要當壞人，又想獲得觀眾的認同。」

我霎時恍然大悟，接著怒上心頭，好一會兒擠不出半個字。曉子起身走回了自己的房間。就是從這一刻開始，大哥不再正常地表達自己的感情起伏。他總是板著撲克臉，維持著冷酷態度。面對媒體的採訪，他也不再應答，不管記者們說什麼，都堅持「不理不睬」的策略。原本我總是叫他「虎一」，就像是好朋友一樣，但是從那天起，我只能改口叫他「大哥」。看不透內心世界的大哥，讓我感到莫名恐懼。「虎一」這個名字，我再也叫不出口了。

曉子自殺之前，最後與她對話的人是我。就在她自殺的前一天，她來到我房間，口氣不疾不徐地問我，「辰二哥，你還記得那部叫什麼『囚犯』的連續劇嗎？」

「《落跑囚犯》？」

「對，就是那部。」

「好懷念啊。」我說。那是一部我們小時候常看的連續劇。除了連續劇之外，當時還有漫畫，我們當然也買了，只是現在不知塞到哪裡去了。

劇情相當了無新意，就是敘述一個越獄犯不斷重複逃亡的過程而已，但我們都看得相當入迷。由於殺人罪的追溯期爲十五年，每一集到了最後，主角總是會說出這麼一句台詞，「只要逃十五年就行了？那比吃稀飯還容易！」

如今回想起來，這句台詞簡直只能以荒謬透頂來形容，但當年只要我或大哥說出這句台詞，曉子就會開心得手舞足蹈。連續劇裡有一幕是囚犯自監獄的高聳圍牆上跳向電纜線，以皮鞭勾住電纜線，像纜車一樣順著往下滑。我們爲了模仿這個動作，也曾嘗試自庭院的圍牆往高架電線跳，下場當然是遭到父母重重責罵。

「現在的我們，簡直就像裡頭的主角一樣。但我們沒做壞事，爲什麼要逃？」曉子半開玩笑地說。

「仔細想想，那個主角可是殺人犯，我們當初不該這麼崇拜他。」

「對啊，何況他最後還是被逮住了。」

連續劇裡的主角雖然大言不慚地說逃亡十五年是輕而易舉的事，卻在最後一集被送回了監獄裡。這樣的結局除了讓我們大感失望之外，卻也學到了一個教訓，那就是「法網恢恢疏而不漏」。不過話說回來，他是在服刑時逃獄，能不能適用法律追溯期，似乎還需要討論。

後來曉子垂下頭說，「虎一哥好像變了個人。」

「大哥只是這陣子太累了而已。」我嘴上這麼說，其實心裡很清楚大哥的改變與疲累無關。那不是靠睡眠、休養或溫泉旅行可以解決的問題。那就像是一種變身。原本個性溫馴的動物，置身在嚴苛的環境之下，又遭到人類背叛，終於變成猙獰可怕的猛獸。

「是我不好？」

「當然不是。」我趕緊否定，「妳別擔心，過陣子他就恢復了。」

曉子走出房間時，我故意模仿連續劇的台詞對她說，「要解決這種小問題，那比吃稀飯還容易！」

但她並沒有笑。

3

「你們是那個住在福島的……」杉田驚愕得張大了口，伸出宛如樹枝一般的肥大手指，有氣無力地指著我們兄弟。

「沒錯，我們就是當年被你當成笑柄，『沒那麼容易受害』的那一家人。」大哥的聲音及眼神宛如朝對方擲出堅硬的冰塊。

不僅是杉田，一旁的妻子及女兒也跟著神色緊張。

「最近沒看你上電視，原來回到家裡，玩起當爸爸的遊戲了。」我愈說愈是激動，「我們當然不會輕易放過你，就這麼追到仙台來了。」

「如果消息是正確的，三年後小行星將撞擊地球。你可以跟妻子及女兒一起迎接那一天的到來。」大哥淡淡說，「雖然世界末日將要到了，至少你還有家人，但我們呢？我們可是失去了妹妹及母親。」

「你們的母親也去世了？」杉田的妻子驚問。

「你們不知道？」我感覺臉頰不停抽搐，不由自主地揮舞手中的槍，「對，你們當然不知道。曉子一死，媒體記者突然全都不再上門了。」

「難道你們希望令妹自殺後，記者繼續採訪？」杉田忍不住出言反駁。

我想狠狠揍他一拳，但拳頭才剛舉起，已遭大哥阻止。

「記者不再來糾纏，對我們當然是好事。但記者放過我們一家人，可不是爲了我們好。你們只是對曉子的自殺感到心虛而已，我說錯了嗎？」大哥侃侃而談，「你主持的那個節目，最擅長刻意挑起觀眾的抗議聲浪。愈是遭到批判，收視率反而愈好。所以說，曉子的死並沒有讓你們產生歉疚或反省的念頭。就好像開車不小心輾死了一隻貓，你們只是覺得『殺死貓的感覺眞不舒服，以後還是換一條路開好了』。也因爲這個緣故，你們並不知道我們的母親也死了。因爲不感興趣，所以這件事對你們來說就像沒發生。」

我一邊聽著，一邊回想起了媽媽過世的那一幕。那天媽媽進浴室洗澡，過了一小時還沒出來，大哥放心不下，於是打開了浴室的門。但他看到的，卻是吞下大量安眠藥後沉入浴缸深處的媽媽。

「這麼說，你們是來……」杉田一臉茫然地問。

「來報仇的。」大哥淡淡回答，「無論如何必須趕在小行星毀滅地球之前。」

電話突然響起，所有人一起轉頭。電話放在小矮櫃上，而小矮櫃就在我的身旁。「辰二，你接。」大哥對我說完後，以槍口指著杉田一家人說，「你們要是敢輕舉妄動，我就開槍。」大哥嘴上雖這麼說，但他看起來不像是隨時準備開槍的樣子。我想這是因爲大哥不希望讓杉田死得太簡單，而這也是我心中的期望。首先要讓他嚇個半死，接著讓他對自己的所作所爲徹底懺悔，最後才能殺死他。如果一槍了斷他的性命，那跟小行星提早墜落有什麼不同？

我舉起了話筒。「杉田老弟？我是渡部。」話筒內傳來說話聲。對方是個老人，語氣聽來與杉田相當熟稔。「我剛剛看見有兩個鬼鬼祟祟的男人溜進你家，有些不放心，因此打來問問。」

「一個姓渡部的，說看見我們溜進杉田家。」我將話筒拿遠，望著大哥說道。

「啊……」杉田與他的妻子同時點頭，顯然已理解了狀況。

「這個人是誰？」大哥壓低了嗓子逼問。杉田的妻子遲疑了一下說，「住在同一樓的鄰居。」

爲了今天，我早已將這棟公寓的各住戶調查得一清二楚。小行星即將墜落，能夠耐著性子待在同一個地方的人並不多。有陣子絕大部分居民都打包行李，在沒有明確目標的狀況下展開了旅程。這棟公寓的住戶當然也不例外，當初原本有一百戶左右，如今卻連一半也不到。五樓除了杉田家之外，僅剩另一戶還沒搬走，姓氏確實是「渡部」。

大哥似乎也正想著同一件事，他說，「渡部家是一對年輕夫妻。」

「可是聲音聽來是個老頭子。」剛剛那電話裡的聲音，絕不可能是年輕人。

「多半是渡部先生的父親吧。大約一年前，渡部先生邀父親來這裡同住。」杉田回答，「那位老先生每天都在屋頂上忙個不停，不知在製造什麼，還經常來來回回搬運大型行李。我想他就是在搬東西的時候，碰巧看見了你們。」

「在屋頂上能製造什麼？難不成是造方舟？」我不屑地說。

「喂，你聽見了嗎？喂喂？」電話另一頭的渡部開始吆喝。

「大哥，現在該怎麼辦？」我再次詢問對策，大哥邁開大步走了過來，搶下我手中的話筒。我正感到納悶，卻聽他對著話筒喊，「我們闖入杉田家，挾持了這一家人。你聽好，快去通報電視台。只要是仙台還在營運的電視台，哪一家都可以。你就說，歹徒要求電視台派人從樓下拍攝這屋裡的狀況。」

大哥放下話筒，屋內一片沉默。杉田的妻子愁容滿面地望著我們兄弟，女兒則是縮著肩膀凝視餐桌上的湯盤。

「大哥，你叫電視台的人來幹什麼？」

「我要讓這傢伙嘗嘗相同的滋味。」大哥以槍口指著杉田，「這樣他才會知道被攝影機追著跑的感覺。」

「可惜現在這年頭沒人看電視了。」杉田垮著嘴角說道。

「無所謂。總之我就是要讓你面對攝影鏡頭。」

「大哥，但那老頭可能會報警。」

大哥氣定神閒地點頭說，「或許吧。但就算那老頭報警，也沒什麼大不了。」大哥這麼說完後，又指著拉上了窗簾的窗戶說，「對了，辰二，離窗戶遠一點。最近的警察下手狠毒，或許會朝著窗戶開槍。」

我心想確實沒錯。從前的警察作風溫厚，除非遇上緊要關頭否則極少開槍，但自從五年前世界末日的消息一傳開，情況可就完全不同了。整個國家的每座市鎮、每個角落都充斥著犯罪行爲，自暴自棄的群眾在商店街鬧事，竊盜及縱火事件層出不窮。騷動成了家常便飯，馬路上永遠擠滿了汽車。

在這種情況下，警察當然也無法繼續保持溫和風格。要維持治安，就必須下猛藥。

如今只要事態緊急，警察便會毫不猶豫地射殺暴徒。任何人只要犯點小罪，就會被送進監獄。警察只負責將罪犯拚命往監獄裡塞，其他什麼都不管。由於這年頭幾乎不存在所謂的人權團體，據說監獄裡的生活環境惡劣到令人不忍卒睹的地步。

但以我看來，極端的嚴刑峻罰似乎發揮了一定的效果。不僅犯罪逐漸減少，社區也變得寧靜許多。從今年年初開始，整個社會更是和諧得令人不敢相信，過去幾年的慘況簡直像是一場噩夢。

「這就叫塵埃落定吧。」大哥曾這麼形容，「失去理智的人絕大部分都從社會上消失了。有的自殺了，有的流浪去了，有的被捕了。鬧事的都不在了，社會當然會變得平靜。剩下的人都想通了一件事，那就是既然只剩三年好活，平平安安地過完三年才是最聰明的做法。」

4

大哥在半年前提出了報仇的想法。當時整個社會就像是海水退潮一般，從混亂中逐漸恢復秩序，而我們的家鄉福島市當然也不例外。在那之前，我們光是應付每天都會出現的攔路殺人魔及強盜，並且保護住家不遭人縱火，就已經忙得身心俱疲。住在我們家左邊的山田家遭闖進屋裡的強盜殺害，住在右邊的佐藤家則全家一起自殺了。在動盪不安的局勢之下，我光是維持理性不讓自己發瘋，就已耗盡了所有精神，但大哥似乎與我不同。

「辰二，你認爲呢？」大哥突然問我。

「認爲什麼？」

「當然是那傢伙的事。」

「那傢伙？」一時之間，我還以爲大哥是將小行星擬人化後稱爲「那傢伙」。

「那個杉田主播。」

「啊……」我一聽到這名字，一陣熱氣頓時從胸腹深處噴發而出。那就像是一片滾燙的熱水，熱量隨著破裂的泡沫向外飛濺。曉子上吊時的繩索、裝著母親遺體的浴缸，以及電視上杉田那張獰笑的嘴臉，種種的記憶宛如一塊塊黑色的黏稠物體彈了出來，伴隨著濃濃的腐臭味。

「原來是那傢伙……」我說。

「聽說他辭去工作，搬回了仙台，大概是希望與家人度過最後的時光吧。」

「大哥，你都查清楚了？」

「我怎麼可能忘了這個仇？」

我一聽大哥的口氣，心裡明白了一件事。正當全世界因小行星撞地球而鬧得天翻地覆，每個人都陷入生死抉擇的關頭時，唯獨大哥依然默默盤算著復仇的計畫。不過，剛開始的時候，我有些興致缺缺。世界只剩三年就要終結，這仇還有必要報嗎？我們爲什麼要把自己的寶貴時間浪費在杉田那種人身上？

然而大哥接著拿出了一些錄影帶，那些錄影帶改變了我的想法。

大哥竟然將杉田主持的電視節目全都錄下來了。當我知道這件事時，第一個念頭不是思考「爲什麼」，而是對其冷酷的執著與毫不放棄的行動力感到又驚訝又佩服。

「這一捲，是曉子過世那天的節目。」大哥一邊說，一邊按下播放鍵。

節目在剛開始的時候，簡單公布了曉子自殺的消息，接著就宛如什麼也沒發生一樣，播起其他新聞。又過一會兒，杉田竟穿上魔術師的裝扮，表演起無聊的魔術。

「當時的所有媒體工作者，全都令人作嘔。但唯有這個杉田，我絕對饒不了他。」大哥對著錄影畫面說道。

畫面裡，杉田以抱膝的姿勢鑽進了一個看起來又大又堅固的紙箱中。助理在上頭蓋了一塊布，接著響起一陣誇張的音效。片刻之後，燈光亮起，助理打開箱蓋，杉田已消失得無影無蹤。我心想，眞是個老掉牙的魔術把戲，那紙箱的底層多半還有個夾層。

「辰二，你願意就這麼放過他？」大哥詢問。笑容滿面的杉田重新出現在畫面上。大哥拿起遙控器，將錄影帶快轉，直到節目即將結束的前一刻。主持人杉田的表情逐漸轉爲無奈說，「在發生不幸事件的日子表演魔術，我總覺得太過分了。」

「眞是太狡猾了。」大哥說，「靠著這種虛僞的反省，讓觀眾以爲自己沒有惡意。眞是一隻算盡心機的老狐狸。他多半以爲一切都在自己的掌控之中吧。就算距離世界末日只剩三年，難道我們要就這麼放過他？難道就這麼交由小行星結束他的生命？不，我做不到。唯獨這個杉田，我絕對不會跟他善罷甘休。」

我用力點頭附和。大哥說得極有道理，爲什麼我過去一直沒有想通？我不禁對自己的後知後覺感到可恥。妹妹及媽媽在十年前就死了，杉田的人生卻還有三年好活，未免太便宜他了。「大哥，你說得沒錯，我們絕不能善罷甘休。」我說。

5

當我回過神來，察覺杉田的妻子正在啜泣。她低頭面對餐桌，眼角泛著淚光。這個女人臉上的皺紋相當深，整張臉宛如是顆乾掉的水果，令人忍不住對其青春的短暫感到同情。

「現在哭，已經太遲了。」大哥說得冷酷無情，「曉子過世的時候，我們流了不知幾倍的眼淚。」

幾倍？不，大哥說得太謙虛了。是幾百倍。

杉田的妻子頻頻點頭，不知是在表示認同，還是單純感到恐懼。她真的理解我們心中的怒火嗎？不，我不相信。

就在這時，杉田的妻子突然拿起湯匙。我心想，在這種節骨眼，她總不會是想要喝湯吧？沒想到她一邊潸然落淚，一邊真的舀起湯盤裡的湯，並張開了口。

「妳在幹什麼？」我衝過去在她的椅子上踹了一腳，「死到臨頭，還有心情吃東西！」

杉田的妻子連人帶椅翻倒在地，發出巨大聲響，湯匙也飛到半空中。接著我舉起手槍罵她，「妳到底在打什麼鬼主意！」

湯盤也打翻了，湯水在餐桌及地毯上濺得到處都是。杉田的妻子緩緩起身，大哥站著冷眼旁觀，一句話也沒說。

「喂！妳也一樣！這時候還吃什麼東西！」我望向坐在正對面的女兒，忍不住張口大喝，並匆忙將槍口指向她。因爲她以叉子叉了一塊牛排肉，正準備放進嘴裡。

大哥剛好站在女兒旁邊，他在女兒的手上狠拍一掌，女兒驚呼一聲，叉子也飛上了天。大哥凝視著桌上的美食，雖然面無表情，卻表現出明顯的怒意。「妳們在戲弄我嗎？」大哥斥罵。

「夠了，妳們別亂來。」杉田也毫不客氣地罵道。他往妻子及女兒輪流看了一眼，臉頰不斷抽搐。

「反正都是死，有什麼不同？」女兒反駁。這是她第一次清楚表達自己的意見。她此刻兩眼上翻，顯得相當激動，擱在桌上的兩隻手掌皆握起了拳頭。

我一聽，忍不住想要哈哈大笑。她似乎是認爲反正是死路一條，吃口牛排有什麼關係。杉田的妻子將腰桿挺得筆直，肩膀卻不停顫抖，兩眼緊閉，積蓄的淚水自眼角不斷滾落。我心想，當初是妳自己貪吃，此刻才來哭哭啼啼，眞是莫名其妙。

6

此時電話再度響起。我不等大哥下令，迅速拿起了話筒。

「你們有什麼目的？」對方的聲音相當沙啞，而且有些緊張，與剛剛那個渡部老頭的聲音完全不同。我心想，多半是警察吧。於是我以手掌摀住話筒的下半部，對大哥說，「可能是警察。」

此時我以眼角餘光瞥見杉田一家人同時全身劇烈震動，不知是因爲期待，還是因爲害怕。

「他問我們有什麼目的。」

「我來跟他講。」大哥走了過來。我一邊遞出話筒，一邊監視坐在餐桌邊的杉田一家人。他們三人面面相覷，雖然沒有開口說話，但我知道他們正在以眼神討論對策。「喂，你們在幹什麼！」我再度舉起手槍，內心有股衝動想要扣下扳機。我心裡有種預感，假如繼續磨蹭下去，等等可能會發生計畫之外的事態。

事實上，光是警察還在維持治安這點，就讓我百思不解。

當初小行星撞擊的消息剛造成民心大亂時，全國各地都發生了暴動。政府所採取的第一項行動，是派出自衛隊鎮壓暴民。自衛隊訂下種種作戰計畫，企圖以高壓的武力讓社會恢復平靜。然而民眾對死亡的恐懼及自暴自棄的情緒反應，遠遠超越政府及自衛隊高層的預期。自衛隊遭暴民強力反撲，陷入完全癱瘓的狀態。如今福島的街道上還可看見遭毀損的吉普車，以及翻覆的裝甲車輛。

然而警察機關卻沒有跟著瓦解。這聽起來實在不可思議，但我曾實際目睹好幾次執行勤務中的警察。我不知道到底是什麼樣的理由在支撐著他們的行動。是一股捨我其誰的使命感，還是反正無事可做的惰性？

大哥一邊與電話另一頭的人對答，一邊將身體貼在牆上，翻開窗簾，朝著窗外的陽台窺望。天空比剛剛暗了幾分，但還是相當明亮，稱不上是黑夜。

「殺死杉田，就是我們的目的。十分鐘後，我會回撥這通電話，你們乖乖等著吧。」大哥說完後，擱下了話筒。在如此荒謬的時局之下，再荒謬的應對方式也顯得不再荒謬。

「外頭停了不少警車，還有一個男人拿著小型攝影機。眞不敢相信，這世界都快完蛋了，還有這麼認眞工作的新聞記者。」我說。

「電視台是個無可救藥的地方。」杉田沮喪地呢喃。

他的語氣是那麼純眞，簡直像是少年奔進教會裡，向神父告解自己犯下的罪行。我先是傻住了，但旋即大罵，「無可救藥的不是電視台，是你！」

大哥跟著說，「聽著，我們今天來見你，可不是要聽你懺悔。任何人被逼急了，都會說些懺悔的話，這沒什麼稀奇。若你眞的有心懺悔，在我們出現之前，不，在小行星撞地球的消息公布之前，就應該這麼做了。如今才來懺悔，已經太遲了。我們不是來給你最後的機會，只是來做我們該做的事。」

「大哥，接下來該怎麼辦？」我問。

「十分鐘之內開槍殺人，有什麼困難？」

「但警察不會乖乖等著，什麼也不做吧？」

「誰知道呢。剛剛我看窗外，他們似乎正在疏散公寓內的居民，搞不好打算來硬的。」

「來硬的？」

「現在這年頭，警察遇上犯罪只有兩種選擇，一是裝作沒看見，二是快刀斬亂麻。一旦他們決定維護治安，再凶殘的事情也做得出來。」

「等等，你們打算連我的妻子女兒也殺嗎？」杉田以顫抖的雙唇說道。

「我無所謂，你自己決定吧。」大哥的態度冷酷到令人激賞的地步。「我們恨的是你，不是你的家人。」

「你們做這種事，妹妹跟母親天上有知，一定會難過吧。」杉田的妻子突然開了口。她一邊頻頻拭淚，一邊說，「用這樣的方式報仇，絕對沒辦法讓她們開心的。」

大哥沉默不語，我也只是皺起眉頭，什麼話也沒說。我心裡暗罵一聲愚蠢，根本不屑回應。

「殺了我之後呢？你們有辦法逃走嗎？」杉田抬頭望向大哥。

「這點不勞你操心。」我搶在大哥前面說，「只要能殺了你，其他的事都沒什麼大不了。何況再過三年就要世界末日了，警察也不會對一個殺人凶手窮追不捨。」

「不，我聽說有些刑警會想盡辦法追捕同一名犯罪者，直到天涯海角也不死心。說穿了就跟記者一樣，不是爲了維持治安或法律，而是基於一種扭曲的正義感……」杉田說。

「我不知道你到底在擔心什麼，但我們只要比你晚死，就心滿意足了。就算被警察追捕，甚至是開槍打死或關進監獄，也沒什麼大不了。」這不是死鴨子嘴硬，而是內心的眞實感受。

「爲什麼……爲什麼要做這種事……」杉田一臉哀傷，雙頰的肌肉也跟著微微下垂。

「大哥，我可以開槍了嗎？」我問。

「等等，再讓我說一句話……」杉田連連揮手求饒。

「現在懺悔也沒用了。」大哥說道。
就在這時，大門外傳來奇妙的聲響。

7

大哥轉頭望向通往大門的內廊說，「警察可能已經到門口了。」
「警察？」
「搞不好隨時會破門而入。」
「我去探探狀況。」我說完後舉著手槍走到內廊。那裡沒有開燈，顯得有些陰暗，我踮起腳尖，躡手躡腳地來到大門邊。門外傳來腳步聲及壓低了嗓音的說話聲，而且不止一人。我站在門後，屏住了呼吸，將眼睛湊向門上的貓眼。
如果門外的人察覺我在這裡偷看，搞不好會毫不猶豫地朝門上開槍。一想到這點，我就感到背脊發涼。照常理來說，對方不知道站在門內的人是歹徒還是人質，應該不會貿然開槍。但在如今的時局下，這樣的推測或許太天眞了。現在的警察既不敢，也不願手下留情。爲了迅速解決麻煩，他們或許不會在意犧牲幾個善良百姓的性命。
隔著貓眼，我看見門外站著一排身穿制服及防具，戴著頭盔的警察。其中一人正將一台看起來像大型電話機的東西放在耳邊。我一方面氣這些警察竟然偷偷摸摸地集結在門外，另一方面卻又不禁對他們肅然起敬。人生只剩三年，他們竟然肯將剩餘的時間花費在維持社會治安上。

我以緩慢的動作離開貓眼，小心翼翼地想要往後退，此時卻聽見門外的警察開口說話，我趕緊將耳朵貼回門上。

「五〇一號室的屋主還沒出來。」隊伍中的一人說道。

「趕快疏散。」另一人說。

「那屋主說因爲父親還在屋頂……」

「總之叫他快逃。一旦發生槍戰，這裡會很危險。」

我再度將眼睛湊向貓眼。不知道是不是錯覺，那些警察的神情似乎相當興奮。我仔細一想，登時恍然大悟。原來這些人繼續從事警察工作並非基於使命感，而是爲了享受大開殺戒的快感。他們每個人都喜形於色，緊握著手中的槍。說穿了，他們整天追著歹徒跑，也是爲了藉由殺戮的快感來掩蓋心中的恐慌與焦慮。換句話說，門外這群警察就像是球賽中企圖趁亂鬧事的球迷。不，或許形容爲一群野獸更加貼切。

我踮著腳尖慢慢後退，回到餐桌邊。

「果然是警察，而且手上都拿著槍。只要帶頭的一聲令下，可能就會衝進來。不過似乎是因爲五〇一號室的屋主還沒避難，所以暫時按兵不動。」我向大哥回報。

「渡部先生……」杉田的妻子嘴裡咕噥著五〇一號室的屋主名字。

「好。」大哥低聲應了，舉起手中的槍，對準了杉田的腦袋。擊錘早已扣下。「現在你終於知道自己闖下大禍了吧？所謂的節目主持人，影響力是很大的。」大哥說。

「我也……我也不願意……」杉田閉上雙眼，肩膀因恐懼而顫動。
杉田的妻子與女兒同時發出嘶啞的輕呼聲，不知是哀號，還是嘆息。
「妳們給我安靜點！」我說道。
「你表現出的無奈，都只是在演戲而已。夠了，讓一切結束吧。」大哥說得毫不留情。
接著他以手指抵住了扳機。
我不禁感到口乾舌燥，呼吸也變得粗重，肩膀上下起伏。於是我走向餐桌，站在杉田旁邊，腦袋裡什麼也沒多想，伸手便拿起了杯子。我不認爲自己正在緊張，但我知道自己正口渴不已。
我將杯子抵在嘴邊，先深吸一口氣，才一口灌下啤酒。
不，正確來說，其實我並沒有喝下啤酒。我正要將啤酒倒進嘴裡時，杯子竟然飛了出去。
我自認爲沒有絲毫鬆懈，沒想到竟然還是給了杉田的女兒可趁之機。她突然站起，朝我撞了過來。我看見一滴滴的啤酒彷彿慢動作般在空中翻舞，接著我跪倒在地板上。我勃然大怒，匆忙將手槍交到右手，擺出瞄準架勢。「臭丫頭，妳找死嗎？」我仰望杉田的女兒，將槍口瞄準她的雙眉之間。杉田女兒的表情相當嚴肅，她不斷深呼吸，肩膀頻頻搖晃。我以單膝跪立，穩住了身子後說，「大哥，連這兩個女的也殺了吧。」
「好吧。」大哥說道。
「你們眞是不見棺材不掉淚。別以爲警察來了，就不把我兄弟放在眼裡。到了這地步，你們若還認爲能夠活命，那眞是太樂觀了！」我破口大罵。門外警察若聽見這句話，可能會撞開大門衝進來，我心裡有些恐懼，但我無法克制心中的怒火。

「我們根本不想活命。」杉田的妻子開口說道。那聲音既虛弱又淒涼，宛如是從某處縫隙流入屋內的簌簌風聲。

「妳說什麼？」我歪著腦袋問。

「我們原本就打算要自殺。」

8

我跟大哥好一陣子說不出話。大門外傳來了數人壓低聲音交談的說話聲。多半是我剛剛被撞倒的聲響，以及我大聲怒罵的聲音，讓外頭的警察認爲屋裡發生了異常情況吧。接著警察敲了敲門，還裝出鄰居的口氣問道，「你們家沒事吧？」但在我聽來，這句話的背後彷彿訴說著「好想趕快衝進去大殺一場」。

「打算自殺是什麼意思？」大哥的臉上不帶絲毫迷惘或錯愕，卻難免露出摸不著頭緒的表情。

杉田的女兒自從衝撞了我之後，就一直維持站立的姿勢。我站了起來，等著杉田的妻子回答大哥的問題，但她卻看向杉田。杉田承受著妻子的視線，緩緩說，「你剛剛差點喝下肚的那杯啤酒……」

「怎麼？」我瞪著眼問。

「裡頭下了毒。」

這完全出乎意料之外的回答，令我不禁伸長了脖子，與大哥面面相覷。接著，我低頭望向沾溼了地毯的啤酒。「下了毒？」大哥跟我異口同聲。

「我們今天原本打算自殺。」杉田的妻子垂首說道。

「自殺？」我狐疑地問。

「桌上的食物跟飲料裡都下了毒。」杉田的女兒臉色鐵青地說。接著她說出了一串化學名詞，似乎是毒藥的名稱，但我根本聽不懂。

「爲什麼要自殺？」

杉田一家人互相張望，簡直像是以眼神開了一場家庭會議。杉田驀然整張臉皺成一團，宛如壓抑在心中的恐懼終於爆發了出來。「因爲我們再也受不了了。」

「與其被小行星害死，不如自己了斷。」杉田的妻子說。

「現在這世界，活著還有什麼意義？」杉田一家人之中，女兒的語氣最爲平淡。

「你們在耍我嗎？」我想也不想地大吼。爲什麼罵出這句話，我自己也說不出個所以然來。

「我並不是想要辯解……」杉田臉色僵硬地看著大哥，宛如投降般舉起雙手，「但我希望你們能體會，我主持那節目也不好過。」

「什麼意思？」大哥冷冷地問。

「我一直受到良心呵責。」

「良心呵責？」我一聽到這句話，猛然一股沮喪感湧上心頭。或許我一直不希望從他口中聽到這句話。

「電視台是個無可救藥的地方……」杉田重複了相同的話，接著似乎念頭一轉，改口說，「不，無可救藥的是我。我的行爲踰越了應有的限度。就像你們說的，當我得知地球即將毀滅後，我選擇逃離了那份工作。直到那一刻，我才想通一件事。那就是不管我嘴上說得多麼正義凜然，其實我心中的使命感根本沒有那麼重要。」

接著杉田又敘述，一年之前，他原本舉家離開了仙台，想要尋找安全的地方落腳。但後來發現不管走到哪裡都是亂成一團，於是只好又回到了仙台。「到了這地步，滿腦子還想著苟活下去的辦法。我突然覺得自己實在是太醜陋了。」

「你主持的那節目，成天只會拿弱者當笑柄，哪有什麼使命感？那樣的行爲，就像是站在看熱鬧的群眾面前搖旗吶喊而已。難道在節目上變魔術，就是你的使命感？眞是太可笑了。」我不禁愈說愈快。

「你說的沒錯……但是……」杉田露出彷彿被抓到痛腳的神情，吞吞吐吐地說，「但是……我也是逼不得已……那種節目的內容是愈聳動愈好，很多事情並非我一個人能決定。」

「你還想推卸責任？像你這種人渣，怎麼不死了算了？」我痛罵他。

「我也這麼想，所以我才打算自殺。」杉田既沒有動怒，也沒有露出「先見之明」的優越感。

「他死就算了，爲何連妳也想死？」大哥望向杉田的妻子，接著又望向杉田的女兒。

「還有妳也是。」

「反正三年之後非死不可，繼續活著也沒什麼意思，何況……」女兒露出了萬念俱灰的神情，望向父親，「我從小就非常討厭爸爸的工作。主持那種低俗的節目，一天到晚說別人的壞話……」

杉田此時整個人垂頭喪氣，顯得心灰意冷。

「你們剛剛提到的曉子小姐那件事，我也很爲她抱不平。所以當爸爸說出打算自殺的念頭時，我心想這樣也不錯。」

「你憑什麼要求家人跟你一起死？眞是自以爲是的人渣。」大哥以輕蔑的語氣說道。

「對，我是人渣，所以我不想活了。」杉田再度強調。

「妳們剛剛想要吃毒藥，是因爲不想死在我們手裡？」我問。杉田的妻子及女兒都曾經企圖將食物送入口中。

「只要我先自殺，就不會害你們犯下殺人罪了。」杉田的妻子低聲說道。

「不，妳不該那麼做。」一旁的杉田突然開口，「要是我們死光了，屋裡只剩他們兩人，警察一樣會懷疑到他們頭上。若要避免這種結果，今天我們絕對不能死。」

「爲什麼是今天？」大哥低聲問，「你們爲什麼選在今天自殺？」

完全出乎意料之外的事態發展，令我有些不知所措，但我一聽大哥這問題，便知道他這麼問的用意。杉田一家選在今天自殺，或許跟我們選在今天殺人的理由相同。

不出我們所料，杉田在遲疑片刻後難過地說，「今天……今天是你們的妹妹的忌日。既然要死，今天是最好的日子。當然，我並不奢望這麼做能獲得你們的原諒。」

「當然不可能。」大哥說得斬釘截鐵。

9

「大哥……」我心裡不知該如何做才對，只好向大哥尋求解答。

就在這個時候，外頭再度傳來敲門聲。這次的聲音粗魯得多，彷彿在慎重中多加了幾分的焦躁與威嚇。「杉田先生！」門外的人喊著。那語氣就像是下著最後通牒，杉田先生，你再不應話，我們就要衝進去了。

杉田端坐不動，兩隻緊握的拳頭擱在膝蓋上，垂著腦袋什麼也沒說。那模樣像是自白了罪狀，正在等待行刑的囚犯。

「辰二。」大哥沉默了好一會兒，忽然喊了我的名字。

矮櫃上的電話驟然響起，彷彿正等著這一刻，那聲音聽起來既刺耳又不吉利。杉田吃驚地望向電話機，接著滿臉憂色地朝我望來。妻子及女兒則是直盯著電話機看。

「辰二，算了。」大哥說得泰然自若，彷彿電話聲根本沒傳進他的耳裡。不知道是不是我的錯覺，此刻他的表情竟然異常神清氣爽，就好像是藉由排尿及發汗將體內的毒素都排出了。

「算了？」

「既然他們想死，我們可不想如他們的願。」大哥以槍口用力抵住杉田的太陽穴，「你要是眞的有心懺悔，就別想逃避。服毒自殺太便宜你了，一定要給我活足三年。」

杉田露出了不知如何是好的神情，他的妻子也顯得手足無措。事實上，連我也被大哥這句話搞糊塗了。他要杉田不准死，到底是什麼意思？

「你可別隨隨便便就送了命。就算小行星掉下來了，你也要苟延殘喘到最後一秒。直到嘗盡了痛苦，你才能斷氣。」大哥說完，以左手握住右手中的手槍，輕輕地將擊錘移回原位。

電話機依然響個不停。那單調的鈴聲雖然令人心浮氣躁，但我並不打算接這通電話。

杉田一家人的反應相當複雜。他們各自面面相覷，表情既像是欣慰，又像是無助；既像是度過了難關，又像是喪失了堅定的意志。或許應該說，那就像是從妖魔鬼怪的蠱惑中恢復了神智，卻沒有獲得自由。當然，他們並沒有得到救贖。三年之後，小行星就會爲這個世界帶來死亡，沒有人能得救。如今他們甚至失去了「自殺」這個逃避手段，當然更加稱不上得救。

杉田終於哭了。他毫不掩飾地任憑眼淚流下。因爲悲愴？因爲慶幸？還是因爲感慨於自己的窩囊與醜陋？我不禁嘖了一聲，心裡暗罵一句「娘娘腔的傢伙」。但無論如何，我已失去了殺他的興致。

「大哥……」

「辰二，夠了。殺了他，反而令他稱心如意。既然我們不原諒他，就不能讓他死得這麼乾脆。」大哥的語氣宛如在說服自己，「我終於想通了這道理。」

電話聲及敲門聲依然響個不停，而且似乎愈來愈激烈。

此時杉田突然奮力打了自己幾巴掌，宛如是在逼自己打起精神。接著他用力眨了眨眼睛，以顫抖的聲音朝大哥問，「你們……你們有什麼打算？」

「沒什麼打算。」我代替大哥說道。直到剛剛爲止，我滿腦子只有殺死杉田一事，大哥多半也一樣。半晌之後，大哥說，「你不用管我們。既然事情辦完了，我們當然會離開這裡。」

「外頭有不少警察。」杉田說。

杉田的妻子也不安地說，「最近的警察下手相當狠。」

「我曾聽說過，他們常靠虐待罪犯來發洩情緒。」女兒跟著說。

「這我知道。不管是被射殺或被抓住，下場是一樣悽慘。」大哥說。

「這下該怎麼辦才好……」杉田抽抽噎噎地說。

「不如由我們出面吧。我們會向警察說，你們什麼也沒做。」杉田的妻子說道。爲了不讓聲音遭電話聲掩蓋，她盡量扯開了喉嚨。

「剛剛我已經在電話裡說過要殺死你們的話，現在要讓警察相信我們什麼也沒做，恐怕並不容易。」大哥聳肩說，「現在這年頭，只要背負嫌疑，就是罪該萬死。警察只要有人可殺，根本不在乎殺的是誰。」

大哥意味深長地朝我點了點頭，我接收到了他想傳達的訊息。雖然沒有經過事先討論，但我相信我跟大哥的想法是一致的。既然事情辦完了，就讓一切結束吧。與其束手就擒，還不如開門衝出去，讓警察開槍打死。反正子彈打在身上，就跟一顆顆小隕石沒什麼不同。

電話鈴聲終於停了，屋內陡然恢復寧靜。但我知道，電話不久之後又會再度響起。我一邊忍受著胃痛，一邊仔細聆聽。杉田及妻子、女兒的呼吸聲竟然節奏完全相同，彷彿融爲一體。

「浴室！」杉田的女兒站了起來，指著屋裡的內廊說，「天花板上的通風孔蓋，只要用力推，就能打得開。雖然髒了點，但是應該能通到外頭。」

門外的警察再度敲起了門，這次還更不客氣地轉起了門把。

「那又怎麼樣？」杉田歪著腦袋問。

「他們可以利用通風孔逃走。」女兒臉上沒有絲毫笑意，口氣中也不帶半點得意，「只要我們盡量跟警察胡扯，幫他們拖延時間，他們就可以沿著通風孔逃到別間屋子裡。」

「就算逃到別間屋子，接下來呢？」杉田反問，語氣卻不像是駁回女兒的建議。

「打電話到渡部家如何？」這次換杉田的妻子，「他們一家人或許還沒疏散，如果跟他們說明清楚，或許他們會願意幫忙。」

「啊，對。」杉田頻頻點頭。

我心裡暗想，對你個頭，我完全聽不懂你們在講什麼。

「但進了渡部家後，又該怎麼逃走？」杉田雙手盤胸呢喃。

「你們在胡說八道些什麼？」大哥扯開了喉嚨，「我可沒有拜託你們協助逃亡，你們何必多管閒事？」

我內心大呼認同。此時我有種遭到排擠的感覺，就好像是杉田一家人興高采烈地玩起了解謎遊戲，而我卻成了旁觀者。

杉田忽然雙手一拍，大聲說，「對了！」

「對了？」我一臉狐疑地望著杉田。

「從前我在節目上表演過魔術，當時用的道具紙箱，現在還留著。那箱底有夾層，可以容一個人躲進去。首先，你們沿著浴室通風孔爬到渡部家，然後輪流躲進紙箱，請渡部先生搬出去，假裝是在搬運行李。如何，這計畫可行吧？」

「你瘋了嗎？」我大罵。

10

我無法理解大哥為何接受杉田一家人的提議，但大哥既然接受了，我當然也只能接受。

我們走進浴室，仰望天花板。杉田的妻子與女兒站在浴室外。

「成功的機率不高。」大哥慨然說道。

「一定沒問題的。」杉田兩眼布滿血絲，將攤平的紙箱交到我手上。這意思多半是要我拿著紙箱爬進天花板上的通風孔。「一直往西邊爬，盡頭處就是渡部家的五〇一號室。我已經跟渡部先生溝通過了，他跟他父親會假裝搬運行李，輪流將你們搬出去。」

「那個姓渡部的為何願意幫忙？」大哥問。

「渡部先生的父親曾說過，在這種悲慘的年代，重要的不是常識或法律……」杉田說到這裡，故意停頓了片刻。「而是如何活出樂趣。」他揚起單邊眉毛，表情像是正在惡作劇的孩童。

「該不會警察早就在渡部家等著我們了吧？」我半開玩笑地說。但我旋即心想，就算真是如此，也沒什麼大不了。

「你們一定要活下去。」杉田以兩隻手掌緊緊握住大哥的手，「你們必須見證我是如何活得苟延殘喘，見證我沒有藉由死亡來逃避責任，所以你們至少還得再活三年。」最後他朝大哥深深鞠躬，「求求你們，千萬不能被捕，也不能有尋死的念頭。」

大哥愣愣地凝視杉田，接著又朝站在我身後的杉田妻女瞥了一眼，「我永遠不會原諒你們。」他的語氣嚴苛得像冰一樣，臉上依然戴著這十年來從不曾脫下的鐵面具。

「不過……」但是當他接著說出這句話時，我注意到他的鐵面具有了微妙的變化。他轉頭朝我望來，好一會兒之後，才開口說，「只要逃三年就行了？那比吃稀飯還容易！」

他這時的語氣，就像是小時候對著曉子模仿電視連續劇中的帥氣台詞。「對吧，阿辰。」他接著親熱地喊了我一聲。

「虎一……」我不由自主地脫口說出了從前的稱呼。

冬眠少女

1

我仰躺在地毯上，闔起了手中的文庫本，轉頭望向柱子上的掛鐘，然後以手邊的簽字筆在書上的最後一頁以橫書的方式寫下了今天的日期，並加上現在的時刻。「十一點十五分……讀畢。」頓時彷彿有股和煦的微風，吹進了我的胸口。

「幹得好。」我將書擱在膝蓋旁，兩手向上舉拳，做了個沒有人看見的勝利姿勢。

接著我站起身，自客廳經過餐廳、內廊，進入大門左手邊的房間。爸爸去世已經過了四年，每次進這間房間，我還是會先敲門。

「好多書啊！光看這書齋，就知道美智的爸爸很愛讀書。」剛上國中的時候，同學第一次來家裡玩，在看了爸爸的房間後如此讚嘆。說起來慚愧，十年前的我根本不懂「書齋」是什麼意思，還以爲那是人名，就像「東洲齋寫樂」（註）一樣。

八張榻榻米大的房間裡鋪了木頭地板，牆邊擺滿了書架。除了一個人勉強可以通過的走道外，整個房間內都是雙層的可動式書架，藏書量相當驚人。

「書這種東西啊，就像浴室的黴菌一樣。如果不清掉，就會愈積愈多。」媽媽當年曾這麼感嘆，「美智，妳瞧瞧，只要有空隙，就會慢慢被書塡滿，簡直像是無止盡的繁殖。」

事實證明媽媽的憂慮只是杞人憂天而已。書沒有繼續增加，並非媽媽口中所說的「無止盡的繁殖」。

我來到房間最深處的書架前，伏在地板上，將手中的文庫本塞進最下層的一排中。沒想到我竟然能將所有的書讀完。我抱著強烈的滿足感，再次環顧四周的書架。由上層往下層讀，由門口旁的書架往房間深處的書架讀，總共花了我四年的時間才讀完。不過書雖然多，算一算也不到三千本。每天讀一、兩本，狀況好的時候讀三本，以這樣的速度讀了四年，算起來應該是兩千數百本吧。

我走出書齋，心裡有種錯覺，彷彿數年來在這裡讀書是一場漫長的冬眠。我緩緩關上房門，耳中聽見門鎖扣上的聲音，心裡想著或許我這輩子再也不會進這房間了；但我馬上又推翻了這個想法。三年後，倘若世界末日眞的來臨，或許我會選擇在這書齋裡迎接最後一刻的到來。

我走回了我的房間。四年前，當爸爸和媽媽同時過世的那一瞬間，其實這棟公寓三〇一號室裡的每一間房間便都成了我的房間。但是在我心裡，還是只有位於東邊的那間鋪了地毯的六張榻榻米大的房間，才能稱得上是「我的房間」。

一進房間，正前方就是一張床。陽光自蕾絲窗簾外透入，讓整個房間相當明亮。如此清新爽朗的陽光，令我不敢相信世界再過三年就要結束。

我在學習桌前坐了下來。其實「學習桌」這名稱一直讓我感到滑稽，書桌就是書桌，爲何特地限定爲「學習用」的書桌，這一點實在讓我百思不解。我接著望向前方的牆壁，牆上

註：「東洲齋寫樂」是日本江戶時代著名的浮世繪畫師。

以圖釘固定著一些紙片，上頭的字，都是我親手寫下的。

這是我還在當學生時經常使用的方法。日常生活中有太多必須處理的瑣事時，我就會將這些瑣事一一寫在紙上。就好像是在暗巷裡爲了不讓自己迷失方向，事先設置一些小小的路燈一樣。每當我感到徬徨、焦慮的時候，只要看看牆上的紙片，往往就能恢復冷靜。「不管該做的事情有多少都不用急，只要按部就班一件件完成就行了。完成一件事後，就會知道接下來該做的事是什麼。」媽媽從前經常教導我。

眼前有三張紙片，上頭各自寫著一項「目標」。自從四年前父母過世後，這些都是我自認爲必須要做的事。

第一項是「不恨父母」。這項做起來一點也不困難。

第二項是「讀完爸爸全部的書」這項就在剛剛達成了。老實說，我也嚇了一跳。

接著我望向第三張紙片。

上頭寫著「活下去」。

至少到目前爲止，還處於達成的狀態。

2

我走出公寓，沿著「山丘小鎮」的街道前進。此時是十一月，應該已進入冬季，我卻一點也不感到寒冷。可惜現在已經沒有人站出來大喊「這氣候實在古怪」，甚至連大喊「沒有人站出來大喊天氣古怪，眞是太古怪了」的人也消失得一個不剩。

聽說「山丘小鎭」是在二十三年前，也就是我出生的那年，在這仙台北部的山丘上成立的社區。雙親以「爲了慶祝小孩出生」爲藉口，咬牙買下了其中一間公寓。

爲了抄近路，我穿越公園。那座公園的周圍以柵欄圍起，四個角落各設置了一根圖騰柱，我自圖騰柱的旁邊通過，進入了公園。在公園內斜行，是離開社區的捷徑。

當我通過長椅旁時，我轉頭望向南方，這個方向可以俯瞰仙台街景。我相當喜歡仙台，因爲這個都市的建築物之間有著不少綠意盎然的樹叢，然而這陣子卻儼然成了一座灰色的廢墟。再往前走一會，看見一對老夫妻，站在長椅後頭的樹林內。我一看這兩人，便知道他們也是同一棟公寓的居民，但我想不起他們的名字。他們正抬頭仰望著樹梢。這個社區的居住人口愈來愈少了，難得遇上了人，裝作沒看見畢竟有些失禮，於是我走過去搭話，「請問你們在看什麼？」

「啊，妳是田口家的……」伯母轉頭望來，接著對旁邊那個看起來像丈夫的老伯解釋，「她是住在三樓的田口小姐。」最後，伯母報上了身分，「我們姓香取，住在四〇五室。」

「啊……」我一聽，登時恍然大悟，趕緊鞠了個躬。若我沒記錯的話，香取家的兒子在大約十年前左右自殺了。年輕人過世在當年的社區裡是相當稀罕的事情，因此引起不小的話題。

「上面有什麼嗎？」我湊了過去，以跟他們相同的角度抬頭往上望。樹葉凋落的櫸樹樹枝長得怪模怪樣，簡直像是裸露在外的血管，卻又透著一股莫名的妖豔美感。如今已無人管理及清掃公園，因此樹下堆滿了桌椅之類的大型垃圾。

「妳看，這棵樹的頂端是不是纏著像線一樣的東西？」伯母伸出纖細的手指。

我凝神細看，樹上約十公尺高度的位置確實有根絲線纏繞在樹枝上，旁邊還有一塊看起來像木板的東西。「那是什麼？」我問。

「我正在跟我老公討論，那是不是風箏呢。」伯母看著丈夫說道。

「風箏？」

「從前和也……啊，和也是我們兒子的名字，他曾經在公園裡弄丟了一枚風箏。」伯母瞇起雙眼，眺望著遠方，似乎正回想著當年的往事。「那孩子當時已不知是國中生還是高中生了，卻還跟附近的小孩借風箏玩，最後纏在樹上。我老公那時可是氣得不得了。」

我朝旁邊的老伯瞥了一眼。他的態度一樣冷酷嚴峻，但表情有些扭曲，或許是心裡多少抱著罪惡感吧。

「剛剛我偶然看見這棵樹上纏著線，才和我老公說，那會不會就是和也當年弄丟的風箏。」伯母笑臉盈盈，簡直像是原本緊緊纏住臉頰的絲線終於被解開了一般。她的年紀或許稱爲老奶奶更加合適些，模樣卻逗趣可愛。

「已經是二十年前的事了，怎麼可能還留著。」老伯咕噥。

「不，你看這棵樹上的線，看起來也很舊呢。」

「嗯，的確看起來很舊。」我仰著頭說話，簡直像在跟天空交談似的。

「要不要爬上去看看？」伯母呢喃。

「喂。」老伯喊了一聲。

「我開玩笑的。」伯母回應。

3

這四年來，我把每一天的時間都花在讀書上。在這段類似冬眠的日子裡，我唯一與外界的接觸就是買食物。

當然，這年頭買食物絕不是件簡單的事。從前我曾在課堂上學過，我們這個國家的糧食自給率低得令人難以置信。「倘若沒有海外輸入的食品，你們每天就只能吃米，什麼配菜也沒有。」當年老師說的這句話，不知該算是威脅還是調侃。但發生在現實生活裡，我才知道連米也是供不應求。

五年前，全世界兵荒馬亂的那段日子，現在回想起來，我還是不禁膽戰心驚。商店裡擠滿了只想搶奪食物及生活物資卻不肯付錢的客人。有一天，我放學回家走在路上，看見一大群家庭主婦像蝗蟲過境一樣侵襲著路旁的超市。那眞是一幅令人怵目驚心的畫面。寬廣的停車場內塞滿了車子，數不清的人群自縫隙間穿梭而過，有不少人甚至直接爬上車子，將車頂當成了跳板。然而更讓我驚愕的是，我在那人群中看見了媽媽的身影。原本皮膚白皙的媽媽，那天竟然脹紅了臉，倒豎起了柳葉眉。她身穿牛仔褲，揹了個大背包，裡頭塞滿了一盒盒保鮮膜。就在我站在路旁發愣時，媽媽也看見了我，她同樣驚訝得睜大了眼睛。接著她臉色轉爲蒼白，垂下了頭，似乎是對自己的行爲感到羞愧。回到公寓後，媽媽仍然是一副承受著良心呵責與自我厭惡的神態，這反而讓我更加坐立難安。或許媽媽認爲她的行爲已引來了我的輕蔑，其實我心裡根本沒有那種想法。我反而相當佩服媽媽的眼光獨到，就在其他人爲了爭奪食物及衛生紙而拚得你死我活的時候，她竟然懂得將目標鎖定在保存食物用的保鮮膜上。母親當時臉上那摻雜著落寞與懊悔的神情，如今依然深深烙印在我的心頭。

爸爸提著燈油回家時，臉上也掛著相同的神情。那一天，爸爸在公寓門口以木棍打死了一名企圖襲擊媽媽的暴徒。我想，爸爸媽媽後來決定跳河自殺，或許就是基於這些事情所累積的憂鬱與壓力。

「美智妹妹，今天進了些山藥，不買一點嗎？」

我聽見呼喚聲，才察覺自己已經走進了超市裡。那其實是一棟狹長型的鐵皮屋建築，入口在右邊，出口在左邊。店內賣的東西相當單純，都是店員每天從附近農家搬來的食物，但是客人絡繹不絕，店裡一直很熱絡。當然，商品種類不算豐富齊全，但至少已看不到面目猙獰地爭奪食物的暴民。

自今年年初起，社區開始恢復了平靜。在我看來，這或許是短暫的休息吧。小行星帶來的騷動，讓大家都累壞了，所以這並不是恢復和平，只是中場休息時間而已。

一方面，大家逐漸想通了一件事，那就是只要別惹是生非，平安活完最後的日子應該不是問題；另一方面，政府在去年年底宣布國內還保有大量的儲備稻米。或許是因爲暴動及自殺讓人口大幅減少的關係，政府的結論是「稻米的數量足以供應民眾吃到最後一天」。

當然，光是有稻米，不能解決所有問題。但強奪行爲已逐漸減少是不爭的事實。所以我才說，大家肯定是累了。就算搶奪再多東西，或是再怎麼鬧事，也沒辦法在小行星撞擊下活命。既然如此，不如平平淡淡地走完最後的日子。

告訴我「今天進了山藥」的人，是超市的店長。他正站在門口，手上拿著一把獵槍。這個人的臉型有些戽斗，雖然體格削瘦，但總是昂首挺胸，而且一對眼睛炯炯有神。

他持槍警戒的模樣，看起來架勢十足。最近這家超市重新開始營業，就是因爲政府宣布「店家可攜槍自保，自衛手段粗暴點也沒關係」。事實上我並沒有親耳聽到政府宣布這項政策，或許根本是謠言也不一定。只是不管眞相如何，在店長擁槍自重之下，超市不再像以往一樣是個隨時可能爆發衝突的危險區域。

「噢，那我就買些回去做山藥泥吧。」我說。

「山藥泥好吃極了。數量不多，要買可得趁早。」

「謝謝你，店長。」

「叫我隊長。」店長揚起下巴說。不知道爲什麼，他總愛要求別人稱他「隊長」。剛開始的時候，我還以爲這只是一種幽默，但後來見他對這個稱呼非常執著，我漸漸懷疑這個店長或許也不太正常。

我走進店內深處，幸運地拿到了最後一根山藥。另外，又在購物籃裡放了一袋味噌及一袋魚乾，才走向收銀台。前面大概排了五個人，每人手上都提著籃子。

「啊，妳不是美智嗎？」

我聽到呼喚，慌忙仰頭一瞧，原來是讀國中時的同班同學。「誓子……」我低聲呢喃。

「美智，原來妳還在。」誓子說。她那一對大眼睛，跟當年一模一樣。

眞是個美人胚子。我忍不住想要出聲讚嘆。當年讀國中時，她是我的朋友中最漂亮的一個。臉型嬌小，下巴微尖，眼角有些上揚，顯露出一點傲氣。從前的她留著長髮，現在雖然剪短了，卻別有一番韻味。

「嗯，我還在。」我說。雖然我不知道她口中的「還在」是「還住在這裡」或是「還沒死」，但總之答案都是肯定的。

「這年頭眞是亂七八糟。」誓子連皺起眉頭的表情也相當高雅，「對了，美智，聽說妳的父母死了？」

「嗯。」

「眞是太過分了，竟然就這麼把妳丟下。」

「過分？」

「一般不是都會保護女兒到最後，或是帶女兒一起走嗎？」

「唔……」我沉吟半晌後說，「我也不知道。」這不是打馬虎眼，我是眞的不知道怎麼樣才是正確的做法。

「噢，好吧。」誓子噘起嘴，將頭別向一旁。這種既像遺憾又像錯愕的表情，也讓我感到懷念不已。

「誓子，妳還住在原本的房子裡？」我問。在我的印象中，誓子並不住在「山丘小鎮」。她的父親從事法律相關工作，或許是因爲這個緣故，她家非常豪華氣派。

「對，我爸爸、媽媽及弟弟都平安無事。」

超市店員開始爲誓子的籃子裡的商品結帳。隨著清脆的電子聲，機器螢幕上出現金額。現在我們竟然還可以利用貨幣購買商品，想想實在是太不可思議了。三年後小行星撞上來，一切就結束了，金錢及財物到底還有什麼價值？

我想，或許大家只是希望維持過去的制度而已。因爲沒有人站出來主張以後別這麼做，所以大家還是像以前一樣花錢買東西，就是這麼簡單。要不然，就是大家心裡還抱持著或許小行星不會撞上地球的期待。假如小行星眞的沒撞上來，到時候金錢就有價值了。因爲這個緣故，所以非得讓花錢買東西這個規則繼續維持下去才行。不，等等。或許全世界只剩下這個社區還在使用金錢也不一定。

店員告知總額，誓子掏出錢包付了錢。

「美智，拜拜。」誓子道別後，突然又像是想起了什麼，轉頭問我，「對了，美智，妳有男朋友嗎？」

我聽到這個突如其來的問題，登時愣住了。我完全無法理解她爲何突然這麼問。「沒有。」我回答。

「是現在沒有，還是從來沒有？」

「從來沒有。」我一邊思考她這麼問的理由，一邊搖頭回答。

「是嗎……」她垂下了單邊的眉毛，癟著嘴說道：「從來沒有交過男朋友就結束生命，實在有些可惜。」

「啊……噢……」我不知該做何反應，只能朝她點點頭，含糊應了一聲。

「拜拜。」她轉身走向店門口。那裡站了一個身材高挑、體格壯碩、留著長髮的男人。誓子挽住那男人的手臂，兩人一起走出店外。

「剛剛那是妳朋友？」女店員一邊問，一邊拿著我買的山藥，將金額打進收銀機。這個女店員有張圓臉，頭上綁了條馬尾，一對烏溜溜的雙眼皮眼睛相當漂亮。

「對，國中同學。」

「或許我不該說她壞話，但我實在看不下去。不過是交了男朋友，有什麼了不起。」這店員說起話來落落大方，完全不帶尖酸譏諷的意味，反而有種一根腸子通到底的爽快感。

「啊，嗯……」

「地球再過三年就要毀滅，還交男朋友做什麼？」店員停下手邊的動作，笑著對我說，「都什麼年頭了，還這麼愛炫耀。」

「炫耀？」

「天底下就是有這種人。妳有什麼好東西，她就雞蛋裡挑骨頭；妳要是過得幸福，她就講些危言聳聽的話，讓妳日子不好過。」

「原來誓子剛剛那些話，是這個意思……」我有些難爲情，「原來是這麼回事……我眞是太遲鈍了……」

女店員笑了出來。

「怎麼了？」

「沒什麼，只是覺得妳好可愛。」她瞇起眼睛說，「長得也可愛，個性也可愛。不是我愛搬弄是非，妳應該比剛剛那個同學受歡迎得多吧？」

就在我啞口無言時，心中陡然冒出一個念頭問，「啊，這句應該是諷刺吧？」

店員笑著說，「才不是呢，不過妳確實應該像這樣多疑神疑鬼一點。」她一邊翻轉籃子的方向，一邊接著說，「這個世界上，可是到處都充滿著惡意呢。」

「啊，這我知道。世界上有著各式各樣的惡意。」

「妳知道？」

「嗯，我讀了很多小說，裡頭常常有這樣的情節。」

我看著收銀機上的金額，從錢包取出紙鈔交給女店員。

「說到男朋友……」女店員一邊數著零錢一邊說，「其實我一直夢想著宛如電影情節般的邂逅呢。」

「電影情節？」我愣了一下，不明白她爲何突然這麼說。

「譬如我因爲貧血而昏倒……唔，像這樣躺成く字形……」她弓起上半身，做出駝背般的動作，「有一位男士自遠方看見了，跑過來救我。像這樣的邂逅，就是我的夢想。他會把我抱起來，前一句說『妳不要緊吧？』後一句說『這或許也是一種緣分。』」

「有這樣的電影情節？」

「我也不知道，但應該有吧。」

「應該沒有吧。」我一時脫口說出老實話，心裡正在懊悔，卻看見女店員眉開眼笑地說：

「噢，原來沒有。」

「妳結婚了？」我看著她無名指上的戒指。

「我老公是個優柔寡斷的人。」女店員又笑了起來，「我們的邂逅是在山手線電車的路線圖前，這多半也沒辦法變成電影情節吧。」

我回到公寓的三〇一室，將買來的食物放進冰箱後，轉身回到房間，把牆上那張寫著「將爸爸的書全部讀完」的紙片撕了下來。既然達成了，就沒必要繼續貼著。

接著我從學習桌的抽屜取出白紙，以簽字筆寫下「交男朋友」，以圖釘固定在牆上。

4

太田隆太的家還是跟五年前一樣。那裡是「山丘小鎮」的最西端，若不考慮高樓層的住家，可說是整個小鎮裡視野最美的區域。

太田家是一棟淡茶色的兩層樓透天厝，雖然稱不上豪宅，卻顯得穩重又氣派。我走向門口，趁心裡還沒感到害怕，趕緊按下柱子上的對講機按鈕。我感覺心臟撲通亂跳，明明是悠哉地踱步而來，卻像是全力衝刺一樣全身疲軟無力。

以可能性來說，哪一邊比較高呢？

太田還住在這裡？還是已經搬走了？

「誰？」對講機傳來女人的聲音。或許是帶有戒心的關係，聽起來模糊又低沉。

「呃……我是……」我慌張的程度超越了原本的預期，「我是很久以前……呃……其實也沒那麼久，大概是五年前……曾經跟隆太同班……」

半晌之後，對方回應，「妳等等，我馬上開門。」

太田隆太是我高中時的同班同學。我們上的是距離這個社區最近的高中，因此能夠騎腳踏車上下學。我們都是籃球隊的社員，但不論是籃球技巧或是在隊伍內的重要程度，我和他可說是天壤之別。

他在一年級下學期就和學長一起上場比賽。到了二年級下學期，已經理所當然地成爲隊長。他長得高頭大馬，總是以高高在上的角度對大家露出微笑，每個人都很喜歡他。相較之下，我不但個子矮，球常被抄走，還常常迷路。

太田隆太當然也很受女孩子歡迎。別說是正式比賽，就連平常練習時，也常有女孩子站在體育館角落觀看。我看著被女孩子包圍的太田隆太，心裡總是敬佩不已。不過，那不是戀愛的感覺，只是一種單純的景仰。就好像看見科羅拉多大峽谷，或是尼加拉瀑布，心裡會想，「好神奇，原來天底下有這種地方。」當然，不見得要是國外的景點，日本的華嚴瀑布也不差。

就在我們讀高三那年，大家正忙著準備升學考試時，傳出了小行星將撞擊地球的消息。後半段的高中生涯，就在這種混亂的場面下不了了之。在那之前，我跟太田隆太一直是同班同學，而且座位常常左右相鄰。明明有很多說話的機會，我卻完全不記得當年曾跟他說過什麼話。

「田口，妳喜歡打籃球嗎？」他曾經這麼問我。那一天，我們到外縣市打了場練習賽，在回程時，我沒有趕上開往仙台的電車。一看時刻表，下一班車竟然要等一小時。就在我疲累不堪地終於回到仙台時，太田隆太竟然因爲放心不下，還站在仙台車站等我。隊長不愧是隊長，我登時對他肅然起敬。當時我看他的眼神，就像是看著尼羅河或亞馬遜河一樣吧。當然，廣瀨川也不差。

「我喜歡進球時，球通過球網的聲音。那個『唰』的聲音聽起來很舒服。」我回答。

「唰……」太田隆太跟著我念了一遍，「或許是因爲妳很少進球，所以特別感動吧。」

「啊，有可能。」

這時太田隆太莞爾一笑，「妳這人眞有意思。」

「有意思？」

「該怎麼說呢……不帶刺？」

「不帶刺？」我聽不懂這句話的意思，先低頭看了手腕，接著又摸摸自己的臉頰，確實是沒有刺。「啊，你想說的是我的感受力不足？」

「我不是那個意思。」他揚起嘴角，搖頭說，「我跟妳說，我最怕個性帶刺的人了。」

「什麼意思？」

「我喜歡圓滑的人。」他摸著手上的籃球，「就像這樣，沒有稜角。」

「啊，我知道了，你說我不帶刺，意思是我又圓又胖？」

我抬頭仰望太田隆太，他露出雪白牙齒，笑得更燦爛了。「不是那個意思。」

後來不知道為什麼，我們聊起了星星。「妳知道嗎？從我的房間可以看見星星呢。雖然是面向西側，但周圍沒有礙眼的建築物，可以看得很清楚。」太田隆太說。

「眞好，從我的房間什麼也看不見。不過，要觀星還是得有望遠鏡吧？」

「我也不知道……妳這麼說也對，我該買座望遠鏡來觀星。」

「如果你買了，也分我看吧。」當時我隨口這麼回應。

我們根本沒有預料到「星星」之一會朝地球撞來。

「敝姓田口。」我朝走出門外的婦人報上姓氏。「啊，我還記得妳。」婦人朝我上下打量後，原本陰沉的表情似乎明亮了些。那是個臉孔及身材都纖細嬌小的婦人，花白的頭髮又乾又癟。或許這麼形容有些失禮，但看起來就像枯萎的花朵。

「對不起。」我低頭鞠躬。

「為什麼道歉？」

「煩勞您記住我的名字，實在有些過意不去。」

「妳眞是個有趣的孩子。」婦人瞇眼一笑，指著門內說，「進來坐吧。」

我深吸一口氣，停頓半秒後，才一鼓作氣問，「我想見太田隆太，請問他還住在這裡嗎？」

婦人沒有回答，只是看著我頻頻頷首，接著像是不知如何措詞，緊緊閉上雙唇，眼睛用力眨了兩次。下一瞬間，她的臉上擠滿皺紋，那表情不知是在哭，還是在笑。

我頓時醒悟，原來太田隆太已經不在了。

5

「妳想交男朋友，所以想起了好幾年沒見的隆太？」太田隆太的母親聽完我的說明後，馬上就理解了狀況。「妳這孩子，眞是太有趣了。」

我們在和室裡隔著矮桌而坐。家裡的擺設簡單樸素，沒有任何多餘的東西，而且收拾得乾淨整齊。六張榻榻米大的房間裡，只有一台小型電視機、一座衣櫥，以及擺在角落的一座佛壇。

我漫不經心地一瞥，發現佛壇上的黑白照片是高中時期的太田隆太。

「我曾經讀過一本商管書，上頭寫著這麼一段話——『挑戰新事物前，得先詢問三個人的意見。』」我說。

「三個人？」

「『第一是自己尊敬的人，第二是自己無法理解的人，第三是未來將邂逅的人。』」
「眞有趣的說法。」婦人捧起她剛剛端來的茶杯，啜了一口。綠茶的芬芳鑽入我的鼻子，彷彿置身在綠意盎然的環境之中，令我身心舒暢。
「對，我想照著做做看，因爲我擁有的知識都是從書上看來的。」
「隆太是哪一個？」婦人將上半身湊過來。雖然整個人還是散發出淒涼與滄桑感，但聲音已多了些精神。
「第一個。」我豎起食指，心裡有些羞赧，「說起尊敬、欽佩的人，我馬上就想到他。」
「妳選擇了隆太當妳最尊敬的人？」婦人喜形於色，整個人朝我湊過來。
「其實被我選上，也不是什麼值得高興的事。」我心中抱著一絲歉意，「而且我剛開始想到的不是太田，是籃球。」
「籃球？」
「籃球輕飄飄地飛上半空中，『唰』的一聲穿過籃框，網子跟著搖動……那美麗的畫面實在讓人陶醉。像這樣，畫出平滑的拋物線，『唰』的一聲……」
「『唰』的一聲……？看來妳眞的很喜歡這樣的字眼。」
「咦？」
「從前隆太經常提起，妳是個很愛用狀聲字的人。」
我一時有如丈二金剛摸不著腦袋，趕緊在腦中整理思緒。「太田提過我的事？」

「是啊。」婦人揚起乾燥的嘴唇，眼角也跟著下垂。「那孩子經常提起妳。」

「太田經常提起我？這怎麼可能……？」我現在的心情，就好像得知貝加爾湖或尼斯湖經常提起我一樣。當然，也可以是豬苗代湖。

「他常說，班上有個古怪的同學。」

我一聽，羞愧地縮起肩膀。

「他說妳是個遲鈍又溫和的人。對了，有一次上數學課，教的是計算角度，妳坐在他旁邊，把『45°』寫成了『45℃』？」

「啊，我想起來了，那次是不小心寫太快……」我只能承認。

「還有，聽說妳想要冬眠？」

「太田在家裡是個很多話的人？」

「不，剛好相反，隆太這孩子很少提學校的事。」

「呃……」

「唯獨妳的事情，他經常掛在嘴邊。我很喜歡聽他說話，所以常常故意問他，『今天田口同學又說了什麼？』」

「呃……」

「隆太從小就沒有父親，我和他相依爲命，經常不知該聊些什麼。多虧了妳，我們才有了聊天的話題。」

「很開心能幫得上忙。」我一邊鞠躬，一邊擔心這句話聽起來會不會像譏諷。「對了，冬眠又是指什麼？」我接著問。今天早上讀完所有書時，確實有種從冬眠中甦醒的感覺，但我不記得高中時也說過類似的話。

「既然妳不知道，或許是隆太編出來的故事吧。」

眞是不可思議。在與太田的母親對話的過程中，我發現她的皮膚彷彿正在逐漸恢復彈性。就好像一朵枯萎的花朵，在吸了花瓶中的水分後慢慢恢復生氣。

「隆太說，妳平常食量很小，有一天午餐卻吃了很多，他問妳爲何吃那麼多，妳回答『爲了準備冬眠』。他原本以爲妳在開玩笑，沒想到妳眞的走到保健室呼呼大睡。」

「啊……」

「他一直沒去叫妳，沒想到妳竟然就這麼睡到放學。」

「啊……」

「這麼荒唐的事情，現在想想應該是假的吧。」

「是眞的。」我坦承罪行，高舉雙手手腕，做出束手就縛的動作，只差沒說一句，「人是我殺的。」

「妳眞是個有趣的孩子。」

雖然心情有些複雜，但既然能逗太田的母親一笑，或許沒什麼不好。

「太田後來怎麼了？」

「嗯……」好不容易恢復了青春活力的婦人，卻在聽見這個問題的瞬間又變得老態龍鍾，拿茶杯的手也微微顫抖。她反射性地轉頭望向右方，我雖然沒有跟著轉頭確認，但猜得出來她一定是看向了佛壇。「妳這問題，問得眞是直接。」她說。

「我問問題就跟小行星一樣，學不會拐彎抹角。」我無奈地說。

婦人笑了，但這次的笑容比剛剛還要虛弱無力。「那已經是四年前的事了。四年……也不知該說是長還是短。相信妳也還記得，四年前的情況有多麼糟糕，到處都亂成了一團。」

「我的雙親也是死於四年前。」

「啊……是嗎……」婦人眨了眨眼，凝視著我低聲說道。那並不是表達同情的語氣，只是相當平淡的回應。

「當時眞的很慘。」我說。

「簡直像是世界末日要來了一樣。」

「不是像，是眞的要來了。」我明知失禮，還是忍不住指正。

她接著敘述起太田過世的原因。在「山丘小鎭」的隔壁社區，一個小孩鑽進了塞在路上的休旅車底下。太田跟著鑽進去，想要將小孩拉出來，沒想到休旅車就在這時開動，將太田輾死了。

「那小孩只被壓傷了手腕，沒有生命危險，可以說是不幸中的大幸。不過，隆太可就沒有那麼好運了。」

「原來如此……」我聽在耳裡，心頭有種說不上來的奇妙感受。一來不敢相信太田已經死了，二來無法想像被汽車輾死是什麼樣的畫面。在我讀過的書裡，有不少死亡的橋段，卻沒有類似的死法。

「不過，太田眞是偉大。」我說。

「是很偉大，也很不幸。」

「我剛剛也說過，我很尊敬太田。天底下好像沒什麼事能難倒他，我原本一直暗中期待，他長大後一定會立下豐功偉業。」

「豐功偉業？例如發現新大陸嗎？」她眉角下垂，露出寂寥的微笑，「可惜妳的期待落空了。」

「我現在的心情，就像是中了賭馬一樣。」我將擱在矮桌上的雙手緊緊握拳。這話剛一出口，我立刻驚覺這麼說實在很失禮，幸好太田的母親瞇著眼睛笑了，才讓我鬆一口氣。

臨走前，太田的母親突然說，「要不要看看隆太的房間？那房間一直維持著四年前的樣子。」

我並不認爲參觀太田的房間是件踰矩的事情，卻也不特別感到興奮。但反正來都來了，我決定去見識一下，或許這輩子再也沒機會看見男孩子的房間也不一定。

太田的房間位於二樓，整理得相當整齊。牆上貼了兩張NBA選手的海報，上頭的黑人選手充滿了躍動感，美得像黑豹一樣。

「如何？」

「很像太田的性格。」我回答。接著我指向窗戶旁的學習桌說，「我一直覺得『學習桌』這名字很可怕，簡直像在強迫人學習一樣。」

「妳眞是個有趣的孩子。」

離開房間之際，我偶然瞥見置物架旁有座望遠鏡，不禁發出驚呼。

「啊，那座望遠鏡？」她露出往事浮上心頭的神情，瞇著眼睛說，「隆太這孩子很少求我買什麼給他，那次他難得說想要一座望遠鏡，沒想到買了之後就發生了小行星騷動，結果一次也沒用過。」

6

接著我拜訪了小松崎輝男的家。他並非學校認識的朋友，而是我讀高中時的家庭教師。整個日本鬧得天翻地覆後，我當然也不用考什麼大學了。不過我並沒有說出「我不需要家庭教師了」這種話，小松崎也沒有正式辭職，最後是以「不知從何時開始，他已不再來我家」的方式結束了家教工作。後來我跟他再也沒見過面，但如今我依然對這個人印象深刻。

書上所說的三個人中，第二個是「自己無法理解的人」。我想來想去，這個頭銜非小松崎莫屬。

他明明是我的家庭教師，卻總是丟一本問題集給我寫，然後就躺在房間裡看漫畫。雖然他總會粗魯地丟下一句「有問題就問吧」，但假如我眞的發問，他又會露出不耐煩的表情。

我還記得有一次，他問我哪裡不懂，我指著書上的機率問題說，「這裡不懂。」沒想到他竟然說，「既然不懂，就跳過吧。」我當場反駁他，「你不是說有問題就問嗎？」他的回答是，「話是這麼說沒錯，但我也搞不懂機率問題。」

當時他是本地國立大學的二年級學生，年紀比我大上三歲，對我來說卻完全稱不上是「人生的榜樣」。他給我的感覺，就像是個懶散、得過且過的同班同學，這反而給我一種「原來這樣也可以當大學生」的安心感。

如今過了五年，小松崎應該二十五、六歲了，但我有種預感，他一定還住在仙台。因爲他是個極度怕麻煩的人，不太可能遷往他處。

我從書桌抽屜內找出他寄給我的唯一一張賀年卡，依上頭的地址找到了他家。

當然，我絕對不會對他說出「請當我的男朋友」這種話，因爲他是我最不想選爲男朋友的人物。不過正因爲如此，徵詢意見時更加沒有壓力。何況他雖然是個令人捉摸不透的失職家教，但過去對於我提出的問題，他總是能想辦法擠出某種答案。或許對於「如何才能交到男朋友」這種愚蠢的問題，他也能提供一些派得上用場的建議。當然，也可能只換來一句「既然不懂，就跳過吧」。

一如我的預期，小松崎依然住在六年前那張賀年卡上所寫的公寓。那是一處鄰近「山丘小鎮」的老舊住宅區，我已將近四年沒去過那附近了，沒想到街景竟然變化不大。當然，路旁民宅的窗戶多已破損，店家皆拉下了鐵捲門，有些甚至鐵捲門已經毀壞。至於垃圾蒐集場，則是堆滿了化石一般的垃圾。不過，這樣的景象如今在任何地方都看得到。街上幾乎沒有路人，這點也跟山丘小鎮沒什麼不同。半路上，我甚至在公園的排水溝裡看見了一輛四輪朝天的自衛隊吉普車。

「哎呀，好久不見，妳不是五科總分四七二的田口美智嗎？」小松崎走出以砂漿砌成的老舊公寓，劈頭便說了這麼一句話。

「你果然沒有搬家。不過你竟然記得我的名字跟分數，眞是厲害。」

「只要是曾經教過的學生，我一定會記住名字跟最高成績。」小松崎說。他看起來跟五年前幾乎毫無不同，一頭及肩的長髮，硬得像是摸上去會發出吱嘎聲，竟然還燙成了捲髮。頭髮像鳥巢，戴了副黑框眼鏡，尖尖的鼻子有些逗趣可愛。或許是因爲太瘦的關係，臉看起來像昆蟲一樣。

骨瘦如柴、及肩長髮配上厚重眼鏡，全都是令人退避三舍的要素，但不知道爲什麼，他並不給人猥瑣齷齪的印象。當年爸爸及媽媽都對他頗爲青睞，他批評爸爸支持的職棒球隊「不過就是錢多」，還在吃了媽媽做的料理後建議「鹽只放一撮就好」，但這種豪邁不羈的態度並沒有造成我們一家人的不愉快。

房間的凌亂程度，光是從門縫往內瞧就知道沒有落腳的地方。所以我們只好走出公寓，來到了隔壁鄰居家的庭院裡。「這家人去年就搬走了。」小松崎如是說。於是我們坐在邊廊上，面對寬廣的庭院。

「田口美智，妳幾歲了？」

「我二十三歲了。」

「原本應該大學畢業了？」

「如果順利考上大學的話。」

「妳有這麼好的家教，哪有考不上的道理？」小松崎一臉認真地說。

「這麼好的家教，搞不好已經被解雇了。」

「這麼好的家教，絕不可能被解雇。」

「反正現在這些都只是想像，要怎麼說都可以。」我坐在小松崎的左邊，仰頭望向天空。一絲白雲橫跨天際，彷彿是以白色墨水畫出來的一般。

「小松崎哥，你是怎麼做到的？」我問。

「什麼怎麼做到的？」

「你是怎麼活到今天的？」

「當然是咬緊了牙根。」小松崎的嘴角附近擠出了不少皺紋，「人命眞的很脆弱，這點我想妳也有所體會。當年簡直亂得不像話，聽說有不少豪宅都遭到了襲擊，幸好不會有人看上我住的這棟破爛公寓。但走在路上，還是會經常遇到暴徒。我第一次遇到的，是個瘦高高、臉色蒼白且長得像絲瓜一樣的男人。他手裡拿著球棒，擋住了我的去路，我跟他說，『我身上沒錢，何況世界要毀滅了，有錢也沒用。』沒想到他卻回答，『我才不管那麼多』。」

「我才不管那麼多？」

「他說，『我不是想搶錢，只是想嘗嘗揍人的快感。』」

我這才恍然大悟，「像這樣的人似乎不少。」

「說好聽點是掙脫束縛，說難聽點是自暴自棄。」

「小松崎哥，你也掙脫束縛了嗎？」

「妳也知道我是個聰明人。」

「你是個聰明人？」

「既然是聰明人，當然不會受騙。我不斷告訴自己，這種時候要是不冷靜下來好好想清楚，可就讓那傢伙稱心如意了。一旦自暴自棄，就會變成輸家。憑著這股信念，我才活到今天。我囤積食物，整天龜縮在房間裡，終於苦熬了過來。今天我告訴自己，總之先熬過一天再說；明天我也告訴自己，再熬過一天再說。就像這樣，每天都只爲了當下而活。」

「讓那傢伙稱心如意？那傢伙是指誰？」

「還會有誰？當然是那顆小行星。」小松崎噘起了嘴說。我實在無法分辨他是認眞的，還是在開玩笑。接著他又揚起嘴角，發出他一貫的尖銳笑聲，「對了，田口美智，妳來找我做什麼？」

「說到這個，我是想請教一件事情。」我想起當初來此的目的，於是說明起了來龍去脈。

在我說話的過程中，小松崎原本一直保持沉默。但我還沒說完，他突然喊一聲，「妳等等。」接著起身走到庭院角落，嘔吐了一陣後才走回來。

「你不要緊吧？」

「妳呢？妳不要緊嗎？」

「什麼意思？」

「雖然我自認爲早已習慣這個狀況，也接受了小行星撞地球這個事實，但身體還是會常常不太對勁。」

「會突然想吐？」

「全部累積在身體裡，總得吐一些出來才行。」

我原本想問「累積了什麼？」但這句話最後沒有問出口。不管他直截了當地回答「絕望」，還是拐彎抹角地回答「鬱悶心情」，都只會讓我自己的心情跟著鬱悶。

小松崎聽完我的說明後，感慨萬千地說，「原來妳的父母都死了。」

「對，都不在了。」不知道爲什麼，在說出這句話的瞬間，眼淚幾乎要奪眶而出。父母過世後的四年間，這是我第一次有想哭的衝動，或許是看小松崎嘔吐後，心情起了變化吧。

我緊緊咬住牙根，眼睛用力睜大，不讓眼淚掉下來。

「他們留了遺書？」

「什麼都沒有。」

「妳一定嚇一跳吧？」

「是啊，只剩下自己一個人，完全不知道該如何是好。我原本以爲將家裡那些爸爸當年買的書都讀完，能夠想通些什麼……」

「那麼多書，妳全都讀完了？」

「就在今天早上。」我彎起了一點肌肉都沒有的手臂。

「想通什麼了?」

「多少能體會爸爸煩惱很多事情的心情。」在閱讀小說的時候,有時會感到心如刀割般的痛苦,或是宛如包裹著毛毯一般的暖意。或許爸爸是個感受性很強的人,能夠敏銳地體會這其中的微妙變化吧。

小松崎朝我瞥了一眼,馬上又將視線移回庭院中。

「窩在家裡讀了四年書,現在突然想交男朋友?田口美智,妳果然是個怪人。」

「我只是不想再過一個人的生活。我希望三年後,身邊能有人陪伴,而且最好是情人。」

小松崎若有所思地點了點頭說,「不過,情人畢竟跟陌生人沒什麼不同。眞的發生事情時,不見得會陪在身邊。」

「小松崎哥,爲什麼你說得好像交過女朋友一樣?」

「我當年可是很受歡迎的,或許讀高中時的妳無法理解吧。」

「的確無法理解。」我無法理解一個長得像蟲的男人怎麼會受歡迎。

「五科總分四七二的田口美智,像妳這種乳臭未乾的丫頭,當然不懂我是多麼有深度,多麼胸襟寬闊,多麼魅力十足。」

小松崎說得臉不紅氣不喘。在我的印象裡,他並不是個會打腫臉充胖子,或是大放厥詞的人,但我實在不相信,這個頭髮硬得像鐵絲的四眼田雞會受女生歡迎。

「好吧,那你的女朋友現在在哪裡?」我問。

「我現在沒有女朋友。」小松崎沮喪地說。我第一個念頭是他果然在說謊，但我接著又想，這五年來社會紛紛擾擾，或許他是因某種緣故而失去了女朋友也不一定。

「總而言之，我沒辦法給妳任何建議。找伴侶有很多方式，一時也說不清楚。」

「既然有很多方式，就教我一些嘛。」

「我只提醒妳一點，千萬別在路上隨便向男人搭訕。這年頭社會這麼亂，到處都是不懷好意的男人。真的要找，應該先從妳想要交往的對象下手，例如單相思的同班同學或學長。」

「原本有一個……」我腦中浮現太田隆太的房間牆上，那個有著優美跳躍姿勢的NBA選手。「但我去了他家，才知道他已經去世了。」

「也對，單相思多半都是這種結果。」小松崎說到這裡，突然話鋒一轉，「其實我最近一直在想，我們不應該當成三年後就是世界末日，而是應該當成一場冬眠。」

每當小松崎以這種語氣說話，內容多半都是些荒誕不經的廢話。

「冬眠？」

「熊之類的動物，不都會幹這種事嗎？在冬天來臨前儲存營養，一覺睡到春天。小行星撞地球雖然是很要命的大事，但我們就當成那是一場冬眠，只要一到春天，就會再度醒來。只要能這麼想，心情也會輕鬆得多。」

「冬眠……」我想到剛剛在太田隆太的家裡也曾提及冬眠，不禁對這個巧合感到莞爾。

「可是……」我支支吾吾了起來。

「可是什麼？」

「一個人冬眠實在太寂寞了，如果可以的話，我想找個情人一起睡。」

「田口美智，妳眞是樂天。」小松崎以高高在上的口氣說道。

接下來有好一陣子，我們不再交談。並非找不到話題，而是小松崎似乎有什麼問題想問我，卻找不到合適的時機。偶然間，一隻灰椋鳥停在庭院內的梅樹上，小松崎彷彿受到了暗示，開口說，「田口美智，妳不恨妳的父母嗎？」

「恨我的父母？」

「他們丟下妳不管，妳能原諒他們？」

「這不是原不原諒的問題。」我說出了四年來一直埋在心中的話，「就好像櫻花只在春天的短暫時期才綻放，但不會有人氣呼呼地對櫻花說，『我不原諒你。』」

「櫻花就是這樣，生氣也沒用。」

「我的父母已經死了，事情就是這樣，生氣也沒用。」

「妳的思考超越了一般邏輯，或許可以冠上超人的稱號。」

「超人？啊，我讀過這本。」

「筋肉人（註一）系列？」

「尼采（註二）。」

「噢。」小松崎起身拍拍屁股，「唯一可以肯定的一點，就是整天窩在家是沒辦法交男朋友的。總之妳應該趁安全的時候到處走走看看，搞不好能遇上中意的男人。」

「能這麼好運嗎？」我也跟著站起。

「戀愛有時靠的就是好運。對了，如果真的找不到對象，我可以勉強湊合。」

「咦？你的意思是說，要跟我當情侶？」我皺起眉頭。

「我指的是最壞打算。」

「我的最壞打算，是一個人冬眠。」

「五科總分四七二的田口美智，妳這決定是正確的。」

小松崎哈哈大笑，我也跟著笑了起來。

7

離開小松崎的公寓後，我沿著原路返回「山丘小鎮」。慢吞吞地蛇行在上坡路段，是一件相當有趣的事。每次以鞋底頂住地面，大腿及膝蓋就會因反作用力而顫動。放下另一條腿時的沉重觸感，又讓人精神一振。藉由脈搏的強力彈動，我感覺得到血液的流動比平常更加劇烈。走到一半時，我忽然感到一陣反胃，趕緊走到路邊水溝旁，嘔出了不少帶著酸味的唾液。或許就像小松崎一樣，我體內也累積了不少莫名其妙的情緒。腦袋還沒辦法釐清狀況，

註一：「筋肉人」是日本八〇年代流行的漫畫及卡通人物。

註二：尼采（Friedrich Wilhelm Nietzsche, 1844-1900）是德國著名哲學家，其「超人理論」闡述了人類的理想境界。

身體卻已明白危機將至。我一抹嘴角，繼續往坡道上邁步。

穿越公園時，我心中猛然湧起一股爬上櫸樹的衝動。於是我在掛著風箏線的櫸樹前停下腳步，以目測的方式觀察樹的高度。

我心裡湧起搞不好真的能爬上去的自信。樹旁剛好有一張翻倒的學習桌，只要先爬上那張桌子，就可以搆得到樹枝。於是我拉扯桌子，將其移動到適當的位置。既然不是用來學習，而是當成了梯子，是不是可以改名叫「梯子桌」？我一邊想著這個問題，一邊爬上桌面。

我揪住樹枝，奮力將身體往上舉。或許是樹枝的位置恰到好處的關係，爬起來沒有想像中那麼吃力。牛仔布質料的襯衫在樹上摩擦，棉布褲也不斷勾住樹皮，但我絲毫不在意。原來爬樹是一種相當舒服的動作。

爬到樹頂一瞧，那塊東西確實是風箏的殘骸。我喘了口氣，在樹幹與樹枝之間坐下。如今那「風箏」只剩下骨架及絲線，而且跟樹皮緊緊纏繞在一起。沒有任何證據可以證明，這就是香取家的兒子當年失去的那枚風箏。嚴格來說，此刻它已不再是風箏，而是櫸樹的一部分了。我轉頭望向前方，下意識地發出了讚嘆聲。自樹上遠眺的景色，實在是太美了。

整片街景看得清清楚楚。不但遠方的仙台街道一覽無遺，甚至還可以看到公園周圍不少屋舍的庭院內模樣。我伸長了脖子左右環視，整座「山丘小鎮」全在我的眼底。

我就這麼俯瞰街道，不知過了多久時間。直到我聽見底下樹枝發出不堪負荷的吱嘎聲，我才摟著樹幹緩緩起身。該回家磨山藥泥了，我心裡如此想著。

就在這時，一樣令我意想不到的東西映入我的眼簾，讓我吃了一驚。在東邊的方向，有一棟相當寬闊的宅邸，從我所在的位置，可以將庭院內看得一清二楚。整個庭院長滿了茂盛的植物，全都是觀賞用的針葉樹及花花草草。顯然屋主原本是相當熱心於園藝的人，此刻卻呈現荒廢的狀態。

「啊……」我不禁發出尖叫。因爲在那片綠色植物之間，似乎有道人影。我試著將身體往前探，卻差點摔下樹，我趕緊將身體拉回來。

有人倒在那裡。我再一次凝神細看，更加確定了這個結論。那是個年紀跟我差不多的男人，身體彎成了く字形，似乎已失去意識。我不敢肯定那個人是否還活著，但假如還沒斷氣，一定要趕緊救他才行。

我試著將右腳往下移。兩手抓住枝幹，匆匆忙忙地往樹下移動。

但我突然闖進他家，該怎麼對他解釋呢？

我以左腳抵住樹枝，放開右手，以左手扶住樹幹。

「前一句說『你不要緊吧？』後一句說『這或許也是一種緣分。』」女店員的話在我腦中迴盪。

在這種「世界再過三年就要終結，而且有人昏厥倒地」的情況下，我竟然一顆心有如小鹿亂撞，實在是太不應該了。但我心裡就是有種奇妙的預感，讓心情起伏不定。眼看距離地面已不遠，我決定一鼓作氣往下跳。

鋼鐵羊毛

1

苗場哥一出現，整座拳館的氣氛就會變得完全不同。至少在五年前是這樣。

站在鏡子前面跳繩的人、對著鏡子揮拳的人、猛踢教練手中護靶的人、踢著沙袋的人……每個人在看見苗場哥的瞬間，都會忘了呼吸。雖然大家會繼續各自練習，什麼話也不說，只是屏著氣息朝苗場哥輕瞥一眼。但就在這剎那間，瀰漫在拳館內的灰塵彷彿瞬間沉澱，空氣宛如灑上了鹽一般緊繃。我很喜歡這剎那間。

即使是現在，我只要一看到苗場哥，就會自然而然地打直腰桿，振作起精神。唯一不同的是，如今拳館內只剩下三人，分別是剛滿十六歲的我、拳館館長及苗場哥。因此苗場哥現身時，吃驚的人只有我，屏住呼吸的人只有我，偷眼觀察的人也只有我。館內再也感受不到氣氛的變化。

站在正前方的兒島館長舉起左手的護靶。我迅速踏穩左腳，踢出了右腿。手腕跟著擺盪，口中發出「呼」的聲響。腳背傳來一陣衝擊，耳中聽見「啪」的一聲重響，腦中登時一片空白。

再來！館長沒有開口說話，但他手中的護靶彷彿如此訴說著。於是我立刻再度舉起右腿，連踢了兩次上段踢。「好！」館長這時降低了護靶的高度。我跟著壓低腳背，踢出了下段踢。一次、兩次。我感到呼吸困難，卻又身心舒暢。

館長看準了時機，舉腳朝我踢來。動作很輕、很慢，而且很有規律。我抬腳擋住，接著後退一步，避開了攻勢。

視線的左邊角落處，苗場哥正在跳繩。犀利的劈啪聲，彷彿是在風中揮舞鞭子。除此之外，拳館內還迴盪著「咚、咚」的輕柔聲響，那是苗場哥的腳跟蹬在地板上的聲音。

鐘聲響起，宣告護靶練習結束。「謝謝指教！」我將雙手拳套舉到胸前，對著館長鞠躬。

「小事。」頭髮花白的館長慢條斯理地走向門口旁的桌子。若是光看背影，儼然是個平凡無奇的中年老伯。但是桌子後面的牆上，掛著一張照片。那是館長在二十年前成爲踢擊（註）日本冠軍時的照片，裡頭的館長雙手握拳，瞪視著鏡頭，肩上披著冠軍腰帶。頭髮比現在略長，一臉精悍神色。

「我現在雖然年紀大了，卻比當年更加厲害些。」館長曾指著照片中的自己，笑嘻嘻地說，「至少現在的我，更懂得如何炒熱氣氛。」

苗場哥放下跳繩，一邊扭動身體，一邊撫摸自己的手腕，彷彿在確認肌肉的狀況。他的體格不算高大，看起來卻沉穩扎實。明明年紀已過三十歲，體格卻跟我當年剛來時沒什麼差異，不，甚至更加結實，簡直像鋼鐵一樣。事實上在五年前，媒體報導關於苗場哥的新聞

註：「踢擊」（Kickboxing）是一種風行於日本的格鬥技，可以使用拳擊及踢腿攻擊，類似泰拳。

時，總是愛以「鋼鐵」爲標題。例如「鋼鐵踢擊手」、「鋼鐵ＫＯ」、「鋼鐵怒吼」、「鋼鐵敗北」、「耿直的鋼鐵」等等。

但近來苗場哥的肌肉在宛如鋼鐵般的堅硬中，卻又帶有一種輕盈感。汗水沿著背部的脊椎骨緩緩下滑的景象，甚至散發出性感的魅力。他就像是一塊柔軟又富有彈性的礦石，常令我不禁看得入神。

苗場哥上下搖晃手腕，一邊調勻呼吸，一邊在館內繞圈子。我也站在沙袋前不斷做著踏腳的動作。在鐘聲再度響起之前，是我的休息時間，但即使是休息時間，兩條腿也不能休息。

鐘聲再度響起。我以手套在沙袋上輕撫，接著迅速踢出右腿。腳背傳來衝擊觸感，聲音灌滿了整個腦袋，一股難以言喻的幸福感在全身擴散。原本像蜘蛛網一樣糾結在心頭的不安及憤慨，全都在舉腳踢出的那一瞬間消失得無影無蹤。濃霧消散，父親的身影及母親的容顏也跟著粉碎，只剩下清脆的撞擊聲。

2

六年前，我加入了兒島拳館。當時我還是個天眞無邪的小學生，一年到頭都穿著短袖襯衫及短褲。

「被欺負了？」館長在我申請加入時毫不修飾地這麼問我。據說他平常不會詢問這種事，或許是我的表情實在太憂鬱的關係吧。當時他坐在門口的鐵桌前，戴了副眼鏡，正在核對帳本。我見了他的模樣，還以爲他是拳館裡的辦事員老伯。他問得嘻皮笑臉，我心裡不太舒服，嘟著嘴回答，「不是。」

我並沒有說謊。雖然我這個人腦筋不算聰明，但我對於大部分運動都頗爲拿手，朋友也不少，算是班上的風雲人物之一。

「我想打敗某個人。」我說。

「很好。」館長露出牙齒笑了。那時是下午三點多，館內沒有練習生，只有即將參加比賽的苗場哥正在做著伸展運動。

「對方也是小學生？」

「一個五年級的臭屁傢伙，比我大一歲。」我臭著臉回答。

那個人姓板垣，在學校裡是身高最高的學生，而且體格也相當壯碩。他滿口暴牙，總是板著一張臉。我經常看見他欺負其他男同學，有時是回家路上，有時是在學校走廊上。即使對手早已倒在地上，只能無助地揮動疲軟無力的拳頭，板垣還是會嘻皮笑臉地繼續猛踢對方。我厭惡那種欺負人的場面，也厭惡因害怕而不敢上前制止的自己。

「但我先提醒你，我這拳館禁止打架，如果你加入後又跟人動手，我可不會原諒。」館長說。

「噢……」我愣了一下，點頭說，「好吧，我知道了。」當時我心想，反正只要不被發現就行了。

「話說回來，你爲何挑上我這專練踢擊的拳館？要變強有很多方法，不見得要練踢擊。」這是那天館長所問的最後一個問題。我沉吟了一會，老實回答，「我想變得像苗場先生一樣厲害。」

從那天算起的一個月前，我看了電視轉播的一場比賽，在心裡留下深刻印象。苗場規律地晃動身體，緊盯著對打的泰國人，就在對手露出破綻的瞬間，先是一記右下段踢，接著揮出一記左勾拳，將對手打得倒地不起。苗場那猛烈而敏捷的動作令我震懾，表情及站立的姿勢更令我感動不已。

「只會說『我想變得像苗場先生一樣厲害』的人，是沒辦法變強的，你必須抱持著打倒苗場的決心。」館長笑著說，「苗場加入拳館時，你知道他是怎麼說的嗎？」

「不知道。」

「他大剌剌地說『我是明年的冠軍，請多指教』。這傢伙當時一次都沒打過踢擊，竟然這麼大言不慚。苗場，你說對吧？」館長突然轉頭朝苗場喊話。

「您別取笑我了。」苗場正拉直了雙腿，將上半身整個貼在地上。

「現在的苗場，就像個謙虛恭謹的苦行僧，每天只是默默練習。但當年的他，可是臭屁得不得了。」館長接著說，「不過就是要這麼臭屁，才會變強。你也一樣，假如你滿腦子只在意著那個惡霸學長，可是永遠不會有長進的。」

「好，我會打倒苗場先生。」

「你稱他『先生』，就已輸了氣勢，應該說『苗場那臭小子』。」館長的語氣滿是調侃之意。

「苗場……」我才說到一半，眼角餘光瞥見苗場正目光如電地猛盯著我，後面的「臭小子」再也擠不出來，只好低頭鞠躬，補了一聲「哥」。

接下來的一年時間，我非常認眞地上拳館練習。每星期兩至三次，放學後先回家換裝，接著搭十分鐘的公車到位於市區的拳館。剛開始的時候，我非常不適應，教練說的話也聽不太懂，但習慣了踢腿及拳擊的節奏及感覺後，練習變得相當有趣。我在對於男女性事還懵懵懂懂的年紀，便已陶醉於踢中護靶那一瞬間的衝擊所帶來的快感。

久而久之，板垣這個人已從我的腦海中消失。事實上板垣也住在「山丘小鎭」裡，平常有時會遇上，但我已對「與他打架」一事失去了興趣。我的目標原本是「爲了打贏板垣而想變強」，後來「板垣」消失了，「打贏」也消失了，只剩下最單純的「想變強」成爲我繼續練習踢擊的動機。

但這情況也只維持了一年多的時間。過了一年多之後的那個夏天，大家都知道發生了什麼事。電視上宣布「八年後將有一顆小行星撞擊地球」，整個世界陷入了一片混亂。當時我還是小學生，根本不了解事情的嚴重性，腦中只有一些雞毛蒜皮的小疑問，例如「爲什麼今天不必上學」、「爲什麼爸爸媽媽不准我出門」及「爲什麼電視上一直在播放特別節目」。直到小學遭到封鎖，父親在回家路上遭暴徒襲擊而流了滿肩膀的血，我才察覺事情沒有我所想的那麼單純。

3

從那天之後，我沒辦法繼續上拳館練習。別說是離開公寓，就連離開自己的房間也會遭到責罵。剛開始的時候，我努力在房間裡靠伏地挺身及柔軟操來維持體能，但後來漸漸連這些也不做了。

五年的歲月說長很長，說短卻也很短。原本就讀小學的我，也到了應該讀高中的年紀。我的身高增加了十五公分，臉頰及額頭上長滿青春痘，而且開始對異性產生了興趣。但在生活周遭，別說是異性，就連同性的朋友也少得可憐。據說整個社區裡的人口已是大不如前，有的離開，有的死了。

有人說這種情況下還沒發瘋的人，天生就是瘋子。我很認同這樣的說法，因爲我父親就是最好的例子。事情發生的兩年之後，他就一天到晚把自己關在房間裡，幾乎很少露臉。過去那個身材矮小卻勤奮工作的父親，如今簡直成了緊張兮兮的小動物，不管做什麼都是畏畏縮縮。有時吃飯吃到一半，他會突然嚎啕大哭、發出怪聲，或是毆打母親。

家裡有個失魂落魄的父親，連我也跟著心情低落。爲了讓自己不再思考父親的事，我試著以「我沒有父親」來催眠自己。但這麼做並無法讓我恢復平靜，所以我經常抱膝坐在房間裡，嘴裡咕噥著，「不可原諒、不可原諒……」對當時的我來說，不管是小行星或是父親，全都不可原諒。

不知道爲什麼，自今年年初起，社會變得寧靜不少。就好像原本是波濤洶湧的大海，波浪逐漸變低，最後變成了光滑如鏡的湖面。我所住的社區也是這樣，漸漸恢復了和平。那種感覺有點像是一場長達五年的喧囂祭典，終於告一段落。聽說住在公寓隔壁的櫻庭先生，甚至開始定期跟朋友到堤防上踢足球。

「媽媽，這幾年眞是太慘了。」就在三個月前，我對母親說出這句話。像這樣的抱怨，只有在心情恢復平靜的時候才說得出口。

「好累……」母親以疲憊不堪的聲音回應我。

至於坐在隔壁的父親，則是大喊起了「這種情況下還沒發瘋的人——」那句經典台詞。

「或許吧……」母親有氣無力地點頭。

我將這一幕看在眼裡，心中確定了一件事。世界還沒毀滅，我們家已經毀了。

我在傍晚時分離開家。經過公園時，西照的夕陽格外顯得刺眼。

我想到仙台市區裡繞一繞。至於理由，我自己也說不上來。反正在家裡只是徒增煩躁，不如到外頭走走，心情還舒坦些。

睽違了五年的街道。公車所行經的道路，是雙向單線道的狹窄縣道，左右的排水溝裡不時可看見遭人遺棄的汽車。

我沿著人行道不斷前進，下了一條平緩的斜坡，不知不覺進入了市區東側的狹窄巷子內。途中我曾數次感到胃部抽痛，至於理由，我自己也說不上來。每次痛得厲害時，我只好蹲在路旁，等待疼痛緩和。有時我甚至會感到噁心，因此我會站起來並伸出舌頭，但什麼也吐不出來，只好繼續邁步前進。

我沒想到拳館依然維持著原狀，更沒料到裡頭還有人在練習。這是我連作夢也不曾想過的事情。因此當我經過拳館前方時，我甚至對窗戶連看也沒看一眼。當然，夕陽的反射光芒太刺眼也是原因之一。

但是就在遠離拳館的那一瞬間，我聽見了聲音。啪！啪！宛如以巨大的皮鞭抽打皮革一般，既清脆又響亮的聲音，灌入我的耳中，震撼著我的胸口。我抱著半信半疑的心情停下腳步，轉頭望向拳館。下一瞬間，我發出一聲驚呼，嘴巴再也合不攏。

窗戶裡，館長正舉著手中的護靶，眼神與五年前一樣犀利，只不過頭上的白髮增加了一些。他蹲著馬步，兩隻手都裝上了護靶。在他面前，站著一個赤裸上半身，下半身穿著拳擊短褲的男人。那男人將雙拳貼在臉側，正不斷發出下段踢，伴隨著魄力十足的聲響。

汗水自鍛鍊得盤根錯節的肌肉上濺起，在空中反射著夕陽的光輝。另外還有一些汗水，則自脊椎骨旁緩緩流下。每當男人的腳撞在護靶上，我感覺自己的腹部也隨之跳動。

我甚至懷疑自己是在作夢。這是怎麼回事？爲什麼只有這裡，爲什麼只有這兩個人，依然跟五年前毫無不同，彷彿小行星對他們而言根本不存在？

館長不斷改變護靶的位置，苗場哥也配合著不斷扭動他那千錘百鍊的肉體。我站在窗外，怔怔地看得入神。

4

五年前的苗場哥，正在爲一場重要的比賽進行著賽前訓練。當時他是踢擊輕中量級冠軍，將接受年紀比他小三歲的富士岡選手的挑戰。

舊時代的鋼鐵，能否戰勝新時代的材質？

當時的新聞媒體皆以類似這樣的標題來煽動民眾的好奇心。富士岡選手不但留著一頭金色長髮，而且還是英姿挺拔的帥哥，外貌充滿了現代感。從談吐舉止，到身上的穿著，都顯露出高貴的家世，與苗場哥可說是恰恰相反。就連當時還在讀小學的我，也覺得富士岡選手是個很「亮眼」的人物。

「苗場哥絕對不會輸給那種吊兒郎當的輕浮小子。」有一天回家路上，某個比我早進拳館的練習生前輩對我這麼說。我們年紀相差十歲，但那前輩總是以平等的語氣對我說話。「那還用說，苗場哥是無敵的。」我也以高傲的平輩語氣回應。

爲了炒熱賽前氣氛，有些雜誌特地比較了苗場哥與富士岡選手的差異。

苗場哥有著守舊派的性格，只有內行的人才懂得欣賞他的優點。他從小在宮城縣的鄉下長大，後來搬到了仙台，家境稱不上富裕。相較之下，富士岡選手則是外交官的獨生子，在女人圈裡極吃得開，而且住在東京。除了生長環境的差別之外，兩人在比賽時的戰鬥方式上也大相逕庭。苗場哥不太注重防禦，總是步步進逼，以拿手的下段踢及左勾拳攻擊敵人。

就算挨了敵人的拳頭或腳踢，也不當一回事。因爲這樣的戰鬥方式，苗場哥經常獲得ＫＯ勝利，但也經常因爲太專注於攻擊而疏於防備，結果敗得一場糊塗。至於富士岡選手，則是移動速度相當快，而且擅於與敵人保持距離。拳頭及踢技雖然威力不大，卻可以確實命中敵人的弱點。而且防禦技巧相當高明，倘若雙方都沒有被擊倒，最後裁判的判決一定是富士岡選手獲勝。

「那種娘娘腔的打法，實在很沒意思。那傢伙根本不懂，格鬥技比賽最重要的是炒熱氣氛。」前輩做出如此評論，我也相當認同。

一邊是「耿直、死腦筋」的苗場哥，一邊是「靈巧、圓滑」的富士岡選手。媒體多半對苗場哥較抱持好感，報導內容雖然假裝保持中立，字裡行間卻不難看出引誘觀眾偏向苗場哥的意圖。

然而有趣的是，社會大眾對這樣的意圖並不全然買單。或許是苗場哥的觀念太過注重意志、韌性等精神論調，在絕大部分年輕族群之間引起了反彈。回想起來，那陣子剛好是社會逐漸開始對「過程比結果重要」、「記憶比紀錄重要」之類主流觀念進行批判的時期。

當時有好幾家大企業以「經過努力後還是不見起色」爲理由宣布倒閉，引來社會的不良觀感，或許也是原因之一。許多人開始認爲「努力並不能當藉口」、「唱高調沒有任何意義」、「雖然過程很重要，但結果更加重要」。在這樣的社會風氣下，支持富士岡選手的格鬥技愛好者也不少。富士岡選手不僅年輕，且懂得「在不受傷的前提下巧妙達成目的」，剛好是年輕人眼中的理想典範。

「苗場哥，富士岡那傢伙只會裝模作樣，其實很弱吧？」曾有一次，經常跟我聊天的前輩練習生朝苗場哥問了這麼一句話。當時我們正在換衣服，苗場哥背對著我們。

基本上拳館裡的人不太聊天。一來我們進拳館不是爲了聊天，二來練習踢擊這件事本身也不是和樂融洽的行爲。說得難聽一點，拳館裡的其他人都是自己的敵人。雖然每次上拳館練習都會遇見苗場哥，但我們幾乎沒說過話，甚至連眼神也很少對上。

當時苗場哥緩緩轉頭，瞪視著前輩。面對苗場哥的鋒利視線，前輩連大氣也不敢喘一口，就連站在旁邊的我也嚇得背脊發涼。我以爲苗場哥會說出「別多管閒事」之類的話，沒想到他沉默了一會兒後，竟然說，「富士岡很強，多半比我還厲害。」

光是苗場哥願意跟我們說話，就已經讓我們嚇得瞠目結舌，只能點頭如搗蒜。至於他說了些什麼，相較之下似乎已不那麼重要。

「但我不怕，而且一定會贏。」苗場哥接著如此呢喃。

他的聲音並不宏亮，卻是鏗鏘有力，彷彿一顆在黑暗中散發冷豔光芒的礦石。

驀然間，我回想起了苗場哥在接受雜誌採訪時，說過這麼一段話，「我對數字沒興趣。一來我數學不太行，二來我認爲幾勝幾敗沒有任何意義。所謂的輸贏，只是比賽本身的結果。眞正的獲勝，必須包含觀眾看完比賽後的心情，以及我自己的心情。」

採訪記者顯然聽得似懂非懂，應了一句「原來如此」後，立即轉入了下一個問題，「你喜歡練習嗎？」

「我恨透了練習。那麼痛苦的事情，有誰會喜歡？」

「但你不想輸，所以只好咬緊牙關練習下去？」

「如果我不練習，老爹不會饒了我。」苗場哥回答。老爹指的當然是館長。接著苗場哥又說，「除此之外，我也會質問我自己。」

苗場哥的回答總是簡單扼要，卻足以令人心中一震。

「質問你自己？」

「我會問，我能饒了這樣的自己嗎？當我想要偷懶不練習時，或是比賽場上想要逃走時，我就會這麼自問自答。『喂，要是幹了那種事，我會饒了自己嗎？』」

採訪結束的前一刻，採訪記者還半開玩笑地說了這麼一句話，「苗場選手的武器，只有下段踢及左勾拳而已。」當時苗場哥是這麼回應的，「有下段踢，有左勾拳，還有炒熱氣氛的技巧。除此之外，我還需要什麼？」

苗場哥離開後，我與前輩面面相覷，不約而同地點了點頭。「果然沒錯，苗場哥一定會贏。」

但是到頭來，這場比賽沒有眞正開打。政府宣布小行星撞地球的消息，我沒辦法繼續到拳館練習，苗場哥與富士岡選手的冠軍保衛戰也一再延宕。至於那個前輩，則是在搶奪食物的過程中遭人以鐵棍之類武器攻擊，就這麼一命嗚呼了。

5

坐在餐廳裡吃著烏龍麵的館長突然抬頭問我，「對了，你怎麼會回來？」

這天練習結束後，我與館長兩人一起吃著晚餐。其實家裡也煮好了飯，但我實在太餓，決定先吃點東西塡塡肚子。所謂的餐廳，其實是五年前某國立大學的學生餐廳。這是一棟木造建築，因爲相當寬敞，所以顯得冷冷清清，而且日光燈有一半已損壞，甚至有種陰森的感覺。

廚師是個滿頭白髮的老伯。據說原本是個整日徘徊在仙台市公園，晚上蓋報紙睡覺的無業遊民。但在變成無業遊民之前，據說原本是個在烏龍麵店當過學徒的廚師。「老實說，我原本已經不想活了，只想等個寒冷的冬天，就這麼凍死算了。沒想到竟然發生了這麼不得了的大事，我這個人就是脾氣古怪，反而產生了非活下去不可的念頭。」上次老伯從廚房探出頭來，跟我聊了一會兒。當時他對我說了這段話。這個人身上都是蔥的味道，話匣子一開就停不了。現在他依然擅自占據著這間學生餐廳，賣著烏龍麵。「我會一直賣下去，除非再也弄不到麵粉了。不過我想這一天，恐怕會在一年之內成眞。」他還曾這麼對我說。

「沒事做，所以回來了。」我這麼回答館長的問題。至於「偶然經過窗外時，看見苗場哥練習的景象實在太美」這種話，我實在說不出口。

「話說回來，你也變了不少，以前的你還是個毛頭小鬼呢。」館長的口氣雖然粗魯，卻帶有一絲暖意。

「五年前，我還是小學生。」

「是啊，你現在十六歲了。你的大部分童年時光，都在小行星墜落的騷動中度過，真是太可惜了。」

「嗯，不過……」我搖頭說道，「大家都一樣，並不是只有我而已。」

此刻就算大喊命苦，或是害怕得全身發抖，也是無濟於事。現在的我，甚至早已結束了自暴自棄的時期。沒耐性是十多歲年輕人的天性，就連「絕望」也撐不了多久。

「對了，館長跟苗場哥是何時回來的？」我問。

「從來沒離開過。」館長低頭笑了起來。

「從來沒離開過？外面鬧翻了天，你們怎麼還能待得下來？」我雖然大半日子都躲在自家房間裡，卻也能想像外頭的暴動有多麼嚴重。整個社區瀰漫著恐懼氣息，耳中聽見的不是慘叫聲或器物遭破壞的聲響，就是警察、自衛隊的宣傳警告聲。就連「山丘小鎮」也是這樣，仙台市區內肯定是有過之而無不及。

「我們當然也沒辦法每天悠悠哉哉地練習，但苗場每天都盡量克服萬難，來拳館打沙袋。對了，曾經有人衝進拳館攻擊苗場，而且還發生了兩次。」

「真的嗎？」

「第一個是原本就討厭苗場的年輕人，凶巴巴地喊著『我早就看你不順眼』。至於第二個，則是腦袋秀逗的瘋子。」

「結果怎麼了？」

「剛開始的時候，苗場有些手忙腳亂，因爲我這拳館禁止會員跟門外漢打架。」

到了這種時候，還在遵守那種規矩？我帶著哭笑不得的心情，將剩下的烏龍麵塞進嘴裡。此時我的胃突然開始顫抖，原本吞下肚的烏龍麵又湧回喉頭，我拚命將這股噁心感壓抑下來。

「沒辦法，我只好收那個人當練習生。」館長接著說。

「咦？」

「當然不是正式會員，而是體驗入會的臨時會員。『我現在答應讓你體驗入會，從現在開始，你是我這拳館的練習生。』我對那個衝進門來挑釁的男人這麼一喊，接下來發生的事情就不是打架，而是練習了。」

「這樣也行？」

「至少心情上舒坦些。我這話一喊完，不過一眨眼功夫，練習就結束了。苗場朝對方的膝蓋踢了兩、三記右下段踢，對方就倒在地上站不起來了。」館長將手中的一根筷子當成苗場哥的腳，敲在另一根筷子上。一般人挨了苗場哥的下段踢，肯定是動彈不得吧。

「苗場還說，現在正是好時機。」

「好時機？」

「其他人都不來拳館了，只要趁現在加緊練習，就可以遠遠超越他們。」

「憑苗場哥的實力，別說是我們拳館，恐怕全日本沒有人是他的對手吧？」

「他這個人難得之處，就是不狂妄自大，永遠抱持危機意識。」

就在這時，兩道人影從敞開的門外走了進來。館長登時全神貫注，我也跟著提高警覺。這些年來，我已經習慣一看到人就懷疑對方是暴徒、搶匪或是瘋子。但仔細一瞧，原來是一對輕鬆漫步的情侶。我鬆了口氣，但同時胸口又產生一陣噁心感。每天活在緊張之中，神經早已不堪負荷了吧。

「館長，在你看來，我是否變強了？」我在臨走之前隨口問道。

「你相當有天分。這可不是客套話，你在小學時就表現得不錯，現在重新練習才過三個月，就有這麼大的進步，實在了不起。」

我開心地握緊了拳頭。

「不過你這小子也有些古怪。現在這種時期，你應該還有很多更重要的事，怎麼跑回來練拳？」

我本來想應一句「偏偏就是沒有更重要的事」，但轉念一想，決定這樣回答，「館長，若要說古怪，我可還差你一截。」

「怎麼說？」

「今天練習到一半時，你不是拿出一根長長的木刀，突然刺向苗場哥嗎？那應該是爲了對抗富士岡所想出來的對策吧？」富士岡選手最擅長在一瞬間接近敵人，並以前踢攻擊。

「五年前約好的冠軍保衛戰，你們眞的以爲會舉行？」我半開玩笑地問。

「少囉嗦。」館長一邊掏出錢包，一邊皺起眉頭罵道。

「館長，你眞是古怪的人。」

臨走之際，我對著廚房喊了一聲「謝謝」。煮烏龍麵的老伯探出頭來，館長粗魯地說了句「好吃」。我則是低頭鞠躬。

「過陣子我想試試做天婦羅。」老伯笑得露出了牙齒。

「喔？」館長隨口應了。

「上次我到縣南的海邊一瞧，竟然擠滿了釣客。仔細想想，就算小行星正在接近地球，對海裡的魚來說或許沒什麼影響。現在有很多人都是靠大海來補給食物，我決定找機會再去一次，若能多捕一些魚，就可以來做天婦羅了。」

這年頭很難聽見有人談論未來的計畫，我不禁對老伯投以羨慕的眼神。胸口的噁心感受不知何時已經消褪了。

6

從市區走回「山丘小鎭」的路上，我回想起關於苗場哥的種種往事。至於理由，多半是看見了電線桿上那些數也數不清的「尋人啓事」的關係吧。因爲日曬雨淋的關係，每張紙不是破損嚴重，就是字跡模糊、暈染。上頭的照片，喚醒了我心中對於三島姊的回憶。

三島姊的全名是三島愛，是個專門爲苗場哥拍照的專業攝影師。我不知道他們是怎麼認識的，但是從我剛進入拳館時，她就已經跟在苗場哥身邊了。她總是特地從東京驅車前來，帶著攝影器材進入拳館，在瀰漫著男人汗臭味的空氣中不斷拍攝苗場哥練習時的模樣。在我看來，她就像是個不同領域的格鬥家。當時她三十五歲，已經結婚，只是不知道有沒有小孩，但她卻爲了拍攝苗場哥的比賽照片而跑遍全國，令人不禁擔心這是否會令她疏於照顧家庭。

我很欣賞三島姊所拍的照片。當年我還是小學生，說不出具體的理由，只知道「我就是喜歡」。如今回想起來，我喜歡三島姊的照片，是因爲她總是能拍出苗場哥兼具狂暴與斯文的雙面性，卻又不互相矛盾。既不刻意安排，亦不虛僞做作。在一張照片裡，同時表現出苗場哥踢沙袋時宛如鞭子一般的右腿，在右腿上彷彿以雕刻刀割出來的肌肉陰影，以及好似與世隔絕一般的寂靜無聲。

我只與三島姊說過一次話。那次剛好拳館裡只有我一個人在練習，而三島姊在一旁整理照片。或許是她對當時還是小學生的我產生了興趣，問起了我一些「來拳館的理由」、「爲何喜歡格鬥技」之類的問題。

「我能問個問題嗎？爲什麼妳從不拍苗場哥ＫＯ對手的照片？」談話結束的前一刻，我反問了這個問題。

「咦？我當然拍過。」她顯得有些吃驚。

「妳拍的都是對手倒在地上的照片，沒有決定性的一拳打中對手那一瞬間的照片。」當時我尚不習慣與年長女性交談，說起話來有些結結巴巴。三島姊一聽，發出清脆的笑聲，然後回答我，「噢，原來是這個意思。我告訴你吧，因爲我看得入迷。」

「看得入迷？」

「KO的瞬間，當然要靠自己的眼睛看。若還透過相機的取景窗，不是太可惜了嗎？」

「這……這樣也能當攝影師？」我狐疑地問。

「爲什麼不行？」三島姊說得泰然自若，「何況我雖然沒使用手中的相機，心裡卻按下了快門。」

「不使用相機，就沒有照片。」

「照片是有，只是洗不出來。」三島姊說得異常認眞，完全不帶調侃語氣。

「眞是強詞奪理。」我說了句當時剛學會的成語。

「少年，現在你體會什麼叫強詞奪理了。」三島姊說得趾高氣昂，宛如是在掩飾心虛。

在這場交談之後不到一個月，三島姊過世了。有一天，她在晚上開著車子，準備趕往攝影現場。沒想到她的車子竟然在國道某十字路口偏離車道，撞上了水泥護欄。有人說她打瞌睡，有人說她爲了閃避闖紅燈的老婆婆，也有人說她忘了帶攝影器材，所以匆忙迴轉結果操控失當。拳館裡各種謠言滿天飛，卻沒有人知道眞相。

三島姊的死並沒有爲苗場哥帶來任何改變。他還是一樣沉默寡言，還是一樣嚴以律己，還是一樣每天忙於練習。我甚至聽說，他連三島姊的喪禮也沒出席。

大約半年之後，有個攝影師找上苗場哥，想當他的專屬攝影師。據說苗場哥想也不想地拒絕了，但當時我並不在場，這是別人告訴我的消息。

「我聽說你現在沒有專屬攝影師，不是嗎？」據說那攝影師在遭到婉拒後，慌張地反問。或許這個攝影師相當大牌，要不然就是備受矚目的新人，他完全沒料到自己會遭到拒絕。苗場哥恭恭謹謹地鞠躬道歉回答，「不，我現在有專屬攝影師。」

「咦？真的嗎？」攝影師一時不知所措。

「是真的。」苗場哥再度強調，「我從以前就一直有專屬攝影師，因此我必須拒絕您，真是相當抱歉。」苗場哥說完後，又一次深深鞠躬。

苗場哥就是這樣的人。前輩說得口沫橫飛、得意洋洋。這是一種很奇妙的感覺，苗場哥明明給人宛如鋼鐵般堅強穩固的印象，而且散發出鐵青色一般寒冷而沉著的氛圍，但是每當我回憶起關於苗場哥的往事時，總是有種宛如受到溫柔羊毛包覆的舒適感覺。

7

周圍愈來愈昏暗。街燈約有一半已毀損，走在路上有些心驚膽跳。然而一想到回家得應付那個因過度緊張而龜縮在房裡的父親，以及那個因夜夜失眠而累得像幽靈一樣的母親，我又覺得走在夜晚的街道上似乎也沒那麼可怕。

我走上坡道，四下一片死寂，耳中聽不到半點聲響。既沒有爭吵聲，也沒有汽車引擎聲。上個月，我住的那棟公寓遭歹徒入侵。當時歹徒還挾持人質躲在屋子裡，驚動了大批警察，引起不小的騷動。但除了這起案子之外，近來可說是風平浪靜。那些因承受不了恐懼而大吵大鬧的人，大概已經死得差不多了吧。

十分鐘之後，我才聽見了聲響。當時我來到「山丘小鎮」前的一條蜿蜒道路上，由於到處是遭人棄置的汽車，我必須以蛇行的方式避開障礙物前進。就在這時，右手邊傳來男人的激烈交談聲。剛開始的時候，我以爲有人在吵架，但停下腳步仔細一聽，又像是其中一人在懇求另外一人。

旁邊的排水溝裡，停著一輛早已變成了大型垃圾的箱型車。這兩人站在車旁，你一言我一語地交談著。「板垣……」我見了其中一人的外貌，忍不住脫口而出。兩人聽見我的聲音，同時回過頭來。令我吃驚的是，兩人之中苦苦哀求的一方竟然是板垣。他的身材還是跟小學時一樣高頭大馬，肩膀宛如橄欖球選手一樣寬大結實。但此時他卻弓起了巨大的身體，對著眼前的男人低聲下氣地懇求。

「你是誰？」站在板垣對面的男人皺起眉頭問我。這個人身材削瘦，下巴很尖，戴了一副大眼鏡。我不知道他叫什麼名字，但我依稀記得這副長相。我急忙在記憶中尋找，終於想起這個人的身分，原來他就是小學時遭板垣欺負的學長。當年我跟其他同學經常目擊這個學長遭板垣拳打腳踢、言語羞辱。沒錯，就是他。然而現在他們之間的關係卻似乎與當年完全相反，這讓我有些摸不著頭緒。欺負人的板垣，竟然對當年欺負的對象表現出乞求憐憫的態度。

「我見過你，你也是我們這社區的吧？」戴著眼鏡的男人對著我說。口氣雖稱不上凶惡，但是態度相當高傲。

「是啊。」我說。

「那你應該知道，這個板垣當年經常欺負我。不過我這個人寬宏大量，不跟他一般見識。」男人語帶譏諷地說。

「喂，我都已經跟你道歉了，你就原諒我嘛。」板垣頻頻鞠躬，完全不在乎我在一旁觀看。他似乎還是一樣滿口暴牙，講起話來有些口齒不清。

「所以呢？」我反問。

「你聽過方舟的事嗎？」戴眼鏡的男人面無表情地說。不，嚴格說來嘴角有些上揚。

「方舟……」我沉吟一會兒，忽想起母親最近曾說過這麼一段話，「聽說有個叫『方舟』的災難庇護所，只有被挑上的人才能進入，不曉得是不是眞的。」當時母親說得有氣無力，我還以爲她腦筋糊塗了，滿口胡言亂語，於是我隨口問她，「要怎樣才能被挑上？」母親維持著渙散神情回答，「聽說是抽籤。」

「那是電影情節，現實生活裡不會有那種東西。」我駁斥。

「小行星撞地球不也是電影情節？這年頭什麼事都有可能發生。」母親虛弱地嘆了口氣，轉頭望向父親躲藏的房間。

「我老爸就是『方舟』的抽籤負責人。」戴眼鏡的男人噘起嘴，得意洋洋地這麼說。

「眞的嗎？」

「不相信的人，只有死路一條。」

「我相信！求求你，想辦法讓我被選上吧！」板垣拚命拉扯男人的衣服，那窩囊的模樣令人搖頭嘆息。

「那是抽籤決定的，你求我也沒用。」戴眼鏡的男人甩開板垣的手。

「不，我聽說你們名義上是抽籤，其實私底下會動手腳！你老爸可以決定讓誰被選上！」

「你別胡說，我們是很公平的。」

「你要我做什麼都可以！求求你，讓我跟我妹妹被選上！」

我聽著兩人的對話，心裡想著「一定是假的」。自從小行星撞地球的消息一公開後，類似這樣的謠言已不知傳出過多少次，「方舟」、「庇護所」這類字眼也不是第一次聽到。就算政府打算實施這樣的政策，也不可能眷顧我們這種仙台小鎮的居民，更不可能讓一般平民百姓當抽籤負責人。若我是掌權者，一定會偷偷挑選優秀人物，神不知鬼不覺地送進「庇護所」內。當然，所謂的優秀並沒有絕對的標準，因此在審查上或許會受主觀判斷或人情義理影響，但無論如何不會採取這種對外公開的抽籤方式。

我猜這個戴眼鏡的男人及他的父親、板垣及其他人，都只是陶醉在「庇護所」這個美夢之中。他們不但對謠言信以爲眞，而且還將謠言當成救贖的希望。或許世界上並不存在眞實的「庇護所」，但對這些人來說，謠言無疑是精神上的「庇護所」。

「如何？你對方舟有沒有興趣？或許我可以幫你問問。」戴眼鏡的男人對我說。

「等等，是我先拜託你的！」板垣說道。

「不用了。」我搖頭。

「怎麼，你不相信？」

「總之不用了。」我扔下這句話，快步離開了現場。此刻我胸中充塞著厭惡感、悲傷感與恐懼感。每個人爲了存活，早已失去了理智，彷彿是抓著稻草不放的溺水者。我腦中浮現了一大群人爭先恐後想要爬上船的可怕景象。距離小行星撞地球還有三年，現在雖然維持著和平狀態，但隨著「末日」一步步逼近，這個世界一定會再度陷入動亂。雖然我現在還能保持冷靜，但是到時候，或許連我也會爲了追求活命的機會而對荒謬謠言信以爲眞。屆時我可能會驚惶失措，大喊著「我不想死」或「救救我」。強烈的恐懼感讓我忍不住愈走愈快。未來的日子到底會變得如何？我既想哭泣，又有一種想要嘔吐的衝動。我彎下了腰，腦袋裡趕緊想像苗場哥的背影。舉起雙拳的結實肉體，宛如是美麗的鋼鐵。那強而有力的形象，讓我的情緒稍微平復了些。

8

我回到「山丘小鎮」，來到公寓六樓，心情卻依然沉重。一打開門，首先聞到的是一股溼氣。整棟公寓裡，我們家是日照特別差的一間，一年到頭總是潮溼陰暗。當然，這和小行星造成的氣象異常毫無關係。

我脫下鞋子，走進了客廳。不久前，我們家的門內架了好幾根當門栓用的木棍，以防止暴徒入侵，但最近我們已不再這麼做了。說好聽點是社會恢復和平的證明，說難聽點是危機意識開始鬆懈的證明。我喊了一聲，「我回來了。」正在廚房煮菜的母親以不帶感情的冰冷聲音回了一句，「你回來了。」

「今天我聽賣烏龍麵的老伯說，最近有很多人到海邊釣魚。或許競爭很激烈，但我想找個時間去碰碰運氣。」我說。

母親只淡淡應了一聲「喔」。

「嗯，沒錯，應該去碰碰運氣。」我感覺自己在自言自語。

母親做的白蘿蔔燉芋頭雖然稱不上什麼豐盛大餐，滋味卻相當不錯。不僅又軟又嫩，筷子可以輕易插入，而且甜味與辣味的平衡也恰到好處。雖然回家前才吃過烏龍麵，我還是吃得津津有味，吃再多也不會膩。我跟母親隔著餐桌相對而坐，各自默默吃著碗裡的東西。至於父親，則依然把自己關在房裡，每當我們吃完後，母親會把餐點送進房裡給父親。有時父親會出現在餐桌邊，但也只是拿了自己的餐盤又鑽回房間裡。

這種毫無對話與表情，只是默默咀嚼的過程，對我而言相當痛苦。我腦中總是浮現著「行屍走肉」之類的成語。

今天的情況跟過去這一陣子毫無不同，並沒有什麼特別難熬的因素，但我卻感到焦慮與煩躁。我原本早已戒掉了抖腳的習慣，今天卻忍不住又抖了起來。母親見我搖晃右腿，竟然立刻移開視線，彷彿什麼也沒看見。是因為剛剛回家的路上想起三島姊的事嗎？還是因為許久不曾意識到的「死」，今天再度浮上了心頭？抑或，板垣那副喪失尊嚴的可悲模樣，讓我擔心那可能就是未來的自己？強烈的焦躁感沿著腳趾向上竄升，化成一股噁心感湧上胸口，嘴裡產生一陣酸味。

我的內心就像是處於漏雨的狀態，雨滴在心中逐漸累積，最後終於滿溢。壓垮理性的最後一根稻草，竟然只是一塊落在地上的芋頭。那塊芋頭從我的筷子上滑落，撞在我的胸前。在我低頭的同時，芋頭已跌到地板上了。我拉開椅子，彎下了腰，想要撿起芋頭。就在這一瞬間，我爆發了。我大喊一聲，「我受夠了。」起身以拿著筷子的手在桌面重重捶了一拳。餐盤全都跳了起來，發出刺耳聲響。母親只是吃驚地睜大眼，但旋即恢復魂不守舍的表情。

我轉身穿過客廳，大步跨入內廊，在父親房間前停下腳步，一邊敲門一邊大喊，「快出來！別躲了，快出來！」這是我第一次以這麼粗暴的語氣對父親說話。

房間內一直毫無反應。我放棄了呼喊，轉身回到客廳。就在這時，我聽見聲響，轉頭一看，父親不知何時竟來到了我的背後。他變得更瘦了，兩眼布滿血絲，一頭花白長髮。長滿鬍碴的嘴角又黑又髒，不曉得是汙垢還是菜渣。

「你竟敢對爸爸說那種話！你那是什麼態度！」父親瞪著雙眼對我破口大罵，不僅口水亂噴，還飄來陣陣口臭。

「你終於出來了。」

「什麼？」

「龜縮在房裡又能改變什麼？難道能讓隕石消失嗎？別再逃避了！」

「你這小子根本不懂我的心情！」父親咕噥起了陳腐的台詞。母親則依然坐在餐桌旁，一副無精打采的模樣，似乎並不打算插手干預。

「三年！」我伸出三根手指，「只剩三年了！你不認為應該過和諧的生活嗎？」

「世界末日快到了，哪來的和諧？」

「我講的不是世界，是這個家！世界再怎麼亂，至少我們家可以過得和諧！你身為父親，連這麼簡單的道理也想不通？」

「你這小子什麼都不懂，還敢說大話！」

父親舉起拳頭朝我揮來。我彎曲雙臂，擺起防禦姿勢。父親的軟弱拳頭打在我的手腕外側，感覺不痛不癢，甚至沒發出半點聲音。我護住了臉，持續以手腕進行防衛。

此時我腦海中浮現的是父親五年前的模樣。當時他身穿西裝，頭髮梳得整整齊齊，手裡拿著他最自豪的那個到海外出差時購買的公事包，每天勤奮地工作。當年的父親，如今在哪裡？眼前這個有如發了狂一般不停對我揮拳的男人，與當年的父親天差地遠。我心裡又氣又恨，忍不住想要大喊，「還給我。」把我的父親還給我。

「夠了，住手。」母親終於起身制止。但我無法判斷她這句話是對父親說，還是對我說。

父親停止了動作。我看他累得上氣不接下氣，以為已經結束了。沒想到他突然又發出野獸般的詭異怒吼，抓起桌上的時鐘朝我砸來。

我還來不及思考，身體已做出了反應。我先往旁邊一閃，接著將重心放在右腳，朝著父親的小腿踢出左腳。腳背正中父親小腿，感受到一陣衝擊。就在同一時間，父親發出慘叫，整個身體倒向一邊。

我想也不想，立刻又踢出了一記上段踢。這是我練習了無數次的動作。身體隨著吐氣的時機翻轉，右腳朝著父親的臉孔踢出。

但就在這時，不知道爲什麼，苗場哥那句話閃過了我的腦海。「喂，要是幹了那種事，我會饒了自己嗎？」

即將踢中父親臉孔前的一瞬間，我收回了右腿。

9

母親見我衝出家門，似乎對著我喊了一句話。由於聲音太小，我無法分辨她是在阻止我出門，還是在對著我咒罵。我多麼希望她說的是「這麼晚了，外頭很危險，你別出去」。但我沒有回頭，朝著電梯直奔。

對夜晚街頭的恐懼，以及在心中悶燒的怒火與焦躁，令我沒辦法停下腳步。我一直跑，逐漸感到呼吸困難、兩腿發麻。我一度停下步伐，站在馬路正中間嘔吐，但旋即又舉步狂奔。當我回過神來，我已來到了拳館前。我不住喘氣，抹去嘴邊的口水，走到拳館的門口。裡頭沒有半點亮光，彷彿整棟建築物都處於沉睡狀態。

我想要開門入內，但一轉門把，才知道鎖住了。於是我只好繞過建築物，來到了後門口。後門向來是封鎖狀態，不過我曾聽說從前常有練習生在三更半夜從後門偷偷進入拳館。館長是個很討厭偷雞摸狗行徑的人，因此只要發現有人從後門偷溜進拳館，就會大發雷霆。但我想此時館長總不可能爲這種事將我趕走，於是決定幹一次看看。這還是我第一次試著從後門進入拳館。後門的周圍堆放著老舊冰箱、健身器材等雜物，我將其一一推開。後門的門板不但早已扭曲變形，而且上頭長滿了黴菌。我甚至擔心如果拉得太用力，門把可能會掉下來，幸好我最後順利打開了門。我拿著鞋子進入館內，先走到正門處，將鞋子放在鞋架上，接著像平常一樣對著練習場低頭鞠躬，喊了一聲，「請多指教。」一打開電燈，我看見鏡中的自己，不禁吃了一驚。

好可怕的一張臉。

兩眼布滿血絲，青春痘又紅又腫，頭髮凌亂不堪。更重要的是，整張臉散發出一股陰狠的氣息。連我自己也看得出來，這是一張陰鷙且充滿恨意的臉孔。我知道自己正在恨著什麼，但我不知道自己恨的到底是什麼。

做完暖身操後，我開始跳繩。爲了將父親毆打我，以及我踢父親的回憶從腦海中剔除，我拚命地跳，但是焦躁卻絲毫沒有減輕。每一次身體躍起，痛苦的回憶就會炸裂，但是腳板回到地面後，回憶也會跟著萌生。接著我開始毆打沙袋。我屏住呼吸，對著沙袋不斷揮拳。拳頭打在沙袋上的聲音、吊鉤的摩擦聲及皮膚上的涔涔汗水確實讓我的心情輕鬆不少。但是只要一停止揮拳，深紅色的可怕思緒又會在腦中蔓延。宛如是自傷口汩汩流出的鮮血，就算擦得乾乾淨淨，只要一停下動作，又會逐漸滲出。不管擦拭多少次，也沒辦法讓鮮血完全消失。

三十分鐘之後，我整個人呈大字形仰躺在地上。這也是我第一次在拳館裡做出這樣的舉動。我看著天花板上一條條互相纏繞的管線，以及布滿了灰塵的通風扇。身體隨著呼吸劇烈地上下起伏。

爲什麼苗場哥能夠如此沉著冷靜？

我腦中驀然產生這樣的疑問。世界末日不斷逼近，他卻還是跟五年前一樣，每天若無其事地練習踢擊技巧。明知道不可能舉辦比賽，他卻能與館長一起認眞地研討應戰對策。這個人到底是怎麼回事？或許這麼說有些失禮，但我愈想愈覺得不可思議，甚至開始懷疑苗場哥是個傻瓜。當然，我知道這樣的想法實在很失禮。

接著我走進位於後頭的更衣間。空氣中瀰漫著一股由灰塵與汗水混合而成的獨特臭味。五年前，這房間裡擠滿了仰慕苗場哥而加入的練習生。置物櫃根本不夠用，只好像公共澡堂一樣擺了好幾個棚架，每個練習生各自將衣褲、書包等物丟進簍子裡，然後塞進棚架的空隙內。但如今更衣間裡卻是空空蕩蕩，地上到處是練習生沒帶走的運動服、手套及毛巾。

我自然而然地走向門口左手邊的棚架。那是當年與我交情不錯的前輩經常使用的位置。走到近處一瞧，我才發現那裡塞了一個皺巴巴的紙袋。那紙袋不僅髒汙且破損嚴重，幾乎跟垃圾沒兩樣，我原本毫不感興趣。但不知爲什麼，我突然產生一股想要瞧瞧裡頭裝了些什麼東西的衝動。於是我拿起紙袋，將裡頭的東西全倒在地上，沒想到那竟是一疊疊的紙片。

我先是愣了一下，接著才恍然大悟。這些都是從報章雜誌上剪下來的文章，上頭是關於苗場哥的報導。我慌忙蹲在地上，把散落一地的紙片全蒐集起來。

每一張照片裡的苗場哥，都有一對犀利如鷹的雙眸。這並非刻意做作，而是自然流露出了心中的信念。我將這些紙片一張張疊好，正準備塞回紙袋裡，其中一張映入了眼簾。那是一篇苗場哥與某電影明星的對談文章，一邊是口齒伶俐、作風氣派的電影演員，一邊是沉默寡言、不善交際的苗場哥，兩人的對話只能以雞同鴨講來形容，簡直像是一齣套好的雙口相聲。我忍不住蹲在地上，將整篇文章讀完了。

「苗場，如果明天就會死，你有什麼打算？」電影明星毫沒來由地問了這個突兀的問題。

「什麼打算也沒有。」苗場哥回答得相當冷淡。

「什麼打算也沒有，是什麼意思？」電影明星問。

「我能做的事情，只有下段踢及左勾拳而已。」

「那是指踢擊技巧吧？難道明天就要死了，你今天還會練習？」電影明星嗤嗤竊笑，似乎覺得很有趣。

「明天就要死了，就得改變生活方式？若是如此的話，你現在的生活方式，是打算活多久的生活方式？」由於是寫在紙上的文章，我只能想像苗場哥的說話語氣，但我相信他在說這句話時，一定相當謙虛客氣。

我忍不住閉上雙眼，試著讓自己恢復平靜。有如荊棘般狂野粗暴的亢奮情緒，逐漸變得心平氣和。接著我在心中反芻苗場哥在對談的最後所說的這麼一句話，「我能做的事情，就是做我唯一能做的事情。」我反覆推想，接著點了點頭。

從前輩的紙袋裡掉出來的紙片，除了文章之外，還有一些照片。我看見了其中一張大尺寸的黑白照片。依這亮度及氛圍，我可以肯定這是三島姊拍的照片。

照片裡的苗場哥，正獨自在深夜的公園裡慢跑。整個畫面看起來雖然樸實無華且毫無躍動感可言，但完美呈現出了周圍的寂靜與苗場哥身上散發出來的熱氣。我心裡正讚嘆苗場哥的帥氣，「做我唯一能做的事情」這句話猛然再度湧上心頭。沉默、耿直、盡心做好自己分內的事情。苗場哥慢跑的模樣，正傳達出這樣的形象。沒錯，只要把該做的事情做好，其他什麼也不用多想。不知不覺，我竟淚流滿面，緊緊抓著苗場哥的照片，就這麼躺在地上睡著了。

10

當我醒來時，我聽見聲響。不，或許是因爲聽見聲響，才醒過來也不一定。總而言之，我聽見比賽的鐘聲，於是坐起了上半身。當我驚覺我拿來當枕頭的東西，竟然是一雙不知是誰留在這裡的臭鞋子，我趕緊將它扔了出去。接著我才發現，原本抓在手裡的照片及文章都已不翼而飛。

我站了起來，往棚架上一瞧，紙袋竟好端端地放在原本的位置上。我開始懷疑昨天倒出紙袋裡東西的那一段只是一場夢境，但我並不想打開紙袋再次確認。

走出更衣間，我看見苗場哥正在比賽台的旁邊跳繩。一看時間，這時已是下午兩點多。雖然對自己的貪睡感到有些自責，但也多虧這一覺，讓我神智變得清晰得多。雖然稱不上豁然開朗，但至少不再感到痛苦或沉重。回想父母的表情時，情緒也不再激動。或許我應該原諒那一對委靡不振的父母。我腦中不知爲何突然冒出了這樣的想法，但我旋即將這些思緒拋諸腦後。

我該做的事情，就是做我該做的事情。

鐘聲再度響起，苗場哥停止跳繩。原本坐在門口的館長緩緩起身，做起暖身操。我走上前，喊了一聲「早安」。館長只是輕輕點頭，應了一聲「嗯」。對於昨天我擅自進入拳館睡覺一事，館長什麼話也沒說。

館長將護靶裝在雙手手腕上，在鏡子前移動身體，彷彿是在確認自己的動作與姿勢。鐘聲再度響起，於是我開始跳繩。

背後傳來「啪」的一聲皮革遭重擊般的劇烈聲響，苗場哥開始攻擊館長手中的護靶。啪！啪！那聲音實在悅耳動聽。鐘聲響起，我停止跳繩，這次我試著對鏡子擺出攻擊架式。

「喂，你要不要與苗場打打看？」背後傳來館長的問話聲，我吃了一驚，轉頭說，「什麼？」

苗場哥雙手插在腰際，以銳利的眼神在館長及我之間往來游移。

「敢不敢打一場練習賽？」館長笑嘻嘻地對著我挑釁。

「什麼？」

「我可是很強的。」苗場哥瞪著我呢喃說。身上的結實肌肉，彷彿正配合著呼吸而緩緩蠕動。這句話雖然說得輕描淡寫，卻是魄力十足。體型明明跟我差不多，在我眼裡卻像巨人一樣。

「我不會輸的。」我嚥了口水後說道，這是我第一次跟苗場哥交談。

「你贏不了的。」苗場哥回答得簡潔有力。

「總有一天會贏的。」我低聲回應。

天體之夜

1

二宮的臉孔浮現在我面前。我跟二宮自大學畢業後就沒見過面，算一算已二十年了。所以此時此刻出現在我眼前的二宮，當然還是讀大學時的那張臉孔。皮膚光滑白皙，看起來既像小孩子，又像個中年人。「你老是板著一張臉，難怪被大家討厭。」每當我這麼提醒他，他總是會反唇相稽，「像你這樣毫不在乎地挖人痛腳，才會被大家討厭吧。」接著我會反駁，「我是看你可憐才陪你一起吃午飯。」而他總是會把我這句話當耳邊風。

「最先發生的災害，是洪水？」某一天，我在學校餐廳裡這麼問他。據說這間餐廳已在十年前重新裝潢過了，但浮現在我心中的，當然還是二十年前的模樣。

「不，是衝擊波。」二宮推推眼鏡，接著說，「就跟核子彈實驗一樣。你應該也看過類似的影片吧？爆炸造成的風壓，會先對周圍的環境造成破壞。巨大的物質以極高的速度撞上地表，當然會產生可怕的能量。接著會引發一場難以想像的大地震。」

我跟他都是理學院的學生，但天文學這個領域對我來說實在太陌生。

「直徑大概多少？」

「十公里。至於速度，大概每秒二十公里吧。」

直徑十公里，秒速二十公里。光聽數字，實在很難想像那是什麼樣的情況。可以肯定的是，一顆這麼大的石頭從天而降，一定會引起可怕的災難。但若說這場災難會毀滅地球，又覺得似乎過於危言聳聽了。隕石「砰」的一聲撞在地上，砸爛周圍一些東西，應該就是這種程度而已吧。

「衝擊波之後，便是洪水。地球大部分是海洋，隕石落在海上的機率很高，因此會引發海嘯。」

「那顆隕石呢？」

「裂成碎片後反彈到空中，接著像霰彈槍一樣落回地面。粉塵瀰漫在空氣中，遮蔽住陽光。」

「隕石後的寒冬，對吧？」這個我也曾聽過。

「陽光遭遮蔽後，氣溫會下降，所有植物都死光了，動物也活不了。」

「這就是恐龍滅亡的原因？」

我想起來，當時我們討論的話題是關於恐龍的滅亡。

「但這理論有證據嗎？小行星撞地球什麼的，實在很難讓人相信。」

「一九七八年，科學家在墨西哥的猶加敦半島發現一個直徑一百八十公里、深九百公尺的巨大隕石孔。」

「這麼大？」那幾乎是從仙台到福島縣南端的距離。

「科學家在那附近地層檢驗出許多銥金屬，而且還有洪水的痕跡。」

「銥金屬是什麼？」

「隕石裡大量含有的一種物質。科學家根據這些間接證據，推測六千五百萬年前曾有小行星落在該處，造成恐龍滅亡。」

「間接證據……」我聽得似懂非懂，隨口應了一聲，接著又基於禮貌說，「人類是不是也很危險？以後還是可能會有小行星掉下來吧？」

「這種事情大概一億年發生一次。」

「機率這麼低？這麼說來，小行星的數量很少嗎？」

「不，多達數萬個，但絕大多數都已經確認軌道。在接下來的數千年之內，不會有任何一顆接近地球。」

我不禁心想，這倒也有些無趣。當然，我知道這樣的想法實在有些任性。接著我又想起不久前讀過的一則報紙新聞，於是不死心地問，「但我上次看報紙上說，有一顆小行星，三十年之內撞上地球的機率是三百分之一。」

「那只是……」二宮正不耐煩地回答我這個問題，陡然間他的五官傾斜變形。我吃驚地看著他的臉孔不斷扭曲，像地上搖曳著漣漪的水窪。我忍不住甩了甩腦袋。果然這不是眞實的景象，只是偶然浮上心頭的回憶。就在這個瞬間，我的身體驟然往下墜落。內臟彷彿全往上擠，身體也開始搖擺。砰的一聲重響在腦中迴盪，過了半晌，我才察覺那是一屁股跌坐在地上的聲音。

我終於想起，此刻我所在的位置，是自家公寓的客廳。拿來墊腳的椅子早已翻倒，吊在天花板上的半截繩索正微微晃動。另外半截繩索在我的脖子上，周圍皮膚隱隱作痛。

2

我站了起來，打算重新綁一條繩索，就在這時，我回想起了數年前自己跟職員說過的一句話，「機會不是天天有，怎麼不好好珍惜？就算賭上性命，也要將機會緊抓著不放！」我已忘記自己是在什麼情況下說出這句話，但我猜多半是在訓斥業務員吧。「像我們這種小公司，不靠些強硬手段是活不下去的！」這句話在當年簡直成了我的口頭禪。

「老闆一天到晚發脾氣，是留不住員工的。」我彷彿聽見了一道開朗的聲音。那是五年前過世的妻子。她宛如就在我的眼前，以一隻手拄著餐桌，眼角擠出了皺紋。

「員工一聽到小行星墜落的消息，全都逃光了，跟我發不發脾氣一點關係也沒有。」我在內心反駁。妻子千鶴的身影驟然消失。

我在腳邊發現了一副老花眼鏡。以我四十多歲的年紀，當然還不需要戴老花眼鏡，這是父親當年留下的遺物。原本應該放在櫃子上，或許是剛剛摔倒造成的震動，讓眼鏡跌了下來。

突如其來的電話聲，令我全身一震。光是電話還能使用這點，便是一件足以令我吃驚的事情。從前我曾試著拿起話筒，但耳中只聽見不斷重複的忙線音。五年前，妻子過世的那陣子，我也曾試了一次，當時甚至連忙線音也聽不見。如此看來，似乎是有人修好電話線路了。

「請問是矢部先生家嗎？」電話另一頭的人問道。那是男人的聲音。我已好久不曾聽見他人的說話聲了。五年前，世界再過八年就會毀滅的消息一傳開，每個人都像無頭蒼蠅一樣四處逃竄，我耳中聽見的只有慘叫聲、謾罵聲、哭泣聲、爭執聲及我自己的哽咽聲。像這種慢條斯理的說話語氣，對現在的我而言，反而是種新鮮的體驗。我跪坐在地上，面對著電話，心裡正躊躇著不知該如何回應，另一頭的人忽然又說，「你是矢部嗎？」

「咦？」

「啊，太好了，果然是你。我在同學名冊裡找到你的電話號碼，原本正擔心打不通呢。」

這種口齒不清且介於友善與生疏之間的說話方式，令我有些錯愕。

「矢部，我跟你說，我終於找到了。」對方接著以熱絡的口吻說道。

我恍然大悟地問，「你是二宮？」

「對啊，我跟你說，我找到新的小行星了。」

「你還活著？」

「你這傢伙，說話眞是失禮。」二宮回答，但我這麼問並非只是開玩笑。在如今這年頭，光是活著便是一件難得的事情。我看著自己的手，心裡猶豫著該不該在自殺前與二宮見上一面。

3

二宮住在仙台西邊的郊區，若搭當地電車，只要幾站就到了，但我決定開車前往。不久前，根本不可能像這樣放心地開車上街。這陣子街上治安改善了不少，至於理由，我也不清楚。

二宮所住的地方，是人口相當稀疏的區域，甚至稱不上住宅區。國道旁有一間早已停止營業的加油站，我跟二宮約在那裡見面。他上了車後，我照著他的指示開往他家。就這樣，我見到了相隔二十年沒見的舊識。

「今天我不知道已經吃驚了多少次。」我對著坐在副駕駛座的二宮說。

「喔？」

「光是車子還能動，就讓我很驚訝。這輛車一直擺在停車場裡，雖然引擎蓋凹了，但一轉鑰匙，竟然還能發動，而且汽油也沒被人抽走，眞是太不可思議了。還有，我竟然還會開車，這點也讓我嚇了一跳。我已經五年沒開車了，身體竟然還記得怎麼開。」

「開車的技巧屬於程序記憶。」他以理所當然的口吻回應。

「眞懷念啊。」我笑了起來。

「懷念什麼？」

「你的說話方式。」我說。二宮總是以毫無抑揚頓挫的聲音炫耀各種知識，因此風評向來不佳。當年我的朋友經常對我抱怨「二宮很瞧不起人」。

「是嗎？」二宮冷冷地應了一聲，接著問，「你五年前最後一次開車，是世界末日的消息剛傳開的時期？」

「是啊，我載著千鶴，想逃到安全的地方。」我點頭說道。

「天底下哪有安全的地方？」他露出輕蔑的眼神，「對了，千鶴近來好嗎？」

我不想回答第二個問題，於是說道，「那時我們開車出門，卻遇上大塞車，根本動彈不得，花了整整兩天才終於回到公寓。現在想想，真不曉得那些人打算逃到哪裡。」

「其他還有什麼讓你驚訝的事嗎？」

「還有一點，就是你完全沒變。」我操縱著方向盤，朝二宮瞥了一眼，「你的外貌跟二十年前一模一樣。」

「你倒是蒼老多了。」

我感覺彷彿小腹遭人搥了一拳，不禁露出苦笑，「像你這樣過了二十年都沒變，反而不正常吧？」

「我看你眉心多了不少皺紋，眼睛周圍還有黑眼圈，這些年一定是歷盡滄桑吧？你現在的眼神簡直像是殺人凶手。」

我本來想頂一句「你根本不知道殺人凶手是什麼樣子」，但想想還是別說爲妙。因爲這年頭大部分的人都看過殺人凶手。於是我改口說，「你說起話來還是一樣這麼惹人厭。」

「很抱歉，我只會這麼說話。」他回答。語氣中不帶半點歉意，簡直就像發出「請重新操作」之類電腦合成音的提款機，這一點也跟當年一模一樣。

我依照二宮的指示，開著車子在路上左彎右拐。眼前視野相當寬闊，幾乎沒有大型建築物。操縱方向盤雖不成問題，但踩煞車的力道卻拿捏不準，經常煞得太急，整個人往前傾。

「這附近的居民，應該也少了很多吧？」我環顧四周。

放眼望去只有稀稀落落的透天厝，建築物與建築物之間的距離極長。街上看不到人影，有些房舍的窗戶玻璃破損，車庫天花板倒塌。

「或許吧，我對這種事沒興趣，所以並不清楚。」

「你從以前就只對星星有興趣。」

「是啊。」

「天體宅男。」我說道。二宮露出了微笑，我看見他的笑容，才察覺我在二十年前也對他說過相同的話。雖然我一點也不記得了，但多半說過吧。

4

二宮的家裡無聲無息，雖然開了暖氣，還是給人冰涼的印象。那是一種蕭瑟、寂寥的氛圍。二宮領著我走進和室，讓我在陷入式桌爐邊坐下。我看見房間角落的小矮櫃上，擺著一張年老夫婦的照片。我知道那多半是二宮的父母，而且已經不在了。並非不住在這裡，而是和我的妻子一樣，已經「不在」了。

「就是這個。」二宮從後頭房間取來一張照片擱在桌上，並遞給我一杯綠茶。略帶苦澀的芬芳香氣，刺激了我的嗅覺。「這是我前天拍到的。」他接著解釋。

那是一枚星空的照片。A4尺寸的深黑色紙面上，散布著一些白點。

「好吧，你拍得很美。」

「這和美不美無關，重點是這個。」二宮指著照片中央，臉色相當難看。那附近有兩顆星星，位置非常接近。

「這是什麼？」

「不會吧？難道你忘了？我們還在念書的時候，有一次我們上天文臺參觀，回來後我教了你尋找小行星的方法。」

「尋找小行星？你教我？」我完全不記得有這回事。

「那天我在學生餐廳裡說破了嘴，你竟然都當成了耳邊風。我還教你製作望遠鏡的方法，想必你也忘了吧？虧你當時還露出欽佩的表情呢。」

或許確實有這麼一回事，但我一點也不想從腦海裡將這段記憶翻找出來。當年還在讀書的那段日子，我經常向獨來獨往的二宮搭話，但一來是打發時間，二來是當成做善事。至於聊天的內容，我根本不記得了。

「二宮根本不需要朋友。你這種行爲實在是太瞧不起他了。」千鶴曾這麼對我說。

「但我一看見二宮，就覺得自己是人生的贏家。就算日子再怎麼悲慘，也比他好多了。」

「『人生的贏家』這種說法既市儈又低俗。」千鶴如此斥責我。

「眞拿你沒轍。」二宮抱怨了一會兒，向我說明起那張照片的意義。那其實是一張在特定時間內曝光過兩次的照片，上頭的星星都變成了兩顆。

「星星上下移動了。」我說。每顆星星的位移，都是上下的方向。

「沒錯，第二次曝光時，我故意以垂直方向稍微移動了望遠鏡。」二宮接著對我滔滔不絕地解釋這麼做比較容易找出偏移天體的理由，但我聽得一頭霧水。我不禁感慨，這個人一遇到自己擅長的事情就會變得饒舌，這點也跟當年一模一樣。

「你瞧瞧這顆星星，只有它稍微往橫向移動了一點點。」

我將眼睛湊向二宮所指的星星。沒錯，其他星星的位移都是上下垂直，唯獨這顆星星的位移方向是斜角。

「換句話說，這是一顆會移動的星星，也就是小行星。」

「那又怎麼樣?」

「那又怎麼樣?矢部，你眞是遲鈍。」

我心想，你這學生時期常被人暗罵死胖子的傢伙沒資格說我遲鈍，但我沒有說出口。我將眼睛湊得更近問，「就算這顆眞的是小行星，但你怎麼知道它不曾被人發現過?」

「直覺。」二宮回答得振振有詞。

「什麼?」

「過去這個位置應該沒有這種亮度的小行星。這種事情，憑感覺就知道了。」

「就憑感覺，能讓大家承認你發現了小行星？」

「當然沒那麼簡單。要向『史密森尼』回報星體的座標及大致的大小、亮度，確認是否已經有人發現過。」

「史密森尼是什麼？」我這句話剛問完，忽想起這似乎是某天文臺的名稱，於是我改口問，「那種地方，現在還維持營運？」

「你指的是哪種地方？」

「天文臺……或者應該說所有天文機構。小行星毀滅地球，這些機構不是應該負起最大責任嗎？」針對這個問題，我從來沒有深思過，此時細細推量，愈想愈覺得有道理。如今全世界急得像熱鍋上的螞蟻，最具急迫性卻也最受人唾棄的科學領域，不正是天文學嗎？「再過三年，小行星就會撞上地球。大家心裡一定在埋怨，爲何過去從來沒有人發現這件事？就連當年的我也是一樣，因爲你說小行星不可能撞上地球，我聽了很安心……對了，我想起來了！」就在一小時前，我在家裡上吊失敗後，正好回憶起了這件事，「從前我曾看報紙上說，有一顆小行星，三十年之內撞上地球的機率是三百分之一。當時我跟你說了這個新聞，你還說這種事絕對不可能發生！」

「嗯，我確實這麼說了。」

「三年後要撞上地球的小行星，會不會就是當年報紙上說的那顆？」

「錯了，完全錯了。」二宮說得斬釘截鐵，簡直就像是天文學的學者，「關於這個，當年我就跟你解釋過了。我問你，三百分之一的機率會撞上地球，是什麼意思？什麼東西的三百分之一？這種沒有人能具體說明的數字，有什麼意義？」

「就是假如有三百顆小行星，其中一顆會撞上地球，不是嗎？」

「矢部，你是認眞的，還是在開玩笑？假如有三百顆，其中一顆會撞上地球？那是什麼樣的狀況？」

「這是報紙上說的。」

「報紙若能全信，天底下就沒有謊言了。」二宮的聲調和二十年前如出一轍，「這些事情，我當年明明都跟你解釋過了。」在我聽見他這句指責的瞬間，整個人彷彿被拉回了二十年前的學生餐廳。我與二宮相對而坐，中間隔著簡陋的餐盤，餐盤裡放著鮭魚及味噌湯。沒錯，當時他的確跟我解釋過了。

「像這一類小行星撞地球的新聞，只是爲了嚇唬人而已。」二宮大聲說道。我無法判斷這個聲音是發自四十多歲的他，還是當年學生時期的他。

「嚇唬人？嚇唬誰？」

「所有人。科學家總是渴望得到研究經費，每天只想找人出錢讓自己繼續做研究。但你想想，像這樣的研究，有誰會願意掏錢出來？」

「這是很有意義的研究，不是嗎？」

「矢部，你是認眞的，還是在開玩笑？」

「當然是認眞的。」

「愈是有意義的研究，愈是枯燥乏味。」

「是嗎？」

「能夠吸引資金的，不是有意義的研究，而是有趣的研究，以及似乎有實際用途的研究。」

「似乎有實際用途，不就是有意義嗎？」

「矢部，你是認眞的，還是在開玩笑？」二宮又重複了一次相同的話，「『似乎有實際用途』跟『有實際用途』完全是兩碼子事。就像『偉大』跟『自大』也是兩碼子事一樣。對科學家來說，研究不需要有實際用途，只要看起來似乎有實際用途就行了。所以他們總是喜歡危言聳聽，把大家唬得一愣一愣的。任何人聽見『地球將來可能會毀滅』這種言論，都會產生『求求你繼續研究』的想法吧，對吧？每當編列研究預算的時期，就會不知從哪裡冒出小行星撞地球的新聞。像這樣的手法，已經不是什麼新鮮事了。只要丟出『三百分之一』這種莫名其妙的數字，讓社會大眾感到害怕，資金就會滾滾而來。」

「原來是這麼回事？」

「就跟軍方或諜報機構大喊國防安全一樣。讓人心裡發毛，就能獲得預算。」

「你當年說得信誓旦旦，現在呢？再過三年，小行星眞的要撞上地球了！」現在的我向著現在的二宮發牢騷，「五年前剛發生騷動時，我還對驚惶失措的千鶴說，『別擔心，二宮曾拍胸脯保證小行星不會掉下來。』後來我也對公司職員一再強調，『絕不會發生那種事。』到頭來，小行星撞地球原來是眞的！因爲你的關係，我眞是丟臉丟大了！」

「先別提這個，千鶴最近好嗎？」

「二宮天文學博士，你倒是說說看，你現在是否還認爲小行星不可能撞地球？」

「半信半疑。」二宮歪著腦袋說，「不過小行星逐漸逼近，的確是事實。」

「以前你不是說，小行星的軌道大多已經確認，未來不會有任何一顆撞上地球？」我愈說愈覺得受騙上當，語氣也變得激動。

「搞不好是軌道改變了，或是軌道的計算有誤。」

「喂，不會吧？眞的假的？」

「我也覺得很荒謬，但仔細想想，或許我們太過相信電腦了。把軌道計算及所有的數據全交給電腦處理，觀測也會跟著變得馬虎。可能隨便觀測個幾次，接下來就丟給電腦計算軌道。因此當發現軌道出現變化時，一切已經太遲了。若是這種情況，倒也不是沒有可能。不過我總認爲任何人都沒辦法預測小行星將在八年後撞上地球，因爲小行星的動向會因各種大大小小的因素而產生變化，數年後的軌跡照理來說應該是無法準確計算出來才對。」

「但五年前政府宣布了小行星將在八年後撞上地球，這是鐵錚錚的事實。」

「依我的推測……」二宮推推眼鏡，接著說，「或許小行星撞地球這消息，一開始只是報章媒體過度誇大渲染而已。不知道是有意還是無心，總之就是有人放出這種危言聳聽的消息，而全世界的人竟然當眞了。」

「當眞了又怎麼樣？難道會讓小行星眞的撞上來？」

「因爲所有人都當眞了，所以小行星眞的會撞上來。」

「別胡扯了。」我嗤之以鼻，「人的想法能改變小行星的軌道？二宮，你在跟我開玩笑吧？」

「我認爲這是唯一的解釋。」

二宮不再發表高見，只是愣愣地望著自家庭院。我受他影響，也跟著將視線移向外頭，卻沒發現任何異狀。我思緒一轉，驀然想通了。現在沒有任何異狀，並不代表過去也沒有任何異狀。或許在這庭院裡，曾經發生了什麼事。

「你看見了嗎？那裡有兩架望遠鏡。」二宮在說這句話時，表情一樣愁眉苦臉。

「看見了。」庭院的柵欄附近有兩架大型天體望遠鏡。我心想，二宮多半就是靠那兩架望遠鏡找到了小行星吧。

「大的那架口徑二十六公分，小的那架口徑十五公分，反射望遠鏡。」二宮說得熟稔又自然，可見得他經常把這句話掛在嘴邊，「大約四年前吧，我的父母正以那兩架望遠鏡看星星，突然被人以球棒打死了。」

「爲什麼？」

「沒有爲什麼。」二宮冷冷地說。我心想確實沒錯，這或許是他能給我的唯一答案。他接著又呢喃道，「世界都要毀滅了，我的父母還悠哉地看星星，或許是這樣的行爲惹惱了那傢伙吧。總而言之，不過一眨眼功夫，我父母的人生就這麼結束了。」

「那個人死了嗎？」這是我腦海浮現的第一個疑問。我忍不住想說出「父母之仇不共戴天」這句話，最後還是決定吞了回去。

「誰知道呢。我還沒搞清楚狀況，那傢伙就逃了。後來，我就把父母埋在庭院裡。」門鈴在此時響起，我與二宮不由得面面相覷。「世界都要毀滅了，還有客人上門？」二宮一臉狐疑地丟下一句「你等一下」之後起身走向門口。走到一半，他突然像是想起了什麼事，轉頭對我聳聳肩說，「不管小行星最後是否眞的掉下來，世界都會毀滅，因爲大家已經當眞了。」

5

我獨自坐在桌爐裡，看著星星的照片。那照片彷彿成了開啓記憶門扉的鑰匙，當我回過神來，我已坐在一處昏暗、陰寒而寬廣的停車場上。我知道這是回憶裡的世界。此時我所在的位置，是山形縣藏王山麓某酒館的停車場。地上鋪著塑膠墊，千鶴正坐在我身旁。除此之外還有兩個人，一個是正專心把玩著望遠鏡的二宮，另一個則是我已記不得名字的少女。那少女坐在二宮身旁，一副百無聊賴的神情。我已忘了那少女的姓名及長相，只記得她是我當時參加的網球社的學妹。

我想起來了，此趟出遊的目的，是爲了欣賞號稱數萬年才會接近地球一次的彗星。至於到底是誰的提議，我一點印象也沒有。

或許是千鶴受到二宮慫恿，興沖沖地答應了。或許是二宮難得邀我一同前往，而我答應了。不，或許以上兩者皆非。搞不好是我閒得發慌，獨自走在校園裡時遇上二宮，因此再度發揮了「助人爲快樂之本」的傲慢心態。心裡明明一點興趣也沒有，嘴上卻主動邀約，「喂，帶我去看星星吧！」

「沒想到欣賞彗星的人這麼多。」千鶴一面說，一面左顧右盼。我心裡也深有同感。在我們抵達的傍晚時分，停車場上已有數組同樣前來觀星的遊客架設好了帳篷及望遠鏡。入夜之後，觀星的人潮更多了。

「那還用說？這彗星兩萬年才來一次，不感興趣的人肯定是腦袋有問題。」原本正盯著望遠鏡的二宮抬頭說。

「我倒覺得在非假日的晚上特地跑到這種凍死人的地方，才是腦袋有問題。」我說。

「我也這麼覺得。」那個我記不得名字的學妹臭著一張臉在一旁附和。我看得出來，她臉上寫著「我想回家」。我想她原本只是抱著打發時間的心態參加了這次活動，沒想到我的朋友二宮長得既不帥，個性也不善交際。再加上季節雖然尚未入冬，但夜晚的氣溫已經像冬天一樣寒冷刺骨。她一定感覺既無聊又痛苦吧。

「對了，二宮，你聽過『愛洛斯』嗎？」我突然以興奮的口氣說道。當時我沒來由地拋出這個話題，或許只是想讓學妹打起精神。

「『愛洛斯』？聽起來好那個喔！」學妹呵呵笑了起來。千鶴的臉色相當難看，似乎是怪我又在胡言亂語了。

「直徑二十二公里的小行星。」二宮點了點頭，一副怎麼可能沒聽過的神情。「九〇年代的科學家認爲這顆小行星會在一百一十四萬年後撞擊地球。」

「哎喲，原來是這麼可怕的事。」學妹似乎相當不滿。

「但實際上不會撞到，對吧？」我說。

回想起來，當時我們的話題也是繞著「小行星撞地球」打轉。

「只是『或許不會』而已，畢竟宇宙是很大的。」二宮似乎對我們的無知感到憤怒。

「對了，二宮，我很好奇，小行星的名稱是如何決定的？」這時換千鶴提問。

二宮得意洋洋地說，「發現者可以自由命名。剛開始的時候，是以希臘神話中的神的名字來命名，但後來名字不夠用了，就任由發現者自行決定。」

「噢，海爾．博普彗星的名字也是這麼來的？」

「彗星跟小行星完全是兩碼子事。彗星一經證實後，會自動冠上發現者的名字。你說的那顆彗星，包含兩個人的名字，一個叫海爾，一個叫博普。」

「原來如此……不過怎麼會有人把小行星取名叫『愛洛斯』？眞是太低級了。」我說。

「沒錯、沒錯。」學妹在一旁附和。

「『愛洛斯』（註）是神的名字。」千鶴冷靜地搖著頭，滿臉無奈神情。

註：「愛洛斯」（Eros）是希臘神話中掌管性愛之神，相當於羅馬神話中的邱比特，因此Eros這個字本身也有「性愛」的意思。

「別扯這些了，你們到底看不看星星？」二宮指著望遠鏡說。

「看！看！」千鶴率先舉手。

我大喊一聲，「人類將因『愛洛斯』（性愛）而滅亡！」但這句玩笑話只引來學妹哈哈大笑，其他兩人彷彿沒聽見。

「按門鈴的傢伙，是個奇怪的推銷員。」二宮回到地爐邊坐下，一臉納悶地噘起嘴。他這句話將我從回憶中拉回現實，於是我開口問，「奇妙的推銷員？」

「他問我想不想搭方舟。」

「方舟……」光是聽這名稱，我已大致猜到是怎麼回事了。事實上，前陣子我也曾在自家公寓的附近遇過。「他是不是告訴你，他們正在挑選進入災難庇護所的人選？最近大家都在談論這件事，聽到消息的人愈來愈多。在我家附近，還因爲這件事而鬧出了事情。」我說。

「鬧出了事情？」

「據說是爲了能不能被挑上而起爭執，有個年輕人被殺了。」

「想靠方舟得救，結果卻賠了性命？」二宮擠出下唇，無奈地說，「我跟那傢伙說，我對這種事沒興趣，他就氣沖沖離開了。我想，這只是一種逃避行爲而已，和利益沒什麼關係。大家相信方舟的存在，整天爲決定人選而忙得不可開交，就沒有心思去想小行星的事。就算眞的有個地方能夠免於一死，接下來的日子該怎麼活下去，根本不會有人認眞思考。大家只是抱著走一步算一步的想法而已。傳說中的諾亞方舟，讓人類免於因洪水而滅絕，但如今我們面臨的災難可不像洪水那麼好解決。就連恐龍也照樣死得一乾二淨，就算能躲在地底下逃過災難，又能存活幾年？」

「對了……」我又想起了另一個回憶，「從前不是有個移居火星的計畫？」

「是啊。」

「那個計畫後來怎麼了？」

「誰知道呢。」二宮顯得意興闌珊，「像這種有趣又似乎有實際用途的研究，只是譁眾取寵而已。」

「又是這個論調。我倒是覺得這研究挺有用呢。」我坦率說出了心中感想，「地球沒辦法住人，只要改住火星就行了。搞不好在小行星撞地球的消息公布後，已經有人搬到火星上了。」

「你想想，人類連地球的環境都無法維持，要怎麼掌控火星的環境？」二宮露出哭笑不得的神情。接著他又吐出舌頭，彷彿像是吃了又麻又辣的食物，皺著臉說，「何況把自己搞得那麼窩囊，活著又有什麼意思？」

我心想這麼說也有道理，於是點了點頭，將杯裡的綠茶一口喝乾，「對了，你今天找我來，有什麼事？」

「我不是說了嗎？」二宮一臉不悅地指著照片說，「我發現了小行星，想跟你炫耀一番。」

「就這樣？」

「就這樣是什麼意思？你不知道發現新的小行星是一件多麼不得了的大事？」

「好吧，我懂了，恭喜你。但你要怎麼證明這是新發現的小行星？」

「嚴格來說，只觀測一回不行的。」二宮沮喪地搔搔頭。「而且聯絡史密森尼天文臺的管道也斷了，老實說要獲得正式承認相當困難……」

我正要說「那不就毫無意義」，但還沒開口他已搶著說，「但這眞的是新發現！雖然無法證明，但我相信一定不會錯的！這是一顆新發現的小行星！」

「唔，好吧。」要怎麼想是每個人的自由。

「我特地與你分享這個發現，你應該感謝我才對。」

「我大老遠來聽你分享這個發現，你才應該感謝我才對。」

二宮露出一副「簡直不可理喻」的不滿表情，過了半晌，忽然像是想起了什麼，問我，「難得見面，回大學走走如何？」

6

於是我們驅車前往大學。自二宮的住處出發，沿著國道往仙台市區的方向前進，穿過一條長長的隧道，轉了幾個彎，便抵達青葉山。單趟車程大約三十分鐘左右。當年就讀的大學，就在山坡上。

「聽說幾年前那條隧道裡相當慘。」二宮以拇指比了比剛剛通過的隧道。

「相當慘是什麼意思？」

「整個大塞車，沒辦法前進，也沒辦法後退，隧道裡擠滿人，連走路的空隙也沒有。」

「想必發生了不少爭執、鬥毆及搶劫吧？」

「你怎麼知道？」

「每個地方都一樣。不過，最近變得和平多了，你不覺得嗎？剛剛通過隧道時，根本沒有車子，也沒有人攻擊我們。」不僅如此，而且失去主人的車子全被推到路旁，因此道路恢復了暢通。

「這麼說起來，最近確實很少聽到殺人或強盜的消息……」二宮這句無心之語，深深刺入我的心中，但我故作鎮定。「不過，我猜這只是短暫的和平。幾年來的吵吵鬧鬧讓大家都累了，再過一陣子，等大家休息夠了，又會開始滋擾生事。所以說，現在是寶貴的小康狀態。」

我一邊說，一邊緩緩轉動方向盤，「耗費這麼寶貴的時間，到學校緬懷過去的時光，眞的是聰明的決定嗎？」

「如果你想得到更有意義的事，倒是說說看。」

我差點脫口說出「回家上吊自殺」。

實際的校園比回憶裡的校園似乎小了些。數棟深灰色的建築物，坐落在青葉山的中間地帶。鬱鬱蒼蒼的樹叢，彷彿掩飾著校園的蹤跡。刻著「理學院」的大門被人以某種工具敲得粉碎。

「真懷念啊……」

我們在校園裡漫步了一會兒，走進教室大樓。連接學生餐廳的門傾斜變形，而且鎖頭早已毀損。我們靠蠻力打開，鼻中聞到一股混雜著塵埃與黴菌的臭味。

「我總是坐在這裡。」二宮說著，在最靠近講台的前排座位坐下。

「嗯，是啊。」我說。

「矢部，你當年老是蹺課。」

「嗯，是啊。」

我在教室裡繞了一圈。這裡的毀損程度比我原本的預期要輕微得多。雖然有些桌子被燒得焦黑，有些椅子被拆走，而且地上還殘留著似乎有人在這裡生活丟下的髒污垃圾，但整間教室大致上還維持著原本的狀態。

我試著在最後一排的座位坐下，沒想到就在這一瞬間，我感到一陣暈眩，眼前景色隨之扭曲變形。教室牆壁的顏色快速變化，桌面上的塗鴉及椅子上的傷痕不斷重複著增加與減少，黑夜與白天彷彿迅速倒退了無數次。我又陷入了回憶的世界中。千鶴在我旁邊的座位坐下。那是學生時期的千鶴，臉上未施脂粉，穿著低胸洋裝。她隨手將當時她最喜歡的皮革提包放在旁邊，對我搭話，「矢部，真難得你會來上課。」

「反正沒事做，來打發時間。」

「付學費來打發時間？真是奢侈的享受。」

當時我們還未交往，只是普通朋友。我在腦中重現當年教室裡的景象，陷入其中，久久不能自已。幾乎不曾出席的我，當然跟不上課程進度，但我只是漫不經心地聽著教授的講解，並沒有做筆記。反正考試前再向千鶴借筆記來臨時抱佛腳就行了。

課程大概進行了一半左右，教授講到了似乎相當重要的環節，我有些放心不下，頂了頂身旁的千鶴說，「喂，這邊應該做個筆記吧？」

「你自己不做筆記，反而提醒我做？」千鶴一臉哭笑不得。

「我的筆記，就是妳的筆記。重要的部分，妳一定要記下來。」

「真愛依賴人。」

我跟千鶴是從什麼時候開始交往？好像是大學二年級的夏天吧。因什麼機緣而開始交往？我細細回想，終於恍然大悟，忍不住站了起來。沒錯，我跟千鶴開始交往，是託了二宮的福。

「我想起來了，你以前跟我說過一句話。」我走到教室最前排，在二宮身旁坐下。他正拄著臉頰，坐在座位上發愣。

「什麼話？」

「當時我們應該是在學生餐廳裡，我們面對面坐著……」

「吃著秋刀魚？」

「對了，你總是點秋刀魚套餐。」

矢部，你不用隱瞞了，我一眼就看得出來，你喜歡千鶴。

原本我正天南地北地說著一些雞毛蒜皮的瑣事，例如深夜電視節目的內容、在附近餐廳聽到的古怪方言、理學院教授的謠言等等。他興味索然地聽了一會兒，突然對我冒出了這句話。

「矢部，這不能怪我，是你當時太在意千鶴的一舉一動。」二宮辯解。

「但你也不用特地說出來吧？還說什麼一眼就看得出來，眞是莫名其妙。」

我一邊抱怨，一邊凝視著眼前的黑板。上頭被人以粉筆畫滿了塗鴉，還有數排文字。

「歡迎小行星光臨地球！」「我一定會回來！」眞是堅強，應該是尙未完全陷入恐慌的時期所寫的文字吧。

旁邊斜斜寫了一行「只要溝通一定能互相理解。」還有一串意義不明的計算式，以及一句「理學院是否具有阻止行星墜落的實力？」

但是在這一排排文字之中，令我感受最深刻的是左上角的一排小字，「我不想死。」

我注視著這排小字，無法將視線移開。

二宮跟我並肩望著無人的講台，彷彿教授正站在上頭。

「老實說，那是因爲千鶴似乎也對你有些鍾情。」二宮說。

「什麼意思？」我問。「鍾情」這種詩情畫意的字眼，從二宮嘴裡說出來，實在有些不倫不類。

「明明是兩情相悅，卻遲遲沒有進展，看在眼裡實在很煩。」

「所以你故意撮合？眞是自作聰明。」

「我只是改變了你們的軌道。」二宮低聲說，語氣不像是開玩笑。「繼續觀測下去，實在是太痛苦了。」

「原來如此，你一直在觀測我們？」我有種直到此刻才聽見二宮心聲的感覺。

「那當然，觀心可是我的拿手絕活。」

「你擅長的是觀星，不是觀心。」

「沒什麼不同。話說回來，你認爲跟千鶴結婚，是個正確的決定？」二宮繼續追問。

「我也說不上來。千鶴或許很後悔吧。」我老實回答。

「怎麼，吵架了？」

「吵架是家常便飯。有次我回到家，發現她不見蹤影，桌上留了張字條，上頭寫著『我受夠了，再見。』我想，她這些年來一直在忍耐吧。」

「有可能。」

「但也不應該就這麼一走了之。」我抱怨。

「或許她眞的受夠了。」

7

我們接著來到了學生餐廳。這裡遭破壞的狀況相當嚴重，明明十年前才重新裝潢，看起來卻比二十年前還要破舊。出入口的門板不翼而飛，到處是翻倒的餐桌，廚房附近還躺著好幾具屍體。那些屍體都已經乾了，不再發出惡臭，多半是當年糧食爭奪下的犧牲者。

「這年頭的學生餐廳裡竟然有屍體，時代眞的變了。」二宮在說這句話時，表情及口吻都異常嚴肅，一點也不像是開玩笑。我受到影響，也認眞地應了一句，「眞的變了。」

「但眞正改變的不是環境，而是人。我看到了屍體，竟然一點也不驚訝。」

我還記得當年第一次看到屍體時，忍不住將胃裡的東西全嘔吐了出來。現在看到屍體，卻是無動於衷。或許腦袋裡有些部分已經麻痺了吧。

「畢竟我們過了五年地獄般的生活。」

「接下來的生活，才是眞正的地獄。」我說得滿不在乎，彷彿事不關己。反正我馬上要自殺了，以後會變成什麼樣，確實不關我的事。

在大學校園裡繞了一圈後，我們上了車，啓程回二宮的家。二宮在車內突然異想天開地說，「搞不好從前的恐龍也跟人類一樣。」

「跟人類一樣是什麼意思？」

窗外的山巒景色與往昔毫無不同。以正面的角度看，是悠然恬適；以負面的角度看，是放棄了希望。我心中突然有些後悔，應該在楓紅的季節結束前來一趟才對。一想到這輩子再也無法看見火紅的楓葉，心裡不禁有些惋惜。

「恐龍搞不好也跟人類一樣會說話，會使用道具，會蓋房子，擁有獨自的文化。」

「恐龍就跟蜥蜴一樣，怎麼可能會說話？」

「只憑化石，怎麼能斷定？搞不好牠們身上長滿了毛，而且有發達的肌肉。何況說話不見得要靠嘴巴，比手畫腳一樣能達到溝通的效果。」

「少胡扯了，恐龍只是些低智商的蜥蜴。」

「如果有一天，人類滅亡了……」

「不是如果，那一天就在三年後。」

「經過數萬年，出現了另外一種高等生物。」

「例如進化後的蛞蝓？」

「確實有一部這種劇情的漫畫。」二宮用力點頭，「那些蛞蝓看見我們的化石，搞不好也會認爲我們是一群沒有智商、光著屁股走路的小型哺乳類動物。人類的文明經過幾萬年，早就消失得一乾二淨。」

「那又怎麼樣？」

「到那時候，那些蛞蝓搞不好會稱自己爲『人類』，把我們稱爲『恐龍』。」

「我們又不是龍，怎麼能叫恐龍？」

「你這句話，或許恐龍也說過。我想表達的是，我們其實一點也不特別，小行星衝撞地球也不是什麼稀奇的事。在漫長的歲月裡，不知道已經重複過多少次了。」

「這算什麼安慰？何況你從前不是說過，小行星絕對不會撞上地球嗎？」我一面說，一面變換車道，朝著隧道的方向前進。

「千鶴近來好嗎？」

一旁的二宮突然問出這句話時，車子剛駛入昏暗的隧道內，我靠著車頭燈的亮光辨別方向，不斷踩著油門。這已經是他第三次問這個問題，我沒辦法再迴避，只好老實回答，「死了。」

「噢。」二宮輕輕應了一聲，似乎並不訝異。

「五年前那場騷動剛開始不久，她就死了。那天我們出門到附近的小鋼珠店蒐集糧食，她在那裡被殺了。」

二宮聽到「被殺」兩字，表情絲毫沒有改變。「怎麼會到小鋼珠店蒐集糧食？」他問。

「小鋼珠店的停車場裡有一座自動販賣機。」在我說出這句話的瞬間，整個人好像被拉回了當時的停車場內。眼前的景象朦朦朧朧，彷彿罩了一層薄膜，來龍去脈卻是記得一清二楚。

將近五十個人，在自動販賣機前排成長長人龍，我也是其中之一。每個人都緊握著錢包，臉上帶著猙獰表情。「一個人只能買十瓶！」背後不斷傳來怒斥聲，站在最前面的人卻買了一瓶又一瓶，直到再也拿不動爲止。當時根本沒有人思考垃圾處理的問題，不管是鐵鋁罐或是寶特瓶，全都當成寶貝一樣捧回家。當時千鶴留守在車上。她坐在副駕駛座，正在打瞌睡。

「坐在車裡打瞌睡，怎麼會死？」二宮問。

「因爲她走出了車外。」

我花了一個小時，才終於抵達販賣機前。我不斷投入零錢，將掉出來的飲料塞進塑膠袋及衣服口袋裡。「夠了沒有？快被你買完了！」後頭傳來怒吼聲，但我不以爲意。反正前面的人也沒有遵守遊戲規則。

買了二十多瓶，我再也拿不動了，於是我轉頭望向車子。「別再買了！不要得寸進尺！」背後的謾罵聲此起彼落，但我不打算就此罷手。開車到這裡花了三小時，排隊排了一小時，能買多少當然要盡量買。如此寶貴的機會，就算賭上性命，也要緊緊抓著不放。

車子就停在不遠處，我不斷揮舞握著鋁罐的手，吸引千鶴注意。千鶴剛好醒了，見我不斷揮手，於是打開車門朝我走來。她才剛睡醒，腦袋還不太清楚，走到我面前後，她揉著惺忪睡眼問我，「怎麼了？」

「幫我拿到車上，我要再買一些。」我一面說，一面將手裡及口袋裡的鋁罐全塞進她懷裡。接著我轉頭面對販賣機，正要繼續投錢，忽然察覺身旁的千鶴晃了一下。我正要大喊「危險」，下一秒我才察覺她背後站了一個男人。

接下來，所有的聲音都消失了。我聽不見千鶴倒在地上的聲音，也聽不見鋁罐自她懷裡飛出後跌落地面的聲音。那男人長得高高瘦瘦，臉上戴副眼鏡，手裡拿著一塊深灰色的水泥磚。數秒之後，我才理解他以那玩意兒在千鶴頭頂上狠狠敲了一記。

我還沒完全搞懂狀況，第一個反應是在千鶴身旁蹲下。千鶴早已失去意識，鮮血不斷從後腦杓汩汩湧出。由於我已偏離隊伍，排在我後面的人開始將零錢投入販賣機中。

「噢……那個人後來怎麼了？」二宮問。

「逃了。我當時嚇傻了眼，根本沒辦法追趕。我朝他扔了一罐果汁，但沒有扔中。」

「好吧，是最近的事？」二宮語氣平淡地問道。

「不，我剛剛說過了，是五年前的事。」

「我指的是你殺死那個人。」二宮說。

我一時會意不過來，發了好一會兒愣，才問，「你怎麼知道我殺了他？」

「我說過，你看起來很疲倦。而且當我說出我的父母已經過世時，你的臉色相當難看，還問我『那個人死了嗎？』那時候的你，就像是被報仇沖昏了腦袋。所以我猜想，你已經替千鶴報了仇。何況……」

「何況什麼？」

「你從以前就學不會釋懷。」

「什麼意思？」

「你還記得嗎？有一次，你邀我到藏王山觀賞彗星，當時你的學妹很瞧不起我，還把我狠狠臭罵一頓。你對這件事一直感到耿耿於懷。」

「是嗎？」我不記得有這一段。

「造成我的不愉快，你一直感到很自責。爲了表達歉意，你還拉著我參加聯誼。」

「我完全想不起來。就算眞的有這件事，可能也只是我自己想參加。」

「當時我快被你的好意給煩死了。」二宮的眼神既嚴肅又氣憤，「所以我想你這次也認爲千鶴的死是你的責任，對吧？沒錯，你無法原諒自己，所以無論如何都要替千鶴報仇。」

「別說得好像你什麼都知道。」我嘴上這麼說，其實心裡有些驚愕，因爲二宮說得一點也沒錯。只是在被二宮一語道破之前，我甚至沒有察覺這是一種無法原諒自己的心情。爲什麼我當初沒有早點離開販賣機前？爲什麼我要把千鶴叫下車？悔恨與自責，讓我沒有辦法在千鶴死後立刻自殺。我重重嘆了口氣。原本充塞在體內的不安與恐懼，似乎隨著顫抖噴出了體外。接著我深吸一口氣，感覺那股空氣正微微震動。「就在不久前，我經過小鋼珠店前，看見了那個男人。他長得高高瘦瘦，我絕對不會認錯。這種殺人凶手，竟然還繼續活在世上，你能相信嗎？」

於是我跟在那個男人背後，趁他走下階梯的時候奔上前去，撿起地上的石塊，將他活活打死。

「我幫千鶴報了仇，你想千鶴會原諒我嗎？」

「從一開始就沒有原不原諒的問題，你幫千鶴報仇，她反而不原諒你了。」

「二宮，你眞是一針見血。」我說道。我察覺報仇只是爲了我自己，但我已經不在乎了。

「這年頭眞是步步驚魂。」二宮以取笑的口氣說，「既然報了仇，所以你打算自殺？」
我錯愕地轉頭望向二宮。他舉起右手，在脖子上輕輕往橫一抹，意思當然是我的脖子還殘留著繩索勒過的痕跡。
「二宮，你眞是一針見血。」我只能苦笑。
「那當然，觀心可是我的拿手絕活。」
「你擅長的是觀星，不是觀心。」

8

我將車子停在二宮家門口，但我們沒有進入屋內。我們決定待在庭院，以望遠鏡觀賞星星。這時太陽已經西下，放眼望去一片漆黑，可惜天空布滿烏雲。二宮將眼睛湊到望遠鏡的鏡頭上，看了一會，沮喪地抬頭說，「果然什麼也看不見。」
我抬頭仰望夜空，呢喃說，「眞的有一顆小行星正朝我們飛來嗎？我實在不敢相信。」
我無法想像三年後將有一顆巨大的星星落在地球上。
「我也是半信半疑，搞不好軌道會改變也不一定。」
「你眞是冷靜。」我站著與二宮互相對看。他的身高比我矮，長得也不帥，如今卻成了值得依賴的男人。我的嘴角不自覺地上揚了。
「你在笑什麼？」

「念大學的時候，我作夢也沒想到會變成這樣的立場。」

「什麼樣的立場？」

「沒什麼。」我隨口敷衍過去。此時我心中浮現了一個單純的疑問，於是我雙手盤胸說，「我能問個問題嗎？像你這樣的天體愛好者……」

「不用說什麼愛好者，叫我天體宅男就行了。」

「那是一種歧視。」我笑了起來。

二宮推推眼鏡，一臉嚴肅地說，「不，宅男的意思是把全部心神投注在某件事情上，那是一種敬稱。」

「我從來不曾以敬稱的心態使用宅男這個字眼。」我老實說，「總而言之，回到我剛剛的問題上。對於三年後小行星將撞擊地球，造成人類滅亡，你有什麼想法？被自己最喜歡的星星殺死，是一種什麼樣的感覺？」

「我也說不上來。」

「小行星撞擊地球的那一瞬間，你打算做什麼？」

二宮臉上漾起笑意，原本緊繃的眼神也變得柔和，「當然是觀星。」

「當然？」

「當然。過去的我們，光是看見距離地球數十萬、數百萬公里遠的彗星，也會興奮得手舞足蹈。如今我們可以更近距離看見星星，何況不是劃過眼前，而是朝我們直撲而來。這是一件多麼令人驚嘆的事情。光是想到星星或許眞的會掉下來，我就興奮得睡不著覺。」

我見二宮愈說愈是亢奮，有些招架不住。

「你在開玩笑吧？」

「怎麼可能是開玩笑？」

二宮對星星的熱情讓我不禁動容。半晌之後，我哈哈大笑，「我真是服了你，看來你確實是打從心底喜歡星星。」

「我就是喜歡星星，礙著你了嗎？」

「我真羨慕你。」我坦率說出了心中的感受。世界末日將近，每個人都陷入了絕望之中，唯獨眼前的二宮竟然是一副興高采烈的模樣。

「不過我有個煩惱……」二宮突然吐露了心中的憂慮。

「什麼煩惱？」

「必須是晚上才行。落下的時候如果不是晚上，就無法觀測了。」

「這就是你的煩惱？我還以為是什麼不得了的大事。」我不禁有些失望，但轉念又想，對二宮而言或許這就是大事。「沒錯，必須是晚上，而且必須是晴天的晚上。」我跟著附和。

「對，如果不是晴天的晚上，可就大事不妙了。」二宮的語氣相當嚴肅，甚至像在祈禱。接著他像個幼稚的孩子一樣不斷重複念著「一定要是夜晚才行」這句話。

我聳了聳肩，心裡有股衝動，想要笑著對早已不在世上的千鶴說，「妳說的沒錯，二宮不需要朋友，他是個沒有朋友也能活得很好的怪咖。」

「老實說……」二宮突然低聲說。

「怎麼？」

「我知道，小行星即將撞地球，我卻這麼開心，實在是有些不應該。雖然對全世界有些過意不去，但我眞的很慶幸自己是個喜歡星星的人。」

「嗯，我也認爲你相當幸運。」

「我是人生的贏家。」二宮笑著說。

「『人生的贏家』這種說法既市儈又低俗。」我回答。

9

我驅車回到「山丘小鎭」，心情有些複雜，既感到安心，又有些失落。就如同我與千鶴之間的回憶一樣，這個社區留在我心中的往事，混雜著快樂與悲傷，也混雜著黃金般的閃耀光芒及陰鬱而黝黑的蕭瑟與淒涼。

我將車開到停車場內停好，下車走向公寓大門，偶然抬頭仰望深邃的夜空。因爲姿勢的關係，嘴也不由得跟著張開。或許是風勢強勁的關係，烏雲比剛剛在二宮家庭院看時少了許多。點點星辰懸浮在雲層飄走後的空間。我維持這個姿勢看了好一會兒，突然興起一股念頭，想要尋找二宮發現的那顆小行星。

「你打算一回家就自殺？」臨走之際，二宮要我打開車窗，對我說了這句話。

「或許吧。」我含糊應答，其實心裡早已做出決定，「有機會就要把握，不然恐怕會改變心意。」

「噢。」二宮噘起嘴。

「你不勸我打消念頭？」我笑著問。

「我不認爲你會接受我的勸阻。」

「確實不會。」

「我眞不敢相信，現在這年頭，還能呼吸就該謝天謝地了，竟然有人打算自殺。我只能說，你想死就死吧，不關我的事。」二宮擺出一如往常的撲克臉。不知道爲什麼，他這樣的態度反而讓我感到欣慰。

「不愧是人生的贏家，講出來的話就是與眾不同。」我揮揮手，將車子駛離二宮家。

我聽見有人對我說「晚安」，於是將原本仰望星空的腦袋轉回正前方。剛剛張著嘴抬頭看天空的蠢樣被人撞見，讓我心裡有些尷尬，但我還是禮貌地回了聲招呼。

對方是個年輕女孩子，身上穿著可愛的羊毛外套，似乎剛從公寓裡走出來。我不知道她的名字，但依稀記得她是住在同一層的鄰居。年約二十歲左右，父母都過世了。由於已經很久沒見到這個女孩，心裡有些驚訝原來她還活著。

「這麼晚還要出門？」我問道。若是平常的我，絕對不會問這句話。

「我要出門約會。」女孩點了點頭，神情既有些靦腆又有些自豪。

「那可真是……太好了。」我不禁欽佩年輕人在這種局勢下還能談戀愛。

「終於讓我遇上了。」女孩扔下這句話，小跑步離開了。我凝視著女孩的背影，心中驀然浮現跟千鶴一起走在街上的景象。

我回到房間，原本打算立刻綁上繩索，偶然瞥見了地上的老花眼鏡。正確來說，是我腦中靈機一閃，想到了這副老花眼鏡的用途。讀大學時，二宮曾教過我最簡易的望遠鏡的製作方法。

於是我翻遍了房內衣櫥及置物盒，花了大約二十分鐘，終於找到了一把放大鏡，以及一片厚紙板。

已經多少年沒有做勞作了？我一邊苦笑，一邊動著雙手。以前的那些職員要是看見這副景象，一定會嚇得合不攏嘴吧。整天嘮叨的老闆，竟然像小學生一樣做起了勞作。我將厚紙板捲成圓筒狀，將老花眼鏡的鏡片嵌入遠端的筒內，並將放大鏡嵌入近端的筒內，最後貼上膠帶。雖然有點醜，但勉強算是固定住了。

「調整長度有些麻煩，但只要焦點對上了，就能清楚看見月亮上的隕石孔。從前的天文學家，用的都是這種簡易的望遠鏡。」二宮當年曾這麼對我說。

「這種東西也能當望遠鏡？」我看著手裡剛完成的醜陋望遠鏡，在無人的屋裡呢喃自語。接著我起身緩緩走向窗邊，打開窗簾。夜空上彷彿覆蓋著一層薄薄的黑紗。強風吹散了大部分的烏雲，星辰愈來愈多。望向右手邊，甚至可以看見一輪明月。

「看完了月亮……」我暗自告訴自己。看完了月亮，我就要綁好繩索，套在脖子上，永遠離開這個失去了千鶴的世界。

戲劇船槳

1

十七、八歲左右的某一天，我偶然打開電視，看見了一個來自印度的演員。他所說的一句話，影響了我的一生。

這演員有著黝黑的皮膚，臉上滿是明顯的皺紋。他正來到日本，爲當時喧騰一時的懸疑片打廣告。在這部電影裡，他分別飾演四個不同的角色。這個演員原本就有「變色龍」的美稱，當他接受採訪時，採訪記者問了這麼一個愚蠢的問題，「演這麼多角色是不是很辛苦？」那演員聽了這問題，露出一臉納悶的神情回答，「平常人只能有一種人生，演員卻擁有好幾種人生。能享受的人生愈多，不是愈划算嗎？」

如果是現在的我，聽了這句話的反應一定是冷嘲熱諷一番。我會如此譏笑，「老實說『這就是工作』就好了，裝什麼酷啊？」可惜十年前的我還是個清純的女高中生，當時我的感想是「好酷」。

那印度出身的資深演員還說了這麼一句話，「演戲就像是一把在人生汪洋中划行的船槳。」我聽得一頭霧水，甚至懷疑是翻譯人員失職。

動不動就感動，是十多歲少女的特權。從那一天起，我決定當一名演員。要當演員，就必須加入劇團；要加入劇團，就必須住在東京。爲了搬到東京，我決定就讀東京的大學。反正目的只是爲了搬到東京，上哪一所大學都一樣。對於如此輕率的人生規劃，我的父母竟然沒有反對。

我加入了東京的一個小型劇團。學校的課業只是敷衍了事，我把全副心思都放在練習演戲上。我的夢想是在無名的劇團中一舉成名，但在演戲這條路上，我當然沒有麻雀變鳳凰。我過著跌跌撞撞的日子，每天借酒澆愁。

我終於承認自己沒有演戲的才能。七年前，我回到了仙台的老家。六年前的那個夏天，小行星撞地球的消息傳開，社會陷入一片混亂。

父母見我回來，反應相當平淡，既沒有搖頭嘆息，也沒有暴跳如雷。「請原諒女兒的愚蠢。」這是我劈頭第一句話。父母對看了一眼，笑著對我說，「我們現在原諒妳，以後妳也得原諒別人。」

「當年我堅持要搬到東京時，你們怎麼不擔心？」

「擔心什麼？當演員又不會送掉小命。」母親回答得輕描淡寫。

2

今天我首先拜訪了早乙女老奶奶的家。這是一棟透天厝，我跟老奶奶一起坐在邊廊，中間隔了一個托盤，托盤裡放著一些煎餅。

「那邊怎麼有個貓咪擺飾？」我指著邊廊角落說道。那裡有一個看起來相當老舊的陶製擺飾，形狀是一隻蜷曲著身體正睡得香甜的貓咪，在陽光下閃爍著光芒。

「前天我在整理壁櫥時找到，就拿出來擺著。」早乙女奶奶一笑，臉上的皺紋更深了。「從前常有貓兒在那裡午睡，圓滚滚的樣子我好喜歡，可惜最近貓兒都不來了。」早乙女奶奶臉上流露出落寞神情。

邊廊面對南方，前面是一片庭院，樹木及草皮修剪得整整齊齊。身材矮小的早乙女奶奶雖已年近八十，腰桿卻是挺得筆直，身體也相當硬朗，一有空就會整理庭院裡的花花草草。

「貓兒大概被吃光了吧。」

「有可能。」我回答。

六年前，小行星撞地球的消息一傳開，確保糧食成了每個人最重要的課題。這陣子稻米的供給逐漸恢復穩定，但要取得其他食物還是得各憑本事。就算是早已過期的煎餅，在這年頭也是異常珍貴。就算有人把路上的貓兒狗兒當成食物，也不是什麼奇怪的事情。我驀然想起酒館那條鍊在倉庫旁的雜種狗。那條狗能活到現在，大概是因爲看起來很難吃吧。雖然對狗很失禮，但我相信肯定是這樣沒錯。

「既然貓兒不來，乾脆擺個假貓兒充數，這就叫沒魚蝦也好。」早乙女奶奶瞇起了雙眼，從容優雅地說道。

沒魚蝦也好……我一邊伸著懶腰，一邊暗想，這該不會是在說我吧？

這棟透天厝是兩層樓建築，共五十坪，有四間房間，原本住著七十多歲的早乙女奶奶、五十多歲的兒子及兒媳、二十多歲的孫女。三年前，早乙女奶奶失去了所有家人。兒子、兒媳及孫女丟下早乙女奶奶，從青葉山的橋上跳下去了。我能理解他們厭世的心情，但我不懂的是，他們爲何不連早乙女奶奶也一起帶走？「大概是嫌我礙手礙腳吧。」早乙女奶奶笑著解釋。

至於我家，則是有三間房間的公寓住宅，與父母同住。我跟早乙女奶奶算是同一社區的街坊鄰居，而且我的父母同樣在三年前過世了。他們吞下來路不明的藥物，突然口吐白沫，就這麼雙雙死在客廳裡。我甚至搞不清楚，那是蓄意自殺，還是一場意外。當年輕描淡寫地說著「當演員又不會送掉小命」的母親，似乎沒辦法以同樣的心態來面對小行星。

我有時會來到早乙女奶奶的家，飾演她的孫女。當然，我從沒宣布要做這件事，更沒有與任何人訂下契約，這完全是我擅自做主的行爲。我知道自己只是「沒魚蝦也好」中的那隻蝦，但我不在乎，因爲我心中依然深深記得那個印度演員的一段事蹟。

七年前，印度演員悄然退出電影圈，拋下所有工作，搬到美國某鄉下小鎮過起隱居生活。爲了這個決定，他支付了龐大的違約金。

擁有「變色龍」美稱的他，如此描述這個舉動的理由，「我的母親得了末期癌症，我想在鄉下陪她走過人生最後一段路程。」

但是他口中的母親，並不是他眞正的母親。他的親生母親早在二十五年前就過世了。關於這點，他是這麼解釋的，「不知道爲什麼，她把我誤認爲她的兒子。我決定將錯就錯，就這麼演下去。演戲能演到連親生母親也沒有識破，對演員來說可說是無上的榮耀。」這段話到底算是僞善還是僞惡，我也說不上來。

住在東亞國度某小鎮上的我，也決定如法炮製一番。雖然演員之路早已受挫，這樣的決定還是帶給我一絲驕傲。

我自邊廊上起身回到客廳。早乙女奶奶低聲抱怨這陣子腰痠背痛，於是我自告奮勇，開始幫她按摩背部。「是這附近嗎？」我邊揉邊問。我的身高將近一百七十公分，幾乎像個男孩子，但完全沒有腕力。我又試著搓揉腰部，還是沒收到效果。沒過多久，我已感到手腕痠麻，只好改成以手肘在腰上擠壓，但這麼做似乎還是白費力氣。

又過了一會兒，早乙女奶奶對我說，「謝謝，我舒服多了。」

我見她起身回到自己的座墊上，自己揉起了肩膀。

3

離開早乙女奶奶的家後，我回到公寓，前往妹妹所住的家。當然，我根本沒有戶籍上或血緣上的妹妹。換句話說，她只是個讓我有機會飾演姊姊的女孩。她叫亞美，年紀比我小兩歲，個性好勝、口無遮攔而且做事魯莽，常常讓人爲她捏把冷汗。如果我有妹妹，或許就會像她這樣吧。

我按了門鈴，半晌之後，她才揉著惺忪睡眼來到門口，「我才剛睡醒，進來吧。」她一說完，便轉身走回房間。或許是低血壓的關係，她的聲音聽起來有氣無力。我也不和她客套，大大方方地走了進去。

她家剛好在我家的正下方，格局完全相同，但家具擺設及地毯顏色的差異讓整間房子的氣氛完全不同。沿著內廊前進幾步，右手邊就是她的寢室。她正在換衣服，脫去了睡袍，身上只剩下內衣。眞不知該說她粗線條，還是不懂提防。這種哭笑不得的心情，彷彿把她當成了自己的親妹妹。

我進入客廳，坐在沙發上。寬大的四人座沙發，卻沒有一個人坐在上頭，實在有些冷清。亞美的家原本有四個人，除了亞美之外，分別是母親、姊姊及哥哥。小行星騷動剛開始的時候，據說他們一家人全都躲在屋裡不敢外出。但是數個月之後，他們聽到「關東地區開發了地下庇護所」的消息，於是搭上大箱型車，一家人朝著東京的方向前進。但是車子開了不到三十分鐘，他們就遇上一群強盜，連車子也被燒了。「幸好我逃得快。」亞美笑著形容當時的慘況。就這樣，她一個人回到公寓，過起了獨居生活。當然，所謂地下庇護所云云，只是空穴來風而已。在那段時期，像這樣的謠言可說是多得要命。「要命」可不是比喻，而是事實。這一類毫無根據的風聲，確實要了很多人的命。

「好久沒見到矢部伯伯了。姊，妳最近見過他嗎？」亞美一面走進客廳，一面將T恤套在身上。嚴重褪色的藍色牛仔褲配上長袖T恤的打扮，非常適合短髮的亞美。

「這麼說來，確實好久沒見到他了。」我說。矢部伯伯是住在同一棟公寓的鄰居，我和亞美在散步時經常遇上他，或許是生活節奏相近的關係吧。這個人雖然臉色陰沉，但是在路上遇到了，我們還是會停下腳步打個招呼，有時還會開開玩笑、聊些閒話。

「是不是搬走了？」

「他上次說過，他正在找一個人。」

關於矢部伯伯的話題只到此爲止，沒有再繼續下去。亞美換完了衣服，對我說，「姊，我們去玩投接球。」

「妳贏不了我的。」我站了起來。

「投接球哪有什麼贏不贏的。」她苦笑著說。

公寓一樓入口處有著各戶的信箱，在那排信箱上，擺著兩副棒球手套。亞美拿起手套，拍去上頭灰塵，將其中一副遞給我說，「這是我跟哥哥以前練習用的手套。」

我與亞美變得親密，是從三個月前開始。有一次我的房間漏水，流到了樓下，我特地到她家道歉，她給我的回應卻是，「不用在意這種小事。這年頭像妳這樣隨便拜訪別人的家，有幾條命都不夠死。」

抵達公園後，我們玩起了投接球。我從小就對運動不拿手，尤其對球類運動更是陌生，但爲了飾演好「擅長運動的姊姊」這個角色，我只能咬著牙硬上。我投出的球雖然稱不上強勁，但仍進亞美的手套裡還勉強不成問題。「啪」的一聲，手套發出了清脆聲響。

亞美投的球又強又猛，朝著我的胸口直撲而來。我閉上眼睛，將手套向前伸，球就這麼剛好進了手套內。「厲害、厲害。」亞美稱讚。

我有些洋洋得意，隨著自信漸增，投出去的球也愈來愈猛。連我自己都不禁覺得，我實在是個容易自大的人。我一邊笨拙地擲出球，一邊問，「亞美，妳原本是上班族？」

「算是吧。」亞美一面接球，一面輕輕點頭。

球再度朝著我的胸口長驅直入，我慌忙將手套伸出。「啪」的一聲響，球進了手套內，接著卻跌落地面。我俯身拾起，問她，「什麼樣的工作？」

「唔……我也忘了。」

沒有人會忘了自己的工作。忘了的意思，是不願想起。

「亞美，妳有男朋友嗎？」默默扔了一會兒後，我又提出另一個問題。在投接球的過程中所問的任何問題，彷彿都會在公園的空氣中分解、擴散，就像沒存在過。

亞美接下球，說了一句，「曾經有。」接著投出球，說了一句，「死了。」我壓抑住想要別過頭的心情，將手套往前伸，這次我順利接住了球。

「姊，妳呢？」

「我也是曾經有，但小行星還沒摧毀一切，關係已經先毀了。」

「誰先提分手的？」亞美停止投接球，朝我跑了過來。不曉得是眞的對這話題有興趣，還是假裝對這話題有興趣。我們自然地取下手套，離開公園，不約而同地朝自家公寓的方向邁步。

「他先提的。他跟我交往，說穿了只是因爲我剛好在他身邊。」

那個人也是劇團裡的團員，年紀跟我相同，長相雖然帥氣，但是完全沒有演戲天分。他努力想要演出自己的特色，結果卻是舉手投足都過於做作，令人看了不禁搖頭。

「太過分了。」亞美爲我抱不平。

「他說，他對我已經不再有心動的感覺了。」

「有誰能讓人一輩子維持心動的感覺？」亞美氣呼呼地說，「像這種人，要讓人心動簡直是癡心妄想。」

我聽她說得義憤填膺，不禁笑了起來。就好像得到了妹妹的加油打氣，心情平復不少。

「我當初也很不甘心，還曾經認眞地祈禱隕石落在他頭上。」

「在小行星的新聞公布前？」

「小行星的新聞公布後，我可沒有心思想這種事了。」

「這麼說來，這次小行星撞地球，是因爲祈禱靈驗了。姊，都是妳的錯。」

「我當初祈禱的是只落在他頭上。」

我們兩人哈哈大笑，在平緩的斜坡上邁步而行。其實我笑得很勉強，並非打從心底發出笑聲。我想，亞美大概也跟我一樣吧。在這個絕望的時代，若不勉強擠出一些笑容，搞不好會因恐懼而當場昏厥。道路兩旁有不少遭人遺棄的汽車，有的撞在電線桿上，直到現在還維持著當時的慘狀。

「最近變得安靜多了。」亞美說。

「小行星撞地球的消息，簡直像是一場夢境。」

「我想大家只是累了。」我說。若是前一陣子，不管男人女人，只要走在街上，就會遭到自暴自棄的民眾或手持凶器的歹徒攻擊。我曾親眼目睹過好幾次，幸好每次我都逃過一劫。如今狀況完全不同，街上變得相當安靜。或許這代表大家已經開始察覺，就算攻擊他人也沒辦法改變事實。

「姊，妳現在已經原諒前男友了嗎？」就在看見公寓大門的時候，亞美突然問了這個問題。

「原諒？」我先是一愣，接著說，「沒有什麼原不原諒。打從一開始，我就沒有那麼恨他。」

「噢。」

「亞美，妳呢？有什麼人是妳無法原諒的？」

「我想……大概是我自己吧。」亞美一臉認眞地說。

4

回到家裡後，我望向客廳的時鐘。現在是下午三點多。我打開廚房的櫃子，取出一袋芋頭乾，倒出一小部分，裝在另一個小袋子裡，並將小袋子塞進提包裡。準備完畢後，我又走出了家門。休閒鞋的鞋底磨得愈來愈薄了，我有點擔心，不曉得這雙鞋子還能穿多久。附近有些店家已重新開始營業，但我不確定其中是否包含鞋店。

走了大概五分鐘路程，在超市附近的路口右轉，來到一排矮小的平房前。類似的屋舍共有十幾間，同樣有著鐵皮屋頂，外觀幾乎大同小異。門前雖然有小小的庭院，但看起來窮酸落魄，不少窗戶都已破損，庭院柵欄的毀損狀況也相當嚴重。

我走向其中一間掛著姓氏牌的門口，按了門鈴。裡頭傳出一聲，「請進。」那是小孩子模仿大人說話的聲音。我打開大門，走了進去，一邊拉開紙拉門，一邊罵，「我不是跟你們說過門要上鎖嗎？」

兩個小孩懶洋洋地躺在地上。一個是十一歲的男孩，名叫勇也；一個是九歲的女孩，名叫優希。他們是一對兄妹，長得非常相似，經常被誤以爲是雙胞胎。「這種破房子，就算上了鎖也會被輕易打開。」哥哥大聲反駁。他們躺在八張榻榻米大的和室裡，正在看漫畫。

我認識這一對兄妹，是一個星期前的事。那天傍晚，我在這附近散步，看見這一對兄妹在外頭溜達，於是對他們說，「小孩子獨自在外頭玩耍，可是很危險的。」哥哥勇也一邊搖晃著不知從何處摘來的狗尾草，一邊氣呼呼地說，「我們家沒有大人。」妹妹跟著幫腔，「只能獨自在外頭玩耍。」

我接著告訴他們，狗尾草原本不應該長在這種季節。因爲氣象異常的關係，才能在這時候摘到狗尾草。他們聽得津津有味，不斷點頭，「原來是這樣。」

「你們的媽媽呢？」我見機詢問。

「一直沒有回來。」

於是我半強迫地要求他們帶我回家。名義上是不放心這一對兄妹獨自生活，說穿了只是想嘗嘗飾演母親的滋味。

平房裡整理得相當整齊，而且空空蕩蕩，除了電視及錄放影機之外，幾乎沒有家具。一問之下，原來六年前他們的母親正準備搬家，才剛處理掉大部分的家具，就遇上了小行星撞地球的騷動。

「媽媽嚇壞了，根本沒心情管搬家的事，整個人像失了魂一樣。」「媽媽好不容易買了新家。」「雖然是中古的公寓。」「三十五年貸款。」「我們三個人一起討論了隔間的分配。」「連房間的顏色也決定了。」兩個孩子你一言我一語地述說起當時的情況。

這六年來，我看過太多令人扼腕的慘禍與悲劇，心情早已呈現飽和狀態，判斷事物的感覺已麻痺了。但聽這兩個孩子淡淡敘述著原本期待的搬家被迫中斷，甚至失去母親，我還是不禁動容，流下了許久不曾流過的眼淚。

「這有什麼好哭的？」勇也冷冷地說。「反正大家都會死。」優希噘著嘴在一旁幫腔。

「我當然知道。」我頂了回去。

「伯母，妳也活不了。」勇也在說這句話時，聲音有些顫抖，彷彿是在說服自己接受事實。

「怎麼可以叫我伯母，眞是太過分了。」我不免俗地動了怒氣，接著下令，「從今以後你們必須叫我媽媽。」

從那天起，他們叫我「假媽媽」。我想在他們心中，那是跟「假面騎士」差不多意思的東西。最近我每天都會找時間來看看這一對兄妹。由於不放心讓他們獨自在這裡生活，我曾提議要他們搬到我家的公寓一起居住，但他們拒絕了，理由有兩點。

「媽媽回來，會找不到我們。」

「丸子回來，會找不到我們。」

他們的母親一年前出門尋找食物，就沒有再回來。至於丸子，則是失蹤了半年左右。依名字來推想，多半是隻貓吧。

電視上放著一家三口的合照。母親被勇也及優希夾在中間。這個母親身穿黑色連身洋裝，脖子上圍了一條粉紅色圍巾，看起來相當年輕。

我猜他們的母親已遭遇不測，丸子也進了別人的肚子。但我並沒有傲慢到對兩個孩子說出殘酷的事實。我曾經提議，「只要留張字條在桌上，就算媽媽回來了，也會知道上哪裡找你們，不是嗎？」他們的回答是，「丸子又看不懂字，妳是白癡嗎？」

不幸中的大幸是，他們的母親遺留下了大量的罐頭及蔬菜汁，因此不用擔心他們會餓死。

「媽媽被騙了。」勇也向我解釋。

一問之下，原來他們的媽媽看了一則罐頭推銷員的徵人廣告。根據那廣告的說詞，這是個輕鬆又高收入的工作。「媽媽得還公寓貸款，卻丟了工作，所以相當著急。」勇也描述母親當時的心情。

於是母親應徵了罐頭推銷員的工作。錄取之後，主管下達這樣的指示，「首先，妳必須大量購買妳要販賣的商品。別想那麼多，總之拚命買就對了。」母親照著做了，不久之後，收到大量裝著罐頭的紙箱，屋裡幾乎塞不下。母親向上頭詢問下一步的指示，上頭的回答是，「只要將這些商品以更高的價格賣出去，妳就可以賺取其中的價差。這麼好賺的生意，可是打著燈籠也找不到，眞是恭喜妳了。」

罐頭當然一個也賣不出去。母親大嘆遭到欺騙，正煩惱著不知該如何償還購買罐頭的錢，電視就公布了小行星撞地球的消息。

「罐頭的錢就不用付了。」勇也說。「媽媽說就算不付，也不會怎麼樣。」優希笑著說。「銀行也沒有追討房屋貸款，只留下一屋子的罐頭。」勇也接著說。

依這兩個孩子的年紀，當年不可能懂這麼多。或許這些敘述，大部分都是他們在年紀稍長後的推想。

他們的母親相當聰明，已經猜測到爭奪糧食將成爲必然的趨勢，因此將罐頭全都藏在地板下。如今這一對兄妹能夠平安無事，是因爲家裡乍看之下空空如也，沒有任何值得搶奪的東西。假如屋裡堆滿罐頭，早就遭人覬覦了。

「你們的媽媽眞聰明。」我說道。

「假媽媽也很聰明，玩吹牛超厲害。」勇也說出了發自內心的讚美。

「我這個人最會說謊了。」

自從遇見這一對兄妹後，玩撲克牌的機會變多了，尤其是「吹牛」這個遊戲，更在他們家大受歡迎。每當我問他們「要玩什麼？」得到的回答總是「吹牛！」

我很少接觸撲克牌，「吹牛」這個遊戲更是多年未玩。剛聽到這個名稱時，我的心情交雜著懷舊與新鮮，簡直就像是聽見故鄉的小商店依然健在一般五味雜陳。而且遊戲方式跟我當年知道的如出一轍，更是讓我不禁莞爾。首先，將牌平均分配給三人。第一人喊「1」，並將一張牌以蓋著的方式推出去。其他兩人並不知道這張牌是否眞的是「1」。如果認爲不是，就喊一聲「吹牛」，並將牌翻開。一旦不是「1」，遭識破者就必須將場上所有牌收回手上。但倘若眞的是「1」，喊「吹牛」者就必須負責將場上的牌全部回收。第一個將手上的牌全部打完的人，就是勝利者。雖然只是區區撲克牌遊戲，但認眞玩起來卻是趣味十足。而且這遊戲還有一個好處，那就是教導孩子們學會懷疑他人。

玩了將近兩個小時，我起身走向廚房。所謂的廚房，其實只是內廊的一部分。我在那裡加熱罐頭當成晚餐，並將帶來的芋頭乾分給大家。這頓晚餐實在稱不上美味，而且三兩下就吃得一乾二淨，但勇也與優希都露出滿足的表情，讓我也有種心滿意足的錯覺。

接著我走進廚房，蓄了一缸熱水。瓦斯在不久前重新恢復供應，烹煮食物及洗澡都變得簡單得多。但是關於瓦斯恢復供應的理由，我卻怎麼想也想不出個所以然來。我猜，或許跟近來治安變好有關吧。然而我實在無法想像，到底是什麼樣的人，基於什麼樣的理由，願意排除萬難，讓瓦斯恢復供應？我懷疑過小行星撞地球根本是一場騙局，也懷疑過我們現在用的瓦斯根本不是眞正的瓦斯。或許在這個社區的外頭，有一群人在恢復瓦斯供應的同時，暗自竊笑，「這些傻子眞的以爲世界末日快到了。」我一邊確認浴缸裡的熱水溫度，一邊指著水面喊了聲「吹牛」。

兄妹兩人洗完了澡，坐在電視機前，一邊以浴巾擦拭頭髮，一邊按下了錄放影機的播放鍵。這些變身超人的兒童節目，他們已不知看過多少次了。母親不在了之後，他們一有空閒時間，就會反覆觀看這些錄影帶。

「但我們沒看過最後一集。」「媽媽沒有錄成功。」「不知道最後的結局是什麼。」兄妹倆你一言我一語地發著牢騷。

我聽了之後，決定到附近的錄影帶出租店碰碰運氣。如果我沒記錯的話，店長姓渡部，是住在同一棟公寓的鄰居。世界末日快來了，他卻堅持繼續開店營業。

對方似乎也認得我的長相。我一踏進店裡，渡部就露出了笑容。我向他說明原委，他帶著我走到兒童影片區。

我在一排排的錄影帶中，找到了勇也兄妹愛看的系列節目，興奮地大喊一聲「賓果」。腦中想像孩子們的幸福表情，彷彿自己也變得幸福了。或許這就是身爲母親的心境吧。

「這就是最後一集？」我抽出最右側的錄影帶盒子。

「啊……」渡部輕嘆一聲，「這一集租出去了。」

「咦？不會這麼巧吧？」我吃了一驚。渡部一查，租這一集的客人已數年沒有歸還。

「罰金應該很可觀吧？」我說。

有些錄影帶出租店的規定是不論遲還多少天，罰金都不會超過錄影帶本身的價格，但渡部這間店的罰金計算方式卻是單純以天數計價。假如眞要催討，可是一筆相當龐大的金額。

「眞令人期待。」渡部笑著說。

「明天我們想到假媽媽的家玩。」原本看著電視的勇也突然慢條斯理地說。

「噢，可以呀。」我回應得相當謹愼。要是顯露出太興奮的神情，恐怕反而會嚇著他，因此我盡量讓口氣保持平淡自然。

我從廚房抽屜拿出一本老舊的雜誌，撕下其中幾乎空白的一頁，以粗簽字筆畫了簡單的地圖。其實當初剛見面時，我就說明過我家的位置，但他們一定不記得了。

「明天下午三點，我在家裡等你們。」我走到門口，剛說完這句話，內心忽然浮現一個念頭，「既然他們不搬來我家，乾脆我搬來他們家不就得了？」

5

這天夜裡，我拜訪了住在公寓三樓的一郎。雖然同樣住在三樓，但是直到半年前，我們幾乎很少遇上。後來發生了一段插曲，我們才變得親近。

那一天，突然來了一群警察，要求公寓居民到外頭避難。一問之下，似乎是有歹徒闖入，並挾持了人質。我當然也跟著人群走下樓梯，站在公寓附近看熱鬧。當時一郎就站在我的身旁。

「隕石就快掉下來了，還幹這種事，真不曉得腦袋在想什麼。」我向他搭話。或許是年紀相仿的關係，感覺兩人之間沒有隔閡。後來我才知道，他的年紀比我大五歲，但是天生一副娃娃臉，因此在我心中的形象就像同輩的友人一樣。從這一天之後，我跟他愈來愈親密，甚至同床共枕。有時我去他房間，有時他來我房間。

「聽說當時的歹徒還沒抓到呢。」我在床上翻了個身，隨口說出心裡突然想到的事情。

「當時的？啊，妳說的是挾持人質的歹徒？」一郎不停動來動去，似乎是睡不習慣我的床。「我一點也不意外，這年頭連警察也不會認眞工作吧。」

「但我前陣子走在小巷裡，看見警察抓住一個手持刀子的人，還毆打他。」

「現在的警察抓壞人多半不是基於正義感，只是爲了光明正大發洩情緒。」

「如果是這樣的話，那眞是太過分了。」

「若不是這樣，這種時候誰要當警察？」

我望向枕邊的時鐘。現在已經凌晨一點了。今晚我是在九點來到一郎的房間，兩人一起洗了澡，光著身子躺在床上。我們手忙腳亂地胡搞了一番，流了滿身大汗，各自穿上睡衣，像情侶一樣隨口閒聊了起來。

「一郎，你白天都在做什麼？」

我經常看一郎與住在附近的人一起踢足球，但有時他會坐在書桌前，寫起像日記一樣的東西。

「寫自傳。」一郎說。

「自傳？」我尖聲大叫，「你指的是你自己的自傳？不是什麼法布爾（註）的自傳？」

「我寫法布爾的自傳幹什麼？當然是我自己的。」

「你又沒幹下什麼豐功偉業，怎麼能寫自傳？」

「沒幹下什麼豐功偉業？妳這話眞傷人，不過確實沒錯。」房內雖然昏暗，但我感覺得

註：法布爾（Jean-Henri Casimir Fabre, 1823-1915），法國昆蟲學家兼詩人。

出來，空氣正隨著一郎的苦笑而微微顫動。

「對了，你以前到底是做什麼的？」其實我以前也問過這問題，但總是被他敷衍過去。我感覺到一郎的鼻子正短促不停規律吐氣，多半是笑得相當靦腆。

「倫理子，一旦讓妳知道我的職業，我恐怕就不得安寧了。」

「什麼意思？該不會是A片的男演員吧？」我調侃道。

「雖然不是，但也差不多。」他嗤嗤一笑。

如果世界末日不會來臨，如果是在平凡的日常生活中，我會選擇這個人當我的男朋友嗎？我的腦海突然浮現了這個疑問，卻得不到答案。

一郎原本是有女朋友的。雖然他不太提這件事，但是我知道，桌上的日記裡夾著一張他和女朋友的生活照。但我並不因此而感到難過，因爲我只是在飾演「擁有男朋友的女人」這個角色。我想，一郎應該也一樣吧。

「就算我們都死了，有一天或許有人會發現我的自傳，並且受到感動。」

「你是爲了這個才寫自傳？」

「沒錯。」

「呃，不是我想說廢話……小行星一撞下來，日記什麼的也留不住吧。」

「咦？不會吧？眞的假的？」一郎似乎眞的嚇了一跳。

「當然是眞的。」我哈哈大笑。

6

一早起床後，我迅速沖了個澡，穿上衣服，離開一郎的房間。臨走之際，我在床邊說了一聲「再見」。他躺在床上，嘴裡咕噥著，「好……抱歉，我因爲低血壓，早上有點……」

最後他說了一個女人的名字。那名字和我的名字完全不同。我想，多半是照片裡那個女人的名字吧。我聽了之後，竟然一點也不震驚。這樣的反應，反而讓我有些震驚。我心想，不過就是這麼一回事。飾演情侶的演員，有時總是會不小心脫口說出現實中情人的名字。這的確是個錯誤，但稱不上罪過。

我不肯輕易善罷甘休，於是在走出大門前，我喊了一聲「吹牛」。接著又說了一句，「再見，宗明。」宗明是我前男友的名字。

我並沒有回家，而是直接下樓，來到戶外。一看時間，這時是早晨七點。天空晴朗清爽，只懸浮著少許白雲，我的步伐也不禁變得悠閒輕快。

我朝著「山丘小鎮」的北方前進。

途中，一輛小貨車從我身旁通過。那是一輛白色小貨車，自正前方駛來，車斗上堆滿了白菜與甘藍菜。開車的人有著一張戽斗臉，一看就知道是超市的店長，副駕駛座還放了一把獵槍。小貨車在崎嶇不平的道路上奔馳而過，給人一種豪邁不羈的瀟灑感。開啓的車窗內不斷流出搖滾樂的旋律，可見得副駕駛座上多半還放了一台錄放音機。小貨車駛離之後，揚起一片塵土，我茫然凝視著車尾，眼前卻一片模糊。我不知道超市店長到底是從哪裡弄來那麼多蔬菜，但在這種時局下還願意開店提供糧食給一般民眾，眞可說是英雄行徑。

又走一會，來到一間荒廢的小酒館。窗戶玻璃破損，店內的酒架東倒西歪，地上還可看見乾掉的血跡。雖然模樣慘不忍睹，但是像這種沒有東西可搶的地方，如今反而才是最安全的地方。在倉庫的旁邊，鍊著一條狗。

這當然不是我養的狗。我不知道狗的主人是誰，當我第一次看到牠時，牠已經被繫在這裡了。這條狗有著褐黑混雜的不起眼毛色及直豎的雙耳，一看就知道是雜種狗。牠看見我靠近，開始搖起尾巴，並沒有對我吠叫。不知是從小性格溫馴，還是在慘痛經驗中得到了教訓。牠直挺挺地站著，直盯著我猛瞧，輕輕喘氣的模樣頗惹人憐愛。

「算你命大，看起來挺難吃。」我從口袋中掏出昨天吃剩的芋頭乾，放在狗的前方地上。我才見狗低下頭，下一秒牠已經吃得一乾二淨。牠一邊咀嚼，一邊以眼神詢問，「就這樣？」我像魔術師一樣對著牠揮揮雙手手掌，示意「就這樣」。

接著我從倉庫內取出狗繩，解開項圈上的鍊條，換上狗繩，帶著牠散步去。

我不知道這條狗叫什麼名字。我甚至不知道牠有沒有名字。每當我要叫牠時，我就叫牠「狗」。牠聽見「狗」這個聲音，多半還是維持恍神狀態，因爲牠絕對無法理解「狗」這種普通名詞就是我對牠的稱呼。散步的過程中，牠總是將鼻子貼近地面，專心地東聞聞、西嗅嗅。但有時牠會驀然停下腳步，轉頭望向手持狗繩另一端的我。牠會露出狐疑的神情，鼻孔一縮一放，彷彿在問，「咦？我的主人是妳嗎？」這時我會老實跟牠道歉，「對不起，我不是你的主人。」

最讓我感到百思不解的一點，是這條狗的散步路線每次都不一樣。我本來以爲狗散步的目的是爲了巡邏及捍衛地盤，但顯然並非如此。牠每次都往不同的方向前進，我想不出必須阻止牠的理由，因此總是乖乖跟在後頭。或許牠想擴大地盤，也或許牠想尋找同伴。就在我們轉向東北方的時候，正前方迎面走來一個中年男人。那是個身材矮小、小腹突出的陌生男人，臉上長滿鬍碴，眼睛周圍都是黑眼圈，看起來疲憊不堪。我見這個人身上有些髒汙，心裡不禁七上八下，擔心會遭到襲擊。我本來想用力拉狗往回走，但又覺得這麼做實在太失禮。接著我察覺對方的手裡也握了一根狗繩，另一端綁著一隻小型鬥牛犬。基於「愛狗的不會是壞人」這種毫無根據的偏見，我決定鼓起勇氣喊了一聲，「午安。」我的狗及對方的鬥牛犬各自流露出兼具警戒與友善的神色，互相嗅著對方身上的氣味。

「啊，午安。」男人低頭鞠躬。雖然死氣沉沉，卻沒有喪失理性。「能夠平安無事，眞是太好了。」我們是初次見面，他卻彷彿將我當成了志同道合的愛狗人士。

「好不容易才保住小命。」我看著他牽的那條鬥牛犬說，「聽說前陣子很多貓兒狗兒都被抓走了，眞是可怕。」

「大概都被吃了吧。」他面目猙獰地呢喃。不過他看起來不像動了怒氣，或許他的長相天生就面目猙獰吧。就連他手裡那條鬥牛犬，看起來也是愁眉苦臉，彷彿訴說著，「那些傢伙竟然連狗也吃，眞是傷腦筋。」

「如果是我的話……」男人說。

「如果是你的話？」

「我寧願自己先死，讓牠吃我的肉。」

「那可眞是……大膽的思維。」我一時之間實在不知該說什麼。

「可惜我沒有勇氣立刻自殺，變成牠的飼料。」

「你要是這麼做，牠會哭的。」

「是嗎？」男人不再說話，似乎準備離開，但他瞥了一眼我的狗，又開口說，「皮膚病？」

「什麼？」

「妳的狗好像得了皮膚病，脖子跟腹部起了紅色疹子，應該很癢吧。」

經他這麼一說，我才察覺這條狗經常用牠的靈巧後腿，在脖子及腹部上搔癢。我蹲下來剝開狗項圈周圍的毛一瞧，上頭確實長了一顆顆紅色泡疹。「這該怎麼治？」我抬頭想要詢問男人，這才驚覺男人跟鬥牛犬早已走得不見蹤影。速度之快，宛如是隱身在漫天飛舞的風沙中一般。我一時傻住了，起身在路上左右張望，卻沒看到任何人影。

當我察覺時，狗繩已經自項圈上脫落了。

或許是扣環故障了吧。我才剛暗想不妙，狗已經衝了出去。牠沿著道路愈跑愈遠，不知道是掙脫束縛的自由讓牠太過興奮，還是待在我身邊太過痛苦。

我愣愣地站在馬路上，不知如何是好。此時我只有兩個選擇，一是追上去，二是不管牠。

道路的盡頭是一片杉樹林。氣氛陰森詭異，令人望之生怯。但我還是不管三七二十一地走了進去。地上有一條前人踏實了的狹窄道路。放眼望去昏昏暗暗，清晨的陽光全被樹叢遮蔽了。高聳的杉樹不斷搖曳，令地上縱橫交錯的影子彷彿顫抖個不停。來自頭頂上方的樹葉摩擦聲，宛如在警告我別再前進。我感覺兩腿痠軟，卻還是拚了命往前跑。我焦急地左顧右盼，嘴裡不停喊著，「狗！狗！」

地上隨處可見提包、背包、垃圾袋及紙箱，我刻意避開視線。在這裡我再次深刻體會到，雖然恢復了短暫的和平，但一個即將迎接末日的世界不可能擁有美好的面貌。治安依然不佳，垃圾有增無減，傷痕從不曾痊癒。

我在下坡處的茶褐色汙濁池塘邊找到了那條狗。我偶然向下俯視，牠剛好進入了我的視線。

我朝牠奔近，發現牠正將鼻頭貼著地面，不停繞著圈子。池塘周圍全是些看不出原本形狀的生鮮垃圾及腐朽的樹枝。或許是這裡的臭氣，吸引了狗的注意也不一定。但這些臭氣引不起我的注意，只引起了我的吐意。我蹲在狗的旁邊，將狗繩重新扣上項圈。此時我看見左側地面上有一塊破布。

不知道爲什麼，我拾起了那塊布。我的腦袋還沒想清楚，我的身體已用左手將布拾起。布上沾滿了溼答答的汙泥，發出黏稠的噁心聲音。

原來那是一條粉紅色的圍巾。雖然破損嚴重，但勉強可以看出那是一條圍巾。

「圍巾……」我嘴裡呢喃。那條狗似乎靜不下來，正嘗試將牠的頭往我的腋下推擠。我的腦海裡浮現了勇也與優希的家中那枚照片。母親脖子上圍的圍巾，跟我手上這一條有三分相似。或許是我想太多了，或許不是。

我拉著狗往大馬路的方向前進，不知道是不是因爲走在泥濘地面上的關係，我竟覺得身體有些沉重。這種貧血的感覺，讓我不得不停步休息了數次。稀稀疏疏的陽光自樹叢的縫隙間透入，但我還是有種彷彿走在黑夜之中的錯覺。

狗不停以後腳搔著脖子，更加增添我心中的憂鬱。

我不知道該不該將圍巾的事情告訴勇也與優希，我也不知道如何幫狗止癢，我什麼事情也做不到。我可以扮演母親，可以扮演飼主，但充其量也只是「扮演」而已。我沒辦法盡到我最重要的職責。自己的無能，讓我徹底感到絕望。我幾乎想要跪在地上，哀求某個人的原諒，但我甚至找不到可以哀求的人。

7

我又坐在早乙女奶奶家的邊廊發愣。「假如事實是殘酷的，應該坦白告訴當事人，還是應該保持沉默？」我對著正在修剪花木的早乙女奶奶問道。

對於我這沒頭沒腦的問題，早乙女奶奶臉上並沒有絲毫不悅的神情。「遇上什麼事了？」她緩緩轉身，臉上帶著微笑，手裡依然握著園藝剪刀。

「只是打個比方。」我不敢說出眞相，「譬如家裡養的貓不見了，到附近一找，發現被撞死在馬路上。這時我該不該讓孩子們知道這件事？」其實不是貓，是母親。

「妳什麼時候有孩子了？」早乙女奶奶先拋出了問題，接著笑了起來，「這個嘛，我也拿不定主意，或許說不說都對吧。」

「說不說都對？」眞是不負責任。

「說不說都對。」早乙女奶奶輕輕吆喝一聲，在我身旁坐下，「如果是爲了孩子拚命思考後所做的決定，不管怎麼做都是正確的。旁人怎麼說不用理會，經過深思熟慮後下決定的人最大。」

「是嗎……」

早乙女奶奶瞇起了雙眼，笑著說，「譬如園藝，我也是門外漢，但我細心照顧，就算花草枯死了，我也不後悔。或許有人會說，這只是自我滿足罷了，但我何必在意？又好比說，兒子跟媳婦帶著孫子走了，這是他們深思熟慮後的決定，做奶奶的也只能欣然接受。」

「原來如此。」我說道。早乙女奶奶散發出的安詳氣息，讓我有種眼皮愈來愈重的感覺。兒子跟媳婦沒有帶早乙女奶奶一起走，或許是因爲害怕。他們害怕在青葉山的橋上準備往下跳時，假如感受到早乙女奶奶的溫暖，可能會回心轉意。

「奶奶，妳已經原諒兒子跟媳婦了？」我隨口問出這句話時，才察覺早乙女奶奶已不知去向。「奶奶？」我低聲呼喚，但沒聽見任何回應。房裡一片死寂，令我毛骨悚然。

舞台一個接一個消失。

這陣子我經常做這樣的夢。不，或許不該稱作夢，應該稱作白日夢。因爲即使是清醒的時候，我還是經常看見這樣的可怕幻覺。我還在舞台上全神貫注地演著我的角色，身旁的演員卻一個接一個消失，燈光也愈來愈暗。有的演員跌到觀眾席上，有的演員從舞台兩側悄悄離開。只剩下我徬徨無助地站著，找不到下舞台的時機。我甚至懷疑他們都丟下我，跑到別的地方開開心心地舉辦慶功宴了。「原諒我！」我張口大喊時，舞台上已伸手不見五指，連我自己的身體也消失了。

砰的一聲重響，彷彿地底下打了雷。整間屋子隱隱顫動，紙拉門不斷發出輕微撞擊聲。我嚇了一跳，趕緊回到客廳。「奶奶？」我喊了一聲，卻無人回應。難道是在二樓？過去我從不曾見早乙女奶奶上二樓，心裡不禁有些愕然。我大跨步奔上樓梯，便看見早乙女奶奶倒在正前方的房間裡。「妳怎麼了？」我大喊。

早乙女奶奶蜷曲著身子躺在地毯上，旁邊倒著一座小型梯子。抬頭一看，天花板下方的櫃門呈開啓的狀態，顯然是早乙女奶奶爬上梯子想拿東西，卻失足摔了下來。我匆忙奔上前察看，幸好早乙女奶奶尚有意識。她皺著眉頭大呼疼痛，一看見我，說了聲「眞對不起」。

「妳沒事吧？」我扶起她的上半身。

「年紀大，不中用了。」她苦笑著挺直腰桿，但馬上又按著背脊呻吟。看她痛苦的樣子，應該是筋骨挫傷了。

「慢慢來，慢慢來。」我協助她改變姿勢，倚靠著牆壁。接著我抬頭朝天花板下的櫃子看了一眼，「妳要拿什麼？怎麼不叫我幫忙？」

「倫理子，妳常常來陪我，我心裡過意不去，怕妳感到無聊，所以想找找看有沒有錄影帶或撲克牌之類能打發時間的東西。」早乙女奶奶露出羞赧的笑容。

「我一點也不無聊。」我輕敲早乙女奶奶的肩膀，臉上雖然掛著微笑，心裡卻無比沮喪。果然我還是什麼忙也幫不上。我扮演她的乖孫，其實她也在扮演好奶奶，雙方都在勉強著自己。

「如果是眞正的家人，才不會在意無不無聊呢。」我說。

早乙女奶奶一聽，笑著說，「沒那回事，我跟兒子、孫女相處時，也是非常擔心他們的想法，把自己折騰個半死。」

此時門鈴響起，我望向早乙女奶奶，「是誰來了？」

「我也不知道。」

「會不會又是方舟的推銷員？」我說。不久前，曾有兩個身穿老舊黑色西裝的男人登門拜訪，聲稱正在募集方舟的乘客。我看他們在早乙女奶奶面前說得口沫橫飛，擔心他們是專門誆騙老人的金光黨，趕緊插嘴，「你們是來騙錢的吧？」

「世界末日快到了，誰還想要錢？」對方回答。

「不然是爲了什麼？」

「創造新世界。」

「我明白了，是宗教。」

「我會把這句話當成讚美。」

兩個男人容光煥發，而且顯得頗有誠意，但一直到他們離開，我還是搞不清楚他們的目的是什麼。「或許小行星撞地球什麼的根本是天大的騙局。大家心裡怕得不得了，就會乖乖掏出錢來。」我事後想像。

「眞是麻煩又費事的騙局。」早乙女奶奶嘖嘖讚嘆。

我心裡擅自認定是那兩個男人又來了，於是拋下一句「等我一下」，氣勢洶洶地走下一樓。我打算給他們一些顏色瞧瞧，讓他們碰一鼻子灰。

沒想到開門一瞧，門外站的人竟然是亞美。我吃了一驚，腦袋一時轉不過來，只能愣愣地與她對望。經過一番抉擇，我說出口的不是「歡迎」而是「妳怎麼在這裡？」

「來找妳。」亞美臉上同時流露歉意、歡欣與靦腆，簡直就像是我眞正的妹妹。

8

「妳好像每天都很忙，我有點好奇，沒有跟我在一起的時候，妳到底在忙些什麼。」亞美如機關槍一般拋出問題，「妳在做什麼？這裡是哪裡？誰的家？」

她伸長了脖子，往屋裡窺探，接著又說，「上次我碰巧看見姊走進這棟屋子，但妳說過家人跟親戚都不在世上了，所以我很好奇這裡是什麼樣的地方。我心裡期待是男朋友的家，所以跑來串門子。」

「我說妳啊……」我不由得苦笑，「光明正大地跑到門口按電鈴，會不會太大膽了些？」

「假如從庭院偷看，卻看到妳跟男朋友脫光了正在辦事，不是很尷尬嗎？」

「如果我跟男朋友脫光了正在辦事，妳來按電鈴，一樣很尷尬。」我聳了聳肩，接著解釋，「這裡是早乙女奶奶的家，我和她挺聊得來，所以常來找她。」

「既然是這樣，我一定也聊得來，介紹給我認識嘛。」亞美喜孜孜地說。

「早乙女奶奶剛剛在二樓摔倒，現在人有點不舒服。」

「那可不得了！」亞美迅速脫下鞋子，進了屋內，不經同意就朝著二樓疾奔。我只能緊追在後。

「噢，又來一位年輕姑娘。」早乙女奶奶看見亞美颯爽登場，依然是一副以不變應萬變的態度。「她是住在同一棟公寓的女孩子，來這裡找我玩。」我解釋。

「謝謝妳特地光臨寒舍。」早乙女奶奶點點頭，掙扎著想要起身，卻又皺起眉頭，「這陣子背實在疼得厲害。」

「我有時會幫奶奶按摩，但沒什麼效果。」我說。

亞美雙手一拍，「我們那棟公寓不是住著一位按摩師嗎？」

「按摩師？有這號人物？」

「姊，我們請他來，好不好？」亞美歪著腦袋問道。

「他願意來嗎？」

「我不知道他願不願意來，也不知道他是不是還活著。」亞美笑了一陣，接著丟下一句「我去叫他」便奔下樓去了。

亞美這種來去如風的性格，總是讓我來不及接下一句話。

「她是妳的妹妹？」早乙女奶奶以優雅的口吻問道。

「她是我的妹妹，就像妳是我的奶奶。」我說。

「原來如此。」早乙女奶奶樂不可支。

三十分鐘後，門鈴再度響起。我攙扶著早乙女奶奶，慢慢走到一樓。早乙女奶奶以坐墊當枕頭，蜷曲著身子側躺在地上，說這是最舒服的姿勢。

「一定是亞美回來了。」我一邊說，一邊打開門。

門外除了亞美之外，還站著數個人。我嚇得合不攏嘴，半晌之後才愣愣地說，「這是怎麼回事？」

「咦？倫理子，妳怎麼在這裡？」站在亞美旁的一郎說道。

「眞的是假媽媽。」勇也在優希耳邊竊竊私語。

地上那條搖著尾巴的狗，則似乎在說，「妳不是帶我散步的那個女人嗎？」

9

「這到底是怎麼回事？」我一頭霧水。

「他就是按摩師。」亞美指著一郎，滿臉狐疑地說，「你們認識？」

「認識是認識……」我吞吞吐吐地說。

「她是我現在的女朋友。」一郎解釋得毫不遲疑。我一聽，一顆心登時有如小鹿亂撞。沒想到一郎會如此光明正大地說我是他的女朋友，這意外的驚喜讓我一時不知該如何反應。

「你會按摩？」我問一郎。

「在和平的時代，那是我的工作。」一郎靦腆地說。

「媽媽，丸子回來了。」一旁的勇也插嘴說道。

「丸子？」

「妳看。」勇也輕輕舉起手中的狗繩。我又是一驚，問道：「這條狗就是丸子？」

「是啊，牠就是丸子。我們剛剛出來散步，看見牠晃來晃去。」勇也說完後，優希跟著點頭附和，「嗯，對啊。」

「我回公寓時，看見了這兩個小孩。」亞美解釋，她正要拜訪按摩師一郎的家，卻發現勇也與優希站在我家門口。我慌忙望向狗脖子上的項圈，發現上頭的扣環又鬆開了。多半是因爲這個緣故，狗才能夠離開酒館的倉庫邊，與勇也及優希重逢。

「我想跟媽媽說這個好消息。」勇也如此告訴亞美，於是亞美答應帶他們來見我。接著亞美又拜訪了一郎的家，就這麼把所有人都帶到這裡來了。

「搞什麼啊……」我感覺腦袋一團混亂，完全無法思考。就好像腦袋裡的滑輪跟齒輪都沾上了泥巴，沒有辦法運轉了。

「眞熱鬧啊……怎麼不請他們進來坐坐？」背後傳來早乙女奶奶的開朗聲音。

我還沒應聲，大家已自動脫起了鞋子。

10

一郎的按摩不愧是專家級水準，效果相當驚人。他先輕輕移動早乙女奶奶的四肢，確認身體狀況後，才開始按壓她背上的穴道。早乙女奶奶趴在地上，發出舒服的呻吟。

我坐在椅子上，感動著專家的按摩技巧，同時對今天的聚會嘖嘖稱奇。最近所有與我扯上關係的人竟然齊聚一堂，眞是太巧了。

「下次你也幫我按摩嘛。」我說。「我不跟妳說職業，就是怕妳提出這種要求。」一郎回答。早乙女奶奶一聽，呵呵笑了起來。

亞美坐在邊廊上，細細打量著繫在一旁的狗。我本來以爲她只是單純喜歡狗，後來才發現完全不是那麼回事。她走到我身旁，對我說，「姊，那條狗的皮膚起了疹子。」

「是啊。」我的心情就好像是坦承自己的罪過。

「先將疹子周圍的毛剃掉，再以藥用清潔劑清洗，或許就能治好。要不要試試看？」

「咦？」

「我是學獸醫的。」

「什麼意思？」

「什麼什麼意思？我說我是獸醫。我房間裡還有一些藥。」亞美指著自己，一字一句說得清清楚楚。從剛剛到現在，我已不知吃驚過多少次，腦袋早已罷工了。「那就拜託妳了。」我說。

亞美笑著點點頭，但臉上旋即蒙上一層陰影。「社會亂成一團的那陣子，我曾經對很多貓狗見死不救。」她吐露了心事。我不知該說些什麼，只能回應，「是嗎？」

「我沒有辦法原諒我自己……」亞美露出深深自責的表情，我看了也不禁心痛。我知道現在說任何話都只是安慰之詞，但我決定當個不負責任的人。「沒關係，我原諒妳。」我說。

「什麼意思？」

「亞美，我原諒妳了。」

「那些死掉的小貓小狗，現在一定很生氣，罵著『妳憑什麼代替我們原諒她』。」

「我現在原諒妳，以後妳也得原諒別人。」我無暇細想，脫口便說出這句話。接著我裝模作樣地嘆了口氣，「我眞是無法理解，怎麼會有人把狗取名叫『丸子』？」

就在這時，樓上傳來「咚咚咚」的下樓聲。勇也及優希興沖沖地奔下樓來，朝我遞出一個盒子，「媽媽！妳看！這是從樓上的壁櫥掉出來的！」

「怎麼可以擅自拿別人家的東西？」我剛斥責完，拿起盒子一瞧，霎時驚呼一聲。那是錄影帶出租店的盒子，一看標題，正是超人節目的最後一集。「怎麼會出現在這裡？」我問道。

「太棒了！」勇也及優希的反應只有興奮而沒有疑問。他們蹦蹦跳跳地來到早乙女奶奶面前，「奶奶，我們能看錄影帶嗎？」

「可以，可以。」早乙女奶奶正在接受按摩，她抬頭瞥了一眼，笑著說，「原來那捲錄影帶還沒還。那是好多年前外甥的小孩來玩時租來看的，得找一天拿去還才行。」

「還是別還比較好，還了反而會被罵。」一郎一邊按摩一邊建議。

早乙女奶奶呵呵笑了起來。

此時我心裡擅自下了一個決定。既然劇情演到這個地步，不如大家都在這裡住下來算了。剩下的演員全部都來演這個家的一分子，直到這齣戲落幕為止。這麼大卡司的陣容，不是挺令人期待嗎？

此時我回想起了所有演員都從舞台上消失的噩夢。為了這個噩夢，我這陣子可說是寢食難安。若與那噩夢中的孤獨相比，此時此刻的和樂融融真是幸福的代名詞。

問題是要怎麼對大家說出口？我一邊盤算，一邊望著勇也打開的電視機。勇也將錄影帶塞進錄放影機內，正準備按下播放鍵，我見了此時電視上的畫面，忍不住大喊一聲「等等」。勇也及優希一臉納悶地轉頭注視著我。我湊向電視機，直盯著上頭播放的節目。

世界末日的騷動當然也發生在電視台裡。自六年前起，有一段很長的日子，電視看不到任何節目；然而最近卻逐漸有復甦的跡象。雖然絕大部分時間還是呈現雜音及雜訊的狀態，但有時會像惡作劇一樣，突然冒出新聞節目。不知道是電波受到干擾的關係，還是小行星的接近影響了衛星的正常功能，在極低的機率下，有時甚至還會出現外國的電視節目。如今我眼前的節目，顯然也是來自海外。

畫面上站著兩個人，右手邊是個滿臉落腮鬍的男人，手裡拿著麥克風，應該是採訪記者。然而吸引了我的目光的，卻是坐在左手邊的男人。

黝黑的膚色，圓臉，凹陷的眼眶。雖然皺紋增加不少，但我一眼就認得出來，他就是那個印度演員。「媽媽，怎麼了？」勇也問。

我跟高中時期不同，此時已聽得懂簡單的英語對話，不再需要仰賴字幕。但電視傳出的聲音中夾雜著大量雜音，我必須豎起耳朵仔細聆聽，才能聽出個所以然來。一聽之下，我驚覺這是記者訪問知名演員「變色龍」的現場即時轉播。

「我退出電影圈，搬到鄉下這麼多年了，你還來找我做什麼？」演員問。聽了半天，原來這名記者是「變色龍」的仰慕者。他想在世界末日前見上一面，因此專程帶著攝影機拜訪了演員所住的鄉村。在公共頻道上轉播這種影像，可說是顯而易見的公器私用，但我一點也不打算斥責他。

「我現在過著自給自足的悠閒生活，你這樣突然出現，老實說讓我很不舒服。」演員繼續抱怨。那種低沉的說話方式，和當年沒有任何差別，令我大感欣慰。

「再過兩年半，小行星就要摧毀地球了，請問您有什麼感想？」記者問。

這時演員的回答簡直令我不敢相信。豈止不敢相信，簡直是驚爲天人。天底下怎麼會有如此可笑、如此不食人間煙火的人？一股欽佩之情，在我心底油然而生。因爲太過感動，我決定原諒所有的一切。當然，包含因這演員的一句話而立定人生志向的我，以及不分青紅皂白朝我們撲來的莽撞小行星。

那演員是這麼說的，「什麼小行星?你在說什麼鬼話？」

「您不知道？」記者見他一臉認眞，嚇得瞠目結舌，電視機前的我也嚇得再也說不出話。

深海支柱

1

「很好看。」櫻庭說。我站在櫃檯內，接過錄影帶，一邊以條碼機讀取上頭的條碼，一邊回應，「那眞是太好了。」

大約五天前，櫻庭問我有沒有好看的電影，我推薦了這一片。事實上每個人對電影的喜好天差地遠，有時我推薦的明明是經典傑作，得到的反應卻是「看不懂」。

「眞的很好看，我老婆也很滿意。」櫻庭說。

「差不多快生了？」

「已經過了預產期，隨時有可能遭到偷襲。」

櫻庭的妻子即將臨盆。以偷襲來形容生小孩，聽起來不禁令人莞爾。「這麼多年來，我一直期待著孩子。老實說，這比小行星撞地球的消息更讓我驚訝。」大約半年前，櫻庭語帶靦腆地這麼對我說。

「尊夫人懷孕了，我還推薦這種地球人與外星人大打出手的片子，眞是對不起。」雖然現在才後悔已經晚了。

「別這麼說，眞的很好看。我老婆趁我睡覺時，自己看了三遍。」

「三遍？」我吃了一驚。這部片子確實不錯，但並沒有精彩到值得看三遍。

櫻庭接著在店內物色起其他電影。有時他會抽出錄影帶的盒子，閱讀上頭的劇情大綱，有時他又笑著抱怨，最近妻子玩黑白棋的功力大增，讓他非常困擾。

我心裡暗想，他也是一個不知如何打發時間的人。再過兩年多，小行星就要撞上地球了，在這樣的時局下，竟然有人煩惱「時間太多」聽起來實在是荒唐可笑。但是再怎麼嗤之以鼻，也無法改變「無事可做」這個事實。

「下一次踢足球，你會參加嗎？」我問。

「可能不會吧。我擔心在我踢球的時候，老婆突然陣痛。」

櫻庭有一對大耳朵及一張娃娃臉，待人處事謙虛低調，即使是和我這種年紀比較小的人說話，也是彬彬有禮。但是在足球場上，他卻是個奮戰不懈的前鋒，往往能夠突破重圍搶下分數。

「我心裡一直有個疑問……」櫻庭朝櫃檯走來，「渡部，你從什麼時候開始經營這家店？」

「我在二十歲接下店長職務，算起來已經是七年前了。」

「二十歲就當店長，眞了不起。」

「我在十九歲搬到仙台，剛開始是在這家店裡打工，當時店長年紀大了，不知爲何很喜歡我，還對我說『這家店，你想要就給你』。我本來還以爲是開玩笑呢。又不是玩具，哪能說給就給。」我笑著說。

「我眞羨慕你，能夠在重要的時刻當機立斷。」櫻庭如此感嘆。他經常抱怨自己是個優柔寡斷的人。

「我只是做事不經大腦而已。不管是接下錄影帶出租店，還是結婚，都是草率決定。」

我垂下了頭。

「我眞羨慕你。如果我沒記錯的話，你女兒出生的時候剛好是……」

「公布小行星消息後的不久。」

「請恕我問個失禮的問題，你當初是否煩惱過該不該把孩子生下？」

「沒有想那麼多。」

「我眞羨慕你。」

「不過，這年頭已經很少人使用錄影帶這種過時的東西來看電影了，何況我剛接下店長職務沒多久，就發生了世界末日的騷動。換句話說，這根本是個錯誤的決定。」

2

「我看到了！我看到了！啊，爸爸，你回來了！」我才打開公寓大門，便聽見女兒未來一邊大聲嚷嚷，一邊奔了過來。

蒼蠅拍被不到六歲的女兒握在手裡，顯得特別巨大。女兒朝著我跑來，在脫鞋處的前方拐了個彎，奔進浴室內。

「啊，小修，你回來了！」妻子華子追著女兒未來跑了過來。她一看見我，對我打了聲招呼，但旋即又大喊，「未來，等等。」跟著奔進了浴室。我看她右手握著殺蟲劑。

我脫去鞋子，進入內廊，將頭探進浴室內。「未來！用噴的！用噴的！」華子正拚命說服女兒未來。

我恍然大悟，一定是那個體態扁平、光滑油亮、行動敏捷的昆蟲又出現了吧。妻子跟女兒奔進浴室，就是爲了和那個昆蟲拚個你死我活。

如果用蒼蠅拍，就會在地板或牆上殘留糊掉的昆蟲屍體，因此華子希望盡可能以化學武器代替物理攻擊。但是對未來而言，蒼蠅拍就像玩具一樣，光是握在手裡揮舞，就能帶來無上的樂趣。在未來的心中，物理攻擊當然有趣得多。

「未來，妳這麼做太野蠻了，用這個！」

我心想殺蟲劑才是眞正野蠻的產物，但我什麼也沒說，直接穿過內廊。一進入客廳，第一眼看到的是躺在沙發上的父親。他身穿深藍色T恤及白色短褲，一副慵懶模樣，朝我瞥了一眼，粗魯地說了句，「噢，是你。」他雙頰凹陷，目光炯炯有神，雖然年過七十，卻是精力充沛且身強體壯。因爲這個緣故，我有時會忘記他的年紀比我大。

「爺爺，幹掉了！」未來揮舞著蒼蠅拍奔進客廳。

「嗯，幹掉了？」父親坐起身來。

華子也走了進來，「昆蟲的生命力眞強，殺也殺不死。」

「殺也殺不死！殺也殺不死！」未來根本不懂這句話的意思，卻一邊搖晃蒼蠅拍，一邊像唱歌一樣念個不停。

「我猜就算隕石掉下來，也砸不死這些小傢伙。不僅如此，而且牠們要是聚集在一起，搞不好還能把隕石推回去。」父親露出牙齒笑了。

「要我看那一幕，我寧願讓隕石砸個正著。」華子苦笑著說。

「未來想看好多好多蟑螂在天上飛！」未來說出了令人毛骨悚然的心願。

「只要妳當乖孩子，總有一天會看見的。」父親說。我與華子面面相覷，各自皺起眉頭。

晚餐我們開了鮭魚罐頭，配上萵苣沙拉，每個人並分了一碗白飯。四人圍著餐桌，細細品嘗著食物的美味。

廚房到餐廳堆滿了紙箱，裡頭全是些罐頭及鋁箔包食品。其中有些是六年前我和華子在超市賭上性命搶來的，有些則是去年爸爸帶著我闖進仙台港附近的倉庫偷來的。身爲犯罪者，或許沒資格評論這種事，但最近社會治安確實改善不少。大街小巷變得無聲無息，反而讓人心裡有些發毛。

「爸爸，瞭望塔蓋得怎麼樣了？」華子問。未來跟著瞎起鬨，嘴裡嚷嚷著「瞭望塔、瞭望塔」。

「差不多了。」父親露出志得意滿的神情，不僅撐大鼻孔，埋在花白鬍子裡的嘴角也微微上揚。

直到兩年前，父親一直住在山形。由於母親在我讀高中時就過世了，父親早已習慣一個人生活。他有著唯恐天下不亂的個性，因此整個社會因世界末日而鬧得天翻地覆的時候，我一點也不爲他擔心。但他的鄰居因爲自暴自棄而縱火燒房子，沒想到火勢迅速蔓延，竟連父親的房子也遭了殃。我無可奈何，只好邀父親來仙台同住。

剛開始的時候，我說什麼也不想跟那種一天到晚給人添麻煩的老人同住。但華子不斷勸諫我，「小修，你就把爸爸接過來嘛，他一定會很開心的。」我拗不過她的好意，只好勉爲其難地答應了。

小行星撞地球的騷動剛開始沒多久，華子的雙親排隊進百貨公司，沒想到竟然發生推擠意外，兩人就這麼同時送了命。因爲這個緣故，華子對我的勸諫總是特別具有說服力。她總是對我說，「既然你爸爸還在世，你就應該多盡孝道。」

「華子，妳只見過我爸爸一面，不了解他的爲人，才會說這種話。」

當年我和華子結婚時，舉辦了一場只宴請親人的小型婚禮，那是華子跟我父親唯一一次見面。「我父親不是個會樂於讓我盡孝道的人，妳把他想得太可愛了。」

剛開始的時候，華子當然以爲我在開玩笑。但是父親搬來同住的一個月後，華子終於承認她錯了。「你說的沒錯，他是個怪人，而且一點也不可愛。」

來到仙台的「山丘小鎮」不久，父親就開始在屋頂搭起瞭望塔。他擅自拿了我店裡某部片子回來看，並做出這樣的結論，「隕石一掉下來，首先發生的災害是洪水。」

「是啊，確實有電影是這麼演的。」我回應，「所以呢？」

「仙台別說是市區或海邊，就連這小山丘上的社區，包含這棟公寓，都會被海嘯吞噬。到了那時候，這裡就會變成一片汪洋。」

「有這可能。」我很久以前看過那部電影。雖然隔著螢幕，還是能感受到小行星撞擊後引發的洪水有多麼強大的破壞力。

「但沒有人想被洪水淹沒，對吧？無論如何，也要掙扎到最後一刻。所以我決定在屋頂上蓋座瞭望塔。」父親輕摸鼻頭，一副勝券在握的表情，「我要坐在比大家高一些的地方，觀賞所有人被捲入波浪之中的景象。」

「眞是很有意義的概念。」我酸了一酸。

「我就知道你會認同。」父親點頭回應。

自那天起，父親只要一有時間，就會到屋頂上製作瞭望塔。他不知從哪裡弄來了木材，一一搬到屋頂上，以鋸子及繩索將木材組合起來。

「如果你求我，我可以在瞭望塔上安排你們的座位。」父親一邊咀嚼著萵苣一邊說道。

「不勞費心。」我想也不想地回答。

「我就知道你會這麼說。」

「爸爸，媽媽今天不知道跑到哪裡去了。」未來以叉子敲打著桌面，突然沒來由地冒出這句話。

「不知道跑到哪裡去？」我不懂這句話的意思，轉頭望向華子。華子有些驚惶失措，摸著未來的頭說，「我不是要妳別說出去嗎？」

「對，不能說出去。」未來大聲說道，「媽媽不知道跑到哪裡去了，千萬不能說出去喔。」

「我只是和一樓的藤森太太出去走走而已。」華子解釋。

「出去走走？去了哪裡？」我問。藤森太太是位溫和穩重的婦人，一家四口都還住在公寓裡。

「不是什麼大不了的地方。」妻子回答。

或許我該繼續追問「去了哪裡」及「做了什麼」，但我沒這麼做。在這個絕望的時代，或許我期許自己做個善體人意、寬宏大量的丈夫。所以我只是應了一聲「噢」，裝出一副不感興趣的態度。

3

接連下了兩天雨，我原本有點擔心地面太溼滑。幸好河堤上的足球場擁有良好的排水設計，比賽能夠照預定計畫舉行。規則是先取得三分的隊伍獲勝，總共比了兩場。

「沒想到竟然聚集了這麼多人。」我坐在場邊長椅上，身旁的土屋突然開口。

「運動或許是放空心思的好方法，反正沒其他事好做。」我說。

「踢了半年以上，人數竟然沒減少，眞令我開心。」土屋看著坐在場邊休息的其他隊友。

從去年秋天開始，我們會定期舉辦足球比賽。當初參加的所有同伴，此時一個也沒減少，讓我感到有些意外。人數只要有十二人，就能進行六對六的比賽。今天由於櫻庭缺席，所以變成五對五，由於多了一人，所以由眾人輪流擔任裁判。至少我可以肯定，半年來沒有任何一個同伴死亡。

「土屋大哥，聽說你高中時是足球隊長？」我記得從前曾聽櫻庭說過。

「櫻庭眞是個大嘴巴。」土屋笑了起來，「看起來不像，對吧？」

「沒那回事，你很有人望。」我說。土屋是個相當值得信賴的守門員，不僅技術高明，而且明明很少發號施令，卻自然而然成爲隊員的司令塔。「只要有他在，心裡就會踏實得多，感覺世界上沒有贏不了的比賽。他是我們的精神支柱。」櫻庭曾如此形容。

土屋皺眉說，「我哪有什麼人望？而且我這個人最怕被依賴了。」他擦了擦額頭汗滴，接著又說，「何況守門員這位置若要贏球，只能等待隊友得分。換句話說，不是別人依賴我，是我依賴別人。比賽時我只能在禁區裡乾瞪眼，祈禱隊友順利進球。因爲這個緣故，我很喜歡一句話。」

「哪句話？」

「盡人事，聽天命。」

「己方的球門就是天命？」

「或許也可以改成『盡人事，等隕石。』」土屋明明是開了個玩笑，語氣卻帶有十足振奮人心的效果。

「我眞羨慕你這種態度。」我凝視土屋的側臉。土屋有著一張國字臉，五官輪廓極深，沉著冷靜的眼神中帶著三分霸氣。

「我怕死，但沒有那麼怕。天底下有太多比死還可怕的事情。」土屋輕聲說道。那模樣一點也不像是在逞強。他傲然睥睨著球場，宛如是個比賽愈處於劣勢愈感到興奮的球隊隊長。

「原來如此。」我嘴上附和，其實心裡並未理解他這句話的含意。但有一點我可以肯定，那就是他這種好整以暇的說話方式，絕對不是基於尖酸諷刺或虛榮心作祟。

「對了，渡部。富士夫跟我說，你父親是個怪人？」土屋突然問道。富士夫是櫻庭的名字。

「櫻庭哥眞是個大嘴巴。是啊，我父親是個很麻煩的人物。他正在屋頂上蓋瞭望塔。」

「瞭望塔？」

「他想蓋瞭望塔，是爲了坐在最高的位置觀賞洪水。總而言之，他是個怪人。」我說。

土屋聽得眉開眼笑，「你被怪人撫養長大，怎麼一點也不怪？」

「那是因爲我曾發誓絕對不要變成他那樣。」我說。事實上我在高中畢業後就獨自搬到仙台，並非抱持什麼目標或志向，而是擔心繼續和父親住在一起，會受到他的影響。

同伴一個接一個回到場上繼續踢球。重複著傳球及射門的動作。

每次比賽一結束，就進入休息時間。休息夠的人，會自行回到場上練習。當所有人差不多都已準備就緒，就開始下一場比賽。決定隊伍的方式有時是猜拳，有時會乾脆以相同成員再比一次。每一次的聚會，都是重複這樣的過程。這種看心情行事的比賽方式雖然有些草率，但可以讓大家踢得輕鬆自在。

「小行星掉下來的時候，在死亡的那一瞬間，不知道是什麼樣的感覺？」我問道。

「不過是一眨眼的功夫罷了。」土屋面對球場，眼神彷彿正凝視著懸浮在球場上空的海市蜃樓，「或許會嚇一跳，但馬上會失去意識，可能還來不及思考『我要死了』。」

「我討厭這樣。」我坦白說道。

「怎麼說？」

「我害怕什麼也無法思考的感覺。連『我死了』也沒辦法想，那實在是太可怕的一件事。」

「噢……」土屋應了一聲。此時他已下場，不再是守門員，卻依然帶給我無比的安心感。或許是因爲這個緣故，我忍不住說出了心聲，「其實我曾有一段時期想要自殺。」

土屋凝視著我，什麼話也沒說。

「理由相當平凡。讀中學的時候，在班上遭同學欺負。如何，很平凡吧？」我自顧自地說個不停。

「嗯……」土屋的五官因無奈而扭曲，「不管是大人或小孩，都存在欺負與被欺負的問題。」

「剛開始的時候，我總是對別人被欺負假裝沒看見。我害怕要是插手干涉，連自己也會遭殃。」我搔了搔太陽穴，接著說，「但是有一天，我不知是吃錯了藥，還是受到良心呵責，竟然站出來保護受欺負的同學。」

「於是連你也遭殃了？」土屋瞇起眼睛說。

「果然不出我所料。說穿了，對那些愛欺負弱小的人來說，對象是誰都無所謂。」

「所以你想自殺？」

「他們欺負人的手法非常惡劣。」我不想詳細說明，因爲我不願再回想起那些往事。

「我當時心想，與其活得這麼痛苦，不如死了乾脆。」我吐了吐舌頭說。

「但你沒有自殺。」

「土屋哥，要是有人問你『爲什麼我不能自殺？』你會怎麼回答？」

「誰會問我這樣的問題？」

「例如你的小孩。」我說。

土屋露出短暫的迷惘神情，但旋即瞇起眼睛說，「我兒子絕對不會說這種話。」

我無法理解土屋爲何這麼說，一時不知該做出什麼樣的反應。

「不過，如果眞的有人問我這個問題，的確很難回答。這問題比『爲什麼不能殺人』還棘手。問問題的人一定會說，『命是我自己的，爲什麼不能自己決定死活？』」

「的確很棘手。」我點頭附和，「我在十多歲時，就曾問了父母這個棘手的問題。」

當時我的母親還沒過世。她聽了我這句話後嚎啕大哭，對我說，「你是個好孩子，你沒有做錯什麼，是那些欺負人的壞孩子不好。媽媽會把那些壞孩子殺了，所以你絕對不能死。」如今回想起來，這番話前半段中規中矩，後半段卻已失去理智。

土屋淡淡一笑，隨口說，「眞棒的回答，讓我很感動。」

「我也很感動。但除了感動，還有一種『怎麼可能眞的把他們殺了』的無奈感。」

「你父親怎麼說？」

「他眞的是個怪人。首先，他突然揍了我一拳。在那天之前，他從來不曾直接對我使用暴力，那是他第一次狠狠揍我。」

當時我摔倒在榻榻米上，父親俯視著我，以不屑的口吻說，「你問我不能自殺的理由？我怎麼會知道，笨蛋！總而言之，你不准給我死！」他不僅態度高傲，而且說得口沫橫飛。「人生就像爬山，就算再怎麼害怕，再怎麼疲累，也得硬著頭皮往上爬！想走回頭路，門都沒有！」

「就算繼續往上爬，也沒什麼意義。」當時的我說。

「你以爲你是誰，能說出這種結論？我叫你往上爬，不是給你建議，是對你下命令。還有，我告訴你，只要爬到山頂上，景色一定不會讓你失望。」

「把人生當成爬山，眞是老掉牙的比喻。」

父親把我的譏笑完全當成了耳邊風。「我不知道你爲什麼想自殺，但我告訴你，如果你敢給我自殺，我就殺了你。」最後這句話除了矛盾還是矛盾，毫無道理可言。

「你父親果然是個怪人。」土屋笑著點頭，「到頭來，你還是沒自殺。」

「我沒自殺，並不是被父母的話打動，只是缺少自殺的勇氣。」

「大家要是聽到我這句話，肯定會氣得跳腳吧。」土屋站了起來，拍去身上的塵沙。

「對我來說，世界末日是求之不得的好事。」

「為……為什麼？」我吃驚地問道。土屋沒有正面回答這個問題，只是說，「我們家的信條，是好死不如賴活著。不管活得多麼窩囊，也得咬牙撐下去。」

我當然不明白他這麼說的含意。

「渡部，你父親的話眞是一針見血。有一篇小說叫〈趁有光，走在光中〉（註），我們可以照樣造句，『趁有命，繼續活下去』。」

「什麼意思？」

「好死不如賴活著，這不是權利，而是義務。」

「義務……」我反芻著這句話。

「沒錯，所以只要能讓自己活下去，就算殺人也在所不惜。全世界的人都死光了也沒關係，只要自己活著就行了。不管再怎麼窩囊，也總好過丟掉性命。」

「不管再怎麼窩囊？」

「就算陷害他人，也要苟活下去。」

「我還以為你會說出什麼令人感動的至理名言。這聽起來太殘酷了，讓人很不舒服。」我皺起眉頭。

「沒錯，活著這件事，就是這麼殘酷，這麼讓人不舒服。」

註：〈趁有光，走在光中〉是俄國小說家托爾斯泰（Leo Nikolayevich Tolstoy, 1828-1910）於一八八七年完成的小說。

比賽再度開始，我和土屋剛好分配在同一隊。踢了十分鐘左右，我在中線附近接下球，接著帶著球突破兩名敵人，最後舉腳射門。不管是多麼微不足道的比賽，看見自己踢出的球進入球門的那一瞬間，還是會感到無比幸福。時間彷彿變得緩慢，球所劃出的拋物線可以看得一清二楚。

「我們贏了！」就在隊友們回防時，土屋奔了過來，笑嘻嘻地拍著我的肩膀，「眞是謝天謝地，你要是在中學就死了，今天我們可就沒辦法得這一分。」

「是啊。」我也笑了起來。

4

「眞是驚人。」我來到屋頂上，看著父親製作的瞭望塔。回想起來，距離我上次來到屋頂，已不知過了多少日子。放眼望去，周圍散落著木頭的碎片及釘子，還有三根大小不同的鋸子。瞭望塔的規模相當大，地基的邊長約二平方公尺，骨架包含四根柱子，中間還有許多斜梁。

抬頭一看，父親正站在十公尺高的位置，忙著將繩索綁在柱子上。

父親從以前就非常擅長這種敲敲打打的工作。別人的父親只有在星期天才會製作家具，我的父親卻連上班日也常常請假在家裡鋸木頭、釘釘子。他的性格不拘小節，而且常常詞不達意，但在木工這件事上卻是相當謹愼小心。不管製作什麼，都會經過縝密的計算，我從以前就覺得這點眞是不可思議。

看了大約五分鐘，父親爬下瞭望塔，說了一聲，「噢，你來了。」瞭望塔上並沒有裝設樓梯，他沿著斜梁往下爬，動作俐落且帶有規律的節奏。

「你放心，我最後會裝上梯子。」父親笑著以拇指比了比瞭望塔。

「我從來不擔心。」我給了個模稜兩可的回答，「你想怎麼蓋，就怎麼蓋吧。」

「不用你說，我也知道。」

我們一起走到堆在一旁的木材上坐下。

「難得你會來找我。」

「你能夠耐著性子蓋這玩意兒，眞了不起。」

「沒辦法，除此之外我沒其他事好做。」父親這句話不是謙虛，而是抱怨。公寓屋頂周圍架著鐵網，我們坐在木材上，只能看見隔著鐵網的景色。

「從瞭望塔往下看，景色可是美得不得了。」父親趾高氣昂地說。

「但洪水眞的會淹到這裡嗎？」

「你別傻了，到時這裡會變成深海。」父親撐大鼻孔，說得信誓旦旦。他接著望向懸浮在鐵網上方的白雲，「今天怎麼沒開店？」

「剛剛踢完足球回來，現在正要去開。」我絕對不會告訴父親，剛剛在河堤旁的球場上聊到往事，心裡感觸太深，才會上屋頂找他聊天。「爸，你從來不害怕？」我問道。

「不害怕？你指的是什麼？」

「當然是死。自從六年前小行星的消息傳開，一直到現在，你從來沒有露出害怕的表情。」

「是啊。」

「當年我說要自殺，你氣得暴跳如雷，怎麼現在什麼話也沒說？」

「這次情況不同，想活也活不了。」

「聽起來好像有道理，又好像沒道理。」我聳聳肩，「不過，你真的沒有感到害怕的時候？」

「當然有。」父親回答得太過乾脆，我不禁轉頭看著他的眼睛，「真的嗎？什麼時候？」

「那還用說，當然是……」父親難得有些結巴。半晌之後，他才搔著後腦杓，皺起了眉頭，一臉無奈地說，「政子參加了古怪集會的時候。」

「當時你很害怕？」

「那還用說？」

那件事，我依然記得清清楚楚。當時我讀高一，鬧自殺的問題剛結束，母親也還沒死於車禍。仔細想想，我家從以前到現在可說是多災多難。

老家所在的山形市內，當時正盛行某種詭異的宗教。我相信任何傳統宗教信仰都具備兩種特質，那就是「莊嚴」與「謙虛」，但那個宗教完全沒有這兩項優點。宗教領袖高喊一些駭人聽聞的言詞，信徒伏首膜拜。一天到晚不是要求購買高額法器，就是舉辦凝聚向心力的集會。

由於他們的所作所爲並不違法，所以政府一直採取放任態度。但畢竟這個團體處處透著古怪，附近居民們多半抱持著警戒心態。「只有混吃等死、好逸惡勞的人，才會受騙上當。」當時的父親如此批評。

後來父親得知母親也參加了集會，氣得七竅生煙。

「其實那時候我不是生氣，是吃驚。」坐在身旁的父親對我坦承，「因爲我心裡很害怕。」

「但你闖進了他們的集會。」

「我會那麼做，也是因爲害怕。」

那個宗教團體每個月舉辦兩次集會，地點在市政府管理的體育館，時間爲下午一點至傍晚六點。集會內容聽說相當瘋狂，並非我們一般人可以理解。

那一天，我跟父親偷偷跟蹤了母親。「你也一起來！」父親這麼要求我，我無計可施，只好勉爲其難地跟著走一遭。當我看見母親下了計程車後走進體育館，不禁害怕得兩腿發軟。

「參加這種活動的，都是些什麼樣的人？」父親難得對我提出問題。

「多半是對生活感到不安、恐懼或厭惡的人吧。」我說。

「這麼說來，政子對生活感到不安、恐懼或厭惡？」

「要不然就是有個麻煩的丈夫。」

「我何時給她添麻煩了？」

「不是何時，是隨時。」我嘆了口氣。父親在對話的過程中，依然不斷朝著體育館前進，我只好趕緊跟上。

集會似乎已經開始。我們躲在開啓的門外往內窺探，裡頭擺了許多鐵椅，坐著將近上千人。整個會場鴉雀無聲，散發出一種莫名的壓迫感，更加增添我心中的恐懼。參加者多半是老人或中年婦女，每個人都神情恍惚，陶醉在受到控制的快感中。

我正懷疑母親是否眞的在裡頭，父親已大搖大擺地走了進去。他連鞋子也沒脫，我根本沒時間將他攔下。

「裡頭的人看見你，全都吃驚地交頭接耳呢。爸爸，眞虧你敢走進去。」

「爲什麼不敢？就算他們氣得朝我撲過來，我也不放在眼裡。這可不是隨便說說，當時站在台上的人眞的對我破口大罵。但我根本不怕他們，我怕的只是政子變成了一個我不認識的人。在那些會場裡的傢伙，都是些膽小鬼，有什麼好怕的？就好像爬山爬到一半，沒有勇氣繼續爬，就想要繞遠路，或是偷偷溜下山。」

「把人生當成爬山，眞是老掉牙的比喻。」

當時父親毫不猶豫地走進了群眾的椅子之間。我不知道他是如何發現母親的，只知道他走到母親身邊，將她拉了起來。周圍的信徒有的大聲斥責，有的溫言告誡，但父親全都當成了耳邊風。他對著群眾大吼一聲，「別拉我的政子蹚這種渾水。」帶著媽媽回到我的身邊。

母親一臉茫然，表情同時夾雜著驚愕、羞愧與不知所措。她沒有穿上鞋子，就這麼被父親不管三七二十一地拉出體育館。

「那種陰陽怪氣的宗教團體，到底是哪裡吸引妳？」父親瞪大雙眼質問。

「這種陰陽怪氣的丈夫，到底是哪裡吸引妳？」我跟著說。母親終於露出了笑容。

「媽媽後來怎麼了？」我問父親。我不知道父親帶著母親回家後，對她說了什麼話、做了什麼事，只知道從那一天起，母親再也沒參加過類似的集會。

「她嚇傻了。我威脅她，『妳每次去，我都會把妳拉回來。』她應了一句，『那也挺傷腦筋。』就沒再說話。」

「不知道是幸運還是不幸。」

一年後，母親因車禍而去世。或許對她來說，繼續參加集會才是眞正的幸福也不一定。

就在我準備下樓之時，心中忽然閃過一個疑問，於是我帶著半惡作劇的心情說，「媽媽過世時，你有什麼感受？她參加宗教集會時，你感到很害怕，那死的時候呢？」

父親既沒有動怒，也沒有遲疑。他一邊撿拾地上的木材，一邊說，「我一直沒和你說過，其實我最在乎的人是政子。」

我沒有回應，只是愣愣地站著不動。

「比起你這個兒子，我更在乎我老婆。」父親指著我，笑著說，「生氣了？」

「我認爲這樣很好。」我回答。

5

「你在做什麼?」

我聽見這句話，才察覺眼前站著一位客人。雖然我站在櫃檯內，但我正專心地將螢幕上的名單謄寫到筆記本上，因此完全沒注意到眼前有人。

我看了一眼店內時鐘，確認現在才下午三點，於是說道，「妳好，午安。」對方是位年紀比我大一歲的女性，住在同一棟公寓裡。

「上次妳想租的那片，還沒有回來。」我說道。那片變身超人兒童節目最後一集，依然是出租中的狀態。

「沒關係，我不想租那片了。」她笑著遞出一個錄影帶盒子。那是一部十年前相當熱門的懸疑片。「我想重溫一下這片。」她說。

「這一片可是傑作。」我操作電腦，收下租金。

「那是逾期未還的清單?」她笑著注視我手上的筆記本。

「是啊。」

上次她來店裡時，我們曾聊到逾期的罰金，所以我特地調出清單確認。上一次看逾期清單，已不知是幾年前的事了。「沒還的人可真不少。」我說。

「收完罰金，應該能變成富翁?」

「全是些熟客。」我說。六年前出租店依然正常營運的時候，我每天早上開店前第一件事，就是確認逾期清單。我總是看著上頭一長串的名字，深深嘆了口氣，才依序打電話催討。若電話有人接，我就勸對方盡早歸還錄影帶；若電話沒人接，我就在電話答錄機裡留言。這是個容易讓人心情鬱悶的工作。

「或許是性格問題吧。逾期未還的客人，總是那一些。」我指著清單說。

「我可以想像。」她笑著說。

「一樣米養百樣人。我明明打了好幾次電話，有的客人還怪我不早點提醒。除此之外，還有些客人會以『下次會再借』爲條件，要我不追究這一次。」

其中最讓我感到無奈的客人，是來支付逾期罰金時抱著「來都來了，不如再租一片」的心情，從新片區拿了只能租借一個晚上的新片。我嘴上什麼也不說，但心裡總是嘀咕，「別太高估自己了，你明天絕對不會拿來還的。」隔天他果然沒還，又上了逾期清單，我一打電話，他又不高興了。這種宛如鬼打牆一般繞圈子的狀況，如今反而令我感到懷念。

「這個蔦原，搞不好我認識。」她指著清單上頭，由上方數來的第十個名字。

我一看資料，這個人已經逾期十年未還了，那時我甚至還沒在這間店打工。他借了兩片，一片是《帝都物語》，一片是《東京物語》。雖然名稱很像，其實內容天差地遠。

「他是妳的朋友？」我問。

「這姓氏很少見，搞不好是我的高中同學。」她露出一副懷念往昔時光的神情，接著說，「如果我沒記錯的話，他的父親是個警察，性格有些孤僻。後來他家好像鬧出家暴問題，學校裡大家都在討論，不久後他就休學了。」她仔細凝視清單半晌之後說，「對，就是他，蔦原耕一。他借了錄影帶後，會不會就遭遇了不測？」

遭遇不測，這種字眼實在有些籠統，但我沒有多說什麼，只是回答，「有可能。」

「他家和我家完全不一樣，我家是採放任主義，就連我說要當演員，得到的答案也是『隨便妳』。」

「什麼樣的父母都有。」我看著清單問，「這個人還住在這一帶嗎？」

「應該早就搬走了吧。你要上他家收錢？」

「我想當富翁。」

女客人離開後，我攤開了「山丘小鎮」周邊市鎮地圖，確認蔦原耕一的住址。我會興起前往拜訪的念頭，完全是因爲無事可做。

我關起店門，走了一會兒，正要穿越公園，忽然看見華子和另一名中年婦人走在人行步道上。那名婦人相當眼熟，如果我沒記錯，那應該是藤森太太。華子個頭嬌小，經常有人說她看起來比實際年齡年輕得多，有時甚至會被誤以爲是孩童。跟年長的藤森太太走在一起，乍看之下簡直像一對母女。

我偷偷跟在她們身後。若要往蔦原耕一的家，應該朝右手邊的大馬路前進，但我決定跟著前方的華子她們轉彎。未來無心說出的那句「媽媽不知道跑到哪裡去了」，在我心裡揮之不去。此時未來不在華子身旁，多半是託付給父親照顧了。

這是一條下坡路，她們爲了減緩速度，刻意將身體往後傾斜。我距離她們有段距離，但這條路沒有其他岔路，因此絕對不會跟丟。走了一陣子，來到坡底的寬闊處，馬路對面可看見一棟建築物，周邊設施涵蓋面積極大。我心想，那不是市民活動中心嗎？當年剛搬到仙台時，曾在這附近住過一陣子。雖然沒有進去過，但我依稀記得這是一棟包含小型演講廳的市民活動中心。

華子她們朝著市民活動中心筆直前進。我在電線桿旁停下腳步，走在背後的男人竟迎頭撞了上來。我趕緊鞠躬道歉，並退在一旁。那是個留了長長劉海的中年男人，他瞪了我一眼，邁開大步走了。

我愣愣地站著，一時不知如何是好。放眼周圍，人群逐漸自四面八方的道路聚集而來。這樣的場面，有點像是搖滾樂演唱會的開演前一刻。雖然人群稀疏，稱不上擁擠，但我還是有些驚訝，沒想到這社區還有這麼多人活著。

群眾一一登上狹窄的階梯，進入了市民活動中心。我心裡不禁好奇，這到底是一場什麼樣的集會。何況自己的妻子也參與其中，更是讓我難以釋懷。於是我叫住了剛好擦身而過的駝背婦人，「請問今天是什麼集會來著？我一時腦袋糊塗，竟然忘記了。」

「方舟。」婦人的嘴角擠出了皺紋，不知是在笑、在哭還是在不耐煩。我不敢隨便敷衍陪笑，只好老老實實地問，「那是什麼？」

「被選上的人，才能夠進入庇護所。」

我猛然想起，過去曾有店內客人跟我提過這件事。當時我聯想到的是從前喧騰一時的種種案例。推銷員或傳教者登門拜訪，以強迫的方式要求購買商品或接受信仰。母親當年參加的那個來路不明的宗教團體，不也是大同小異嗎？但我當時並沒有想太多，沒多久就淡忘了。

「世界上眞的有庇護所？」我問。

「如果沒有，大家是死路一條。」駝背婦人瞪著我，眼神彷彿說著「你也想保住小命吧」。

我嘆了口氣，再度望向市民活動中心，內心不禁嘀咕，華子怎麼會參加這種集會？

6

「就爲了這點小事？」蔦原耕一站在門口聽完了我的來意後，只是愣了一下，並沒有太大反應。我心裡反而有些意外，沒想到他還住在這裡。

「這可是十年前租的片子，現在才來討，不嫌太遲了嗎？」年紀比我大一歲的蔦原指著清單說。

「追到天涯海角，是本出租店未來的營運方針。能不能請你將錄影帶還給我？」

「如果我已經不住在這裡，你打算怎麼追？」

「只能說我今天運氣不錯。」

蔦原耕一的家是一棟老舊的木造建築，屋頂上鋪著瓦片。門口凌亂擺著好幾雙鞋子，傘架裡插著三把塑膠雨傘。

「你的家人呢？」

「只剩我一個了。」蔦原說。

「聽說令尊是警察？」

「是啊，滿腦子工作的刑警，不過現在死了，家裡沒其他人。」蔦原忽皺起眉頭問我，「要不要進來？」

「咦？」

「我找找看，搞不好能將錄影帶找出來。」

「不會吧，眞的找得到？」

「你爲何這麼驚訝？如果你認爲找不到，今天來我家幹什麼？」蔦原板起臉，走向屋內深處。

我急忙脫去鞋子，跟在蔦原的身後。腳底踏在地板上，發出吱嘎聲響。沿著內廊走了幾步，前面有一間洋室及一間和室。蔦原走進了和室，我跟著入內。

地上相當凌亂，到處是開封的瓦楞紙箱。紙張、書本、相簿之類的東西，全堆在榻榻米上。

「你要搬家？」

「搬到一間不會受隕石影響的公寓？別傻了。」蔦原冷冷地說。他的兩眼布滿血絲，而且眼皮腫脹。「你從前應該也有這樣的經驗吧？正在準備考試的時候，忽然覺得房間有點髒，原本只是想稍微清理一下，沒想到卻變成大掃除。」

「有。」我笑了起來。

「這次也一樣，原本只是隨手整理一下東西，沒想到卻停不下來。自己的房間整理完了，接著又整理其他房間。」他指著二樓說，「我曾經把自己關在房間裡，足足躲了四年。」

放眼望去，房間裡幾乎沒有可以落腳的地方。紙拉門被踢破了，天花板也開了大洞。

「這是我幹的。」蔦原指著天花板上的洞，「從前太任性，常常在家裡動粗。不過這些是別人幹的，跟我無關。」他接著指向紙拉門上及格板上的破損。在說這幾句話的同時，他一邊看著紙箱裡的雜物。

「誰幹的？」

「大概三年前吧，一群人衝進我家。我想大概是老爸的仇人，畢竟他是個刑警。」蔦原神色平淡，表情幾乎沒有變化。「你也知道，那陣子治安很差。其他警察都逃了，我老爸卻拚命想要維持秩序。有時使用手槍，有時施展柔道技巧，用盡各種方式。或許他認爲這是他應該做的事吧。」

「所以遭到怨恨？」我說道。倘若眞是如此，那眞是太悲慘了。但我轉念又想，這些年來誰的遭遇不悲慘？

「我那個老爸，連應付躲在房裡的兒子也沒轍，卻想拯救世界。」

「你爲什麼要躲在房間裡？」

「我老爸很嚴厲，一天到晚發脾氣。我很怕他，每天看他的臉色過日子。他常常揍我，我心裡當然很氣。」

接著蔦原敘述，他後來決定以暴力的方式反擊。因爲這個緣故，母親在十年前逃回九州的娘家，從此音訊全無。我心裡不禁暗想，蔦原這個人雖然對我很不客氣，滿臉不耐煩的神情，但搞不好很開心終於有人願意聽他說話。

「我相信令尊是個很嚴格的人。」我順著蔦原的話鋒附和。

「我在整理這個房間時，發現了有趣的東西。」

「有趣的東西？」

「好像是這個吧……」他在腳邊的塑膠袋裡翻找一會，挑出一捲錄影帶。

「是《東京物語》嗎？」我想起了今天來訪的目的。

「不是。」他想也不想地否定，「是從前老爸的錄影帶。」

「原來如此，能找到眞是太好了。」我一邊說，一邊心想，那個塑膠袋裡如果能找到我店裡的片子，那就更好了。

他小心翼翼地跨過雜物，走向角落的電視機，開啓電源後將錄影帶塞入錄放影機內。

「老媽拿攝影機拍攝我老爸，那時我大概還沒出生吧。」

「記錄回憶的家庭影片？」

「大概就是那麼回事。我老爸窩在小房間裡，一邊翻著字典，一邊在紙上寫字。他一直躲鏡頭，態度很靦腆，那是我第一次看見老爸露出那樣的表情。簡直像是不想被看見考卷答案的高中生，看起來很年輕。」

我現在的心情像是還沒看電影就聽人說完了劇情大綱。但我接著又想像蔦原找到父親年輕時影片的感受，並且聯想到了自己的父親。

蔦原一邊按下播放鍵，一邊說道，「那時老爸正在幫我取名字。」

「咦？」

「拿字典查筆畫數，然後將字寫在紙上。老媽在一旁惡作劇，故意拿攝影機拍他。」

我恍然大悟，「原來如此。」

「沒想到老爸會這麼認眞幫我取名字，眞是奇妙。」蔦原走回我身邊，面對電視螢幕。

「奇妙？」

「是啊，好奇妙。」蔦原不斷重複這句話。他的感受不是「欣慰」也不是「錯愕」而是「奇妙」。我心想，這麼發人省思的事情，回去一定要跟華子分享。

電視螢幕上出現了影像。一對赤裸的男女摟在一起，發出害羞又興奮的叫聲。膚色占據了大部分畫面。我和蔦原就這麼看了十秒左右。

「好像有點不對，這比較像是A片。」

「不曉得收到哪裡去了。」蔦原慢條斯理地在塑膠袋裡翻找，一點也不慌張，「我看了之後很感動呢。」

「我相信。」我看著不斷發出嬌喘聲的A片，臉上露出苦笑。

「拿去。」蔦原在門口將錄影帶專用的袋子遞給我。袋上印著我經營的出租店的店名。

「沒想到眞的能找到。」我打開袋子檢查錄影帶上所貼的影片名稱，確定是從我店裡租出去的片子。接著我不自覺地將視線移向蔦原的背後。這個家裡明明只剩下他一個人，我卻有種和室裡還有其他人的錯覺。或許是剛剛蔦原提到的「一邊確認筆畫數，一邊取名字」的父親形象依然殘留在腦海裡的關係吧。我彷彿感覺到他的父親依然還待在這個家中。

「我老爸死的時候，我在客廳。」

「你不是一直關在房裡嗎？」

「那時已經不搞自閉了。但是那天我看一群男人衝進家裡，嚇得躲回二樓，只留下老爸單獨應付他們。」

我彷彿可以看見那副景象。數名暴徒經過我現在所站的門口，朝蔦原的父親衝過去。這些人全身發燙，兩眼充血，鼻孔撐得極大，嘴角流下唾液，不斷揮舞手中的武器。我甚至可以想像他們襲擊蔦原父親的眞正理由。

因爲害怕。害怕世界末日的到來。他們恐懼，卻又不願承認自己的恐懼，只好設法讓其他人更加恐懼。他們攻擊別人，藉由證明自己的強悍來獲得安心感。說穿了，中學時那些欺侮我的同學也抱著相同的心態。

「我躲在二樓房間，聽見老爸在樓下大喊，『別下來，我能應付。』」蔦原面對著我，視線卻似乎不是停留在我身上。

「不用他提醒，我也不會下樓，因爲我怕得兩腿發軟，根本站不起來。」蔦原看著自己的雙腳，忽然舉手擦拭鼻子，接著又以手指在眼皮及臉頰上輕撫，「他說的最後一句話，是『努力活下去』。」蔦原說。

「努力活下去？」

「努力……活下去。」他加重了幾分語氣。

我不知道此時該說些什麼。我面對著他，心中思索著最恰當的回答。

「樓下再也聽不到半點聲響，我悄悄下樓一瞧，老爸仰天躺在地上，胸口插著一把菜刀。他手上抓著一根滑雪板，或許是找不到更合適的武器，只好拿那玩意來抵抗。」蔦原無奈地說，「世界都要毀滅了，要怎麼努力活下去？」

「但我能理解令尊的心情。對了，關於逾期的罰金，尾數就不計較了，收你一百萬圓就好。」我說。

「你是當眞的嗎？」他睜大雙眼。

「我只是從以前就很想說一次這句台詞。」

臨走之際，他對我說，「下次我到你店裡，能不能推薦我幾片感人肺腑的片子？」

「你已經在哭了，還看什麼感人肺腑的片子？」

7

回程的路上，我繞到了市民活動中心。其實我並沒有打定主意這麼做，兩條腿卻幫我下了決定。

此時已是太陽西斜的傍晚時分。「山丘小鎮」位於市內的台地上，此刻已籠罩在火紅的夕陽光芒中。

我沒有回家，而是沿著公園旁的道路往相反方向前進。當我回過神，我已來到了數小時前才到過的市民活動中心。

我跨越馬路，登上狹窄的階梯，來到演講廳的入口。那附近有塊看板，上頭寫著一個不起眼的團體名稱，以及「活動報告會」數個大字。諮詢窗口裡沒有人，於是我決定走到裡頭瞧一瞧。首先通過一排鞋櫃，地上凌亂地擺著十雙左右的拖鞋。我沒有脫鞋子，繼續沿著亮灰色的地板往深處前進。這裡整頓得相當乾淨，讓我有些意外。依當年的混亂情況來看，像這樣的公共場所一定會遭到嚴重破壞。多半是那些使用者，也就是今天包下這個場地的團體費心修補、整理過了吧。地板跟牆壁都是相同顏色的無機質素材，讓我想起以前看過的電影裡出現的太空船內部景象。狹窄的通道，深處藏著難以預期的危險。這個氣氛也和電影有三分相似。

「我相信今天光臨此會場的來賓，都是具有理性且能夠依邏輯判斷來處理事情的人。」

我聽見有人以麥克風說話的聲音。通道盡頭的牆上有扇窗戶，可以看見演講廳內的景象。左手邊有一扇門，應該就是通往演講廳的門。

我將臉湊到玻璃上窺探，裡頭的空間有點類似小型體育館，地上排滿了鐵椅，全都面向右前方。在右前方的遠處並排著好幾張長桌，數名身穿西裝的男女坐在桌後，面對著群眾的方向。我以前參加過一場社區工程的居民說明會，今天的場面就和當時有幾分相似。

右手邊的長桌前站著一名手持麥克風的男人。他戴著眼鏡，看起來和我年紀差不多，但有著高挺的鼻梁及端正的五官。

他接著說，「請各位不要再逃避眼前的現實，我們必須冷靜思考一個最重要的問題，那就是小行星墜落之後，地球上的一切環境都遭到破壞的機率其實並不高。換句話說，只要能存活過最初的兩星期，就很有可能逃過一劫。我必須說一句殘酷的話，那就是全世界的人口實在太多了。人類靠著累積文明及發展科學，避開戰爭、疾病等各種不幸的危害，卻也因此失去了自然淘汰的機會。這次小行星衝撞地球，可說是爲人類提供了絕佳的機會。只有少數脫穎而出的人，才能創造更美好的環境，過著更幸福的生活。」

我看著眼前的景象，聽著講者的言論，心裡有種似曾相識的感覺。對了，在我高中時期，母親參加的那場宗教集會上，演講的內容不也大同小異嗎？

「在場的各位想必都抱著期待雀屏中選的心情。但我不想欺瞞各位，我必須老實說，並非所有人都能被選上。在全國民眾之中，唯有符合條件的人，才能夠走進庇護所，肩負起開創新世界的重大責任。」

全國各地眞的都舉辦了這樣的集會嗎？我一一審視坐在鐵椅上的民眾臉上的神情。每一個人都是戰戰兢兢地凝視著前方手握麥克風的男人。大家都是腰桿挺得筆直，不敢左右張望，簡直像是正在接受面試一樣。沒有人出言抗議，或許是因爲大家都認爲自己會中選，也或許是擔心一旦鬧事就會被取消資格。

我默默地站了好一會兒，並非對這樣的集會特別感興趣，而是因爲腦袋一片空白。一想到華子就在這群人裡頭，心裡就有種難以言喻的感覺。身體的周圍彷彿籠罩著一股疑惑及寂寞的氛圍。我眼中彷彿看見蔦原的父親。面對手持武器的暴徒，一邊以滑雪板應戰，一邊對著兒子大喊，「別管我，要努力活下去！」

接著我又想起了土屋。他在河堤邊的長椅上對我說了這麼一句話，「我們家的信條，是好死不如賴活著。不管活得多麼窩囊，也得咬牙撐下去。」

當我回過神來，我已踏出左腳，並握住了出入口的門把。門板上嵌著一片毛玻璃。我轉動手腕，推開門，沒有發出一點聲響。下一秒，木頭地板的寬敞大廳映入我的眼簾。遲疑與怯懦在轉眼間已消失得無影無蹤。我以穿著鞋子的腳踏出了第一步、第二步……

參加集會的群眾並沒有察覺我這個入侵者。

坐在前方主辦者長桌的那群人之中，距離我最近的男人轉過頭來，看見了我。或許是轉頭的動作吸引了其他人的注意，坐在隔壁的男人也朝我望來。那個男人的動作又吸引了其他人注意，就好像連鎖反應一樣，最後長桌上所有的人都盯著我瞧。站在一旁手持麥可風的男人也將視線移到我身上，不再開口說話。

下一瞬間，所有坐在椅上的參加者都轉頭朝我望來。

所有的人都看著我。我承受著宛如箭矢一般鋒利的視線，一時全身動彈不得。但我用力扭動身子，將這些看不見的箭矢甩開。接著我深吸一口氣，以許久不曾發出的高亢聲音，呼喚了妻子的名字，「華子！我們回家吧！」

8

「我還以為發生了什麼大事呢。」走在身旁的華子笑著說。太陽已下山，天空變得陰暗，隱約可見星光。若是數年前，一到晚上總是有人出來為非作歹，因此天黑之前每個人都會躲回家中。但是這陣子治安改善不少，睡眠與休憩讓夜晚恢復了原本的靜謐。

「我才想對妳這麼說呢。」

我在市民活動中心的小演講廳呼喚妻子的名字。「小修，你怎麼來了？」華子從坐著的聽眾之中站起，錯愕地朝我揮手。我看她一副悠閒自在的樣子，霎時失了氣勢，於是我轉頭往外走，她也跟了出來。

「這樣真的好嗎？」我忍不住詢問。

「你指的是什麼？」

「中途離席。」

「沒關係，是藤森太太一直對這個團體很感興趣，要我陪她參加集會。他們說的那些話，我根本聽不懂，正覺得無聊呢。你不用在意，真的無所謂。」

「那到底是什麼樣的集會？」

「我也搞不太清楚。」妻子不知從何處折來一根樹枝，像指揮家一樣握在手裡揮舞，「上頭的人說得天花亂墜，把大家唬得一愣一愣的。」

「眞是太好了。」

「什麼太好了？」

「我本來很擔心妳被那些人灌了迷湯，再也無法自拔呢。」

我們穿過公園，沿著平緩的蜿蜒道路往坡上走。前方那棟十層樓的狹長型公寓，就是我們的家。雖然略顯老舊，但依然維持得乾乾淨淨。

通過大門前的花壇時，華子開口說，「小修，其實我覺得要存活下來，靠的不是有沒有被選上，也不是那些符合邏輯的條件，而是掙扎。」

「掙扎？」

「爲了存活而拚命掙扎的人，才能存活下來，不是嗎？」

「嗯……」我應了一聲，腦中回想起蔦原父親的故事，以及土屋那副沉著冷靜的表情，接著說，「我也這麼認爲。」

此時已是晚上七點多，我猜想女兒未來已經等得心焦，因此走得愈來愈快。我抬頭仰望位於公寓五樓角落的家，發現陽台上似乎佇立著兩道人影。仔細一瞧，原來是父親和未來。華子也在同一時間察覺，她停下腳步，舉起右手，輕輕喊了聲，「我們回來了。」

我正要跟著舉手，視線偶然移向其他樓層的陽台，才發現人影還眞不少。六樓陽台有兩個人，那是櫻庭夫妻。櫻庭正一邊幫大腹便便的妻子按摩肩膀，一邊欣賞著天空。視線往下移到三樓，那裡站著一對年輕男女，兩人倚靠在欄杆上，同樣仰望著天空。最近在路上經常遇見那個女孩，我記得她的雙親已經過世了。至於旁邊那個神色溫柔的男孩，則是個生面孔。

華子似乎也正在觀察各家陽台，她忽然開口說，「四樓香取家的女兒回來了。」我往四樓陽台望去，那裡站著一對年老夫妻，以及一個年紀和我差不多的女性。「原來他們家有個女兒？」我說。

「聽說已經很久沒見面了……」華子一句話還沒說完，又有一個男人抱著嬰兒自室內走到陽台。我心想，多半是女兒夫妻帶著小孩回娘家來探望父母吧。

「眞奇怪，大家都在陽台上做什麼？」我沿著他們的視線轉頭望向身後的天空。一望無際的天空，泛著點點白色星光，但沒有任何奇特之處，當然也沒有什麼皎潔的明月。

「什麼都沒有，大概只是突然想看天空吧。」華子說。

「會不會是感覺到小行星正朝地球撞來？」我說。

「小修，拜託你別說這麼可怕的話。」

「媽媽！」站在五樓的未來發現了我們的身影。其他樓層陽台的鄰居低下頭來，看見了我們，幾乎在同一瞬間，大家各自在欄杆內打了聲招呼。

9

每當黑夜結束，清晨來臨，我心裡就會產生「世界還在運轉」的念頭。不過那就只是單純的念頭，並非什麼鬆一口氣的安心感。清晨就只是再度降臨而已，就和昨天一樣，我抱著相同的念頭迎接了來自窗外的晨曦。

吃完了早餐的白吐司，父親立刻動身前往屋頂。「眞有耐心。」華子笑著說。「不知道這能不能算勤勞。」我說。過了片刻，我一時興起說，「今天我們到屋頂上瞧瞧如何？」

「好，走吧。」華子想也不想地解下圍裙。未來也興奮地大喊，「屋頂！屋頂！」

「如何，很高吧？」我戰戰兢兢地咬牙爬上瞭望塔，父親對我低聲說。他已爬到塔頂，正坐在頂端的平台上看著我。「上頭只能坐一個人。」父親接著說。我只好抱緊了塔柱，望向遠方。「比我所想的還高得多。」我說道。

「右手邊還可以看見海。」父親說。

我轉頭向右。在街景的後頭是一片汪洋大海，顏色與天空及地面都不相同。

「洪水眞的會從那麼遠的地方淹過來嗎？」我問。這距離給我一種遙不可及的感覺。

「坐在塔上觀賞街道被洪水吞沒，一定很有意思。」

「一點意思也沒有。」我小心翼翼地確認每一步的落腳處，終於回到屋頂的地面時，這才鬆了一口氣。

「爸爸！我也要爬！」未來撲了過來。我將她抱起，讓她坐在我的肩膀上。「不夠高！」未來抱怨。

「如何？」華子問。「比我預期的牢固得多。」我說。

我再一次抬頭仰望瞭望塔。雖然比不上高壓電的鐵塔，但規模已不容小覷。上頭蓋了俯瞰四方用的平台，看起來就像是一座發生危難時警告民眾用的警鐘塔。一旦發生洪水，或許它會變成一根插在深海中的柱子。

「蓋得不錯吧？」父親爬下來後自誇自讚，說得口沫橫飛。

「沒想到竟然是這麼大的一座塔。」

「如果你們希望，我可以在上頭加蓋你們的座位。」

若是平常的我，一定會回答，「多謝你的好意。」但今天我不知是吃錯了什麼藥，竟然應了一句，「這是個好主意。」

「噢？你心動了？」

「我、華子和未來，三個人的座位，還有上下塔的梯子。」

父親聽到兒子給自己出了難題，反而揚起鬍子底下的嘴角，笑著說，「保證讓你滿意。」

「小修，隕石掉下來的時候，我們要坐在這上頭？」華子指著瞭望塔，眉開眼笑地說。

「或許吧。」

我依然抱著小行星根本不會撞地球的一絲希望。或許這一切都是謊言，也或許是某個科學家計算錯誤，卻造成世界陷入混亂，一發不可收拾。我心裡依然存在著這樣的美夢。地球根本不會毀滅，我們可以繼續維持現在的生活。

但我心裡已做了一個決定，那就是倘若世界真的已走到盡頭，再也不可能挽回時，我要來到屋頂，爬上瞭望塔。

屆時我們肯定無法像現在一樣冷靜。我們的雙腳會因膽怯與恐懼而不聽使喚，我們的心臟會快速鼓動，搞不好連登上瞭望塔的梯子也得耗費一番苦心。

但是我、華子以及父親一定會使盡吃奶力氣往上爬。即使被來自四面八方的洪水嚇得臉色發白，即使因絕望而難以呼吸，我也會抱著女兒朝著塔頂前進。我一定會做到。

當周圍的水面迅速上升，這棟建築物已經遭到滅頂，我會抱著未來在塔上挺直腰桿、高舉雙手，盡量讓未來待在最高的位置。即使只是高一公分，甚至是一公釐也好。如果有其他人向我求救，或許會被我踢下水。總之我會將未來高高舉起，讓她活得更久，即使只多一分鐘，甚至是一秒鐘也好。對，我一定會這麼做的。

那幅景象或許窩囊、醜陋且令人搖頭嘆息。我拍了拍垂在肩膀上的女兒的腳，「到時候爸爸可能會手忙腳亂，妳要原諒爸爸。」

華子聽了我這句話，或許察覺了我心中的想像，附和說，「是啊，一定會手忙腳亂的。」

「修一，你還記得嗎？」父親站在我身旁說，「從前你說想死，我告訴你，山頂的景色一定不會讓你失望。」

「那口氣跩得跟什麼一樣。」

「這塔頂上的景色，已經是我的最大努力了。」

「我知道。」

我走向鐵網，朝公寓外的遠方眺望。格狀鐵網另一頭的街景，呈現一片祥和與靜謐。華子也來到我身旁。

我看見兩個男人，以輕盈的步伐奔跑在遠方公園旁的馬路上。這兩個男人身穿短袖T恤及短褲，看起來像是格鬥家。他們停下腳步，扭了扭腰，接著突然迅速甩動手腳。即使相隔遙遠，我依然能感受到兩人身上散發出的熱氣，甚至看得見他們身上揮灑出的閃亮汗滴。好美，不僅美，而且強悍。我不知道這兩個男人在那裡運動，是在進行一場訓練，還是單純想要維持健康。但他們默默擺動身體的模樣散發出一種強而有力的信念，讓我產生一種錯覺，彷彿他們永遠都在那裡，永遠都在做著同樣的事情。

我看得渾然忘我，直到兩人進入建築物後方，一股寂寥的情緒湧上心頭，令我不禁深深嘆了口氣。

「殺也殺不死！殺也殺不死！」坐在我肩上的未來突然這麼喊。我再度仰頭，望向眼前那座堅固雄偉的瞭望塔。父親僅憑雙手將木材以繩索一根根綁住，竟然能蓋出這樣的龐然大物，怎能不令我嘆服？我將手搭在華子的肩上，將她摟了過來。

謝辭

感謝東北大學理學研究所的土佐誠先生（現任仙台市天文臺臺長），以及仙台市天文臺的小石川正弘先生在百忙中撥冗接受採訪。過程受益良多，在此致上由衷的謝意。小石川先生甚至讓我參觀了府上庭院內的望遠鏡，更是感激不盡。

採訪的內容包含許多寶貴的意見，例如「絕大部分小行星的軌道都已經確定，衝撞地球的可能性相當低」、「科學家不太可能在八年前就宣布小行星一定會撞上地球」、「比起小行星，彗星撞地球的可能性較高」等等。即使如此，本作品中還是包含許多錯誤的觀念，那是因爲我個人認爲「既然是虛構故事，多一點幻想也挺有趣」。我必須在此申明這並非兩位專家的疏失，也希望諸位讀者不要誤以爲這本書裡關於小行星撞地球的資訊都是正確的。

與我頗有交情的仙台詩人武田浩二先生告訴了我一些有趣的典故，這些也都反映在本作品裡，在此向他致謝。

〈鋼鐵羊毛〉這一篇的誕生，源自於我爲了其他作品，參觀踢擊訓練中心「治政館」。觀摩了魄力十足的練習場面，並與館長長江國政先生及武田幸三先生對談後，我深深爲兼具幽默與嚴肅的武田先生所吸引。「就算世界末日來臨，這些人還是會繼續練習下去吧。」「我好想寫一篇關於他們的故事。」這些想法在我心中油然而生。假如有讀者喜歡這則短篇故事中的格鬥家苗場，我相信那全得歸功於在我眼中的武田幸三先生實在是一位太有魅力的人物。在此向治政館的諸位，以及居中引介的攝影師藤里一郎先生致上最大的謝意。

解說

生而在世，死而無憾

陳文津

※本文涉及謎底，請讀完正文再行閱讀

那天下午，全公司拋下會議隔著螢幕看網路直播，海嘯掃過房屋、汽車和平原，瓦斯氣爆引燃的火花在海上漂浮。再過幾個小時，據說基隆水位即將上升，抬頭看時鐘四點半，還不到下班時間，我跟同事說再見，雖然公司在九樓，回家反而是往低窪的地方，但就算能在公司僥倖存活，如果要跟老闆共度剩下的人生，還不如死了算了！電梯往下。再會了，還沒寫完的小說。再會了，還沒結束的漫畫。早知道昨天就把遊戲破關……對了，老闆欠我的補假還沒還吧？三一一地震讓我看見生命的終點，死亡像跳樓大拍賣，把我們的人生一次出清，到了這個關頭，才發現自己拿在手上的東西所剩無幾。

二〇〇五年，伊坂幸太郎出版《死神的精確度》，將死亡這個主題化作一名愛聽音樂的死神千葉，陪伴將死的候選人度過最後時光。二〇〇六年，《末日愚者》延續這個主題，但這次不是個人和家庭的事件，而是升級爲全球性的災難：八年後，小行星即將撞上地球，無人能改變這場悲劇。但書中故事開始的時候，我們只剩三年。除了小行星這個設定，這八個家庭及其延伸出來的問題是：「你準備好迎接世界末日了嗎？」

無論是不治之症、自然災害，還是命中註定的意外，如果可以看見自己的終點，要怎麼做才能沒有遺憾？人必須死，目前沒有例外，重要的是剩下的日子我們要拿來做什麼？

一、回家

你想回家嗎？〈末日愚者〉康子從小生活在成績和名次的陰影底下，爸爸很頑固，傷害了別人也不知道，就算知道也不願意認錯，父女倆斷絕聯絡好幾年，就連祖父的葬禮都沒講話。這天，她從外地回到仙台，多年恩怨當然不會煙消雲散，死去的哥哥也不會重生，可是，就算再怎麼不願意，人生只剩下三年的時候，可能還是會回家一趟，因爲見不到最後一面往往會變成遺憾。反正人生到了最後，你說不定已經能用另一個角度來看待當初的傷害了。

就在這個社區「山丘小鎮」五樓，這家的渡部爺爺也是個怪老頭，本來在山形縣老家獨居，但鄰居受不了小行星撞擊的刺激，憤而縱火燒屋，爺爺只好打包行李跟兒子住，每天在屋頂上蓋瞭望塔，但父子突然回到同一個屋簷下生活，即使是有血緣關係的兒子也不懂老爸到底在想些什麼……

二、（多元）成家

有家可歸算是幸福的人，有些老人和孩子被孤零零丟在這個世界，本來的家庭支柱扛不住重擔，先走一步。但就算無家可歸，也可以自己建立一個家啊。

〈戲劇船槳〉前劇團女演員走下劇院的舞台，卻扮演起別人的姊姊、女友、孫女和母親，就像園子溫導演的《紀子出租中》，「扮演家人服務」讓人們的心靈獲得一點點慰藉，但一不小心就會發生慘劇，幸好這是伊坂的小說，最後大夥都得到幸福的答案。

二〇一一年三一一地震之後，「災後婚」蔚爲流行，人們想和身邊的人締結更深的關係，因此結婚率高於往年，但另一方面也引爆了離婚潮，追求自己的人生。無論結婚還是離婚，進入或逃出這座圍城，災難都給了我們勇氣，決定剩下的人生。

三、此仇不報非君子

〈困獸啤酒〉辰二和虎一兩人潛進山丘小鎮，爲死去的妹妹報仇。因爲媒體刻意聚焦在受害的妹妹身上，新聞主播還煽風點火，結果妹妹抵擋不住媒體暴力而自殺。既然世界末日都要來了，死沒什麼好怕，社會上又是一片混亂，法律不能做的，就靠自己的力量來解決吧！如果有一天，你成了代理死神，腦袋浮出的名字會是誰的？受害與復仇這個主題，一直是伊坂作品中的重點。

其實當初加害的新聞主播杉田，連三年都覺得太長，和妻子和女兒準備了牛排、紅酒、穿戴整齊，全家就要共赴黃泉，不料半路殺出了辰二和虎一，贖罪應該還有別的方式。但《天體之夜》的矢部沒這麼幸運，他剛剛完成復仇，忽然起念去拜訪年輕時代的朋友，打算等一下就要到天上和妻子相聚。

世界末日對於加害者和受害者來說，或許沒有太大的意義，因爲他們的世界早就崩毀，如果不原諒的話，就永遠走不出這個黑洞。

四、魯蛇人生逆轉勝！

沒想到吧？世界末日竟然也有好處。經營直銷失敗的媽媽，因爲世界末日不用付房貸和欠款。大部份的民眾也不必工作，存什麼會破產的養老金。罕病兒的父親終於可以放心，不用怕自己比孩子早過世，三年後一起歡喜迎接世界末日。觀星狂二宮說：「雖然對全世界有些過意不去，但我眞的很慶幸自己是個喜歡星星的人。」死在心愛的行星底下，對他來說應該是最浪漫的事了，唯一的煩惱是，希望行星落下的時間是晴朗的晚上，否則無法清楚觀測。無論三年後的天氣如何，二宮無疑都是幸福的吧。那個時候，苗場一定也在做「我唯一能做的事情」，揮出下一個拳頭。五科總分四百七十二的田口美智把書讀完了，但八成又訂下了什麼奇妙的目標。印度演員一樣在隱居，渡部爺爺仍然在屋頂蓋瞭望塔。

伊坂曾在謝辭提及，彗星撞地球的機率比較大，但他無論如何就是想這麼寫。選擇小行星，會不會是因爲行星有自己的軌道呢？如果能建造自己的軌道，就算世界末日來了，也不能改變你的動向。

再三年、三個月或三天之後，世界末日也許就要籠罩大地，到那時候，你還有什麼事情沒做？是回家、成家還是報仇呢？三一一那天下午，在基隆漲潮之前，我決定回家陪媽媽和貓，只恨公車司機不能開快一點。當然，那天台灣岸邊只微微升起了幾公分而已，但在那電光石火之間，我才發現生而在世，覺得抱歉就實在太浪費了，人生就該像伊坂的小說一樣痛快無憾啊！

作者簡介

陳又津，臺北三重人，專職寫作。台大戲劇學研究所劇本創作組碩士。

活躍於編輯出版、廣告文案及劇本領域，關注移民、都市更新與長期照護議題。

出版有小說《少女忽必烈》、《準台北人》。

伊坂幸太郎作品集22

末日愚者

終末のフール

作　　者　伊坂幸太郎
翻　　譯　李彥樺
原出版社　集英社
責任編輯　張麗嫺
行銷業務部　徐慧芬
版 權 部　吳玲緯、楊靜
編輯總監　劉麗眞
總 經 理　謝至平
榮譽社長　詹宏志
發 行 人　何飛鵬
出　　版　獨步文化
城邦文化事業股份有限公司
115台北市南港區昆陽街16號4樓
電話：(02) 2500-0888　傳眞：(02) 2500-1951
發　　行　英屬蓋曼群島商家庭傳媒股份有限公司城邦分公司
115台北市南港區昆陽街16號8樓
讀者服務專線：(02)2500-7718；2500-7719
24小時傳眞服務：(02)2500-1990；2500-1991
服務時間：週一至週五　上午09:00～12:00　下午13:00～17:00
讀者服務信箱E-mail：service@readingclub.com.tw
劃撥帳號：19863813　戶名：書虫股份有限公司
香港發行所　城邦（香港）出版集團有限公司
新址：香港灣仔駱克道193號東超商業中心1樓
電話：(852) 25086231　傳眞：(852) 25789337
E-mail：hkcite@biznetvigator.com
馬新發行所　城邦（馬新）出版集團　Cite(M)Sdn Bhd
41, Jalan Radin Anum, Bandar Baru Sri Petaling,
57000 Kuala Lumpur, Malaysia.
電話：(603) 90578822　傳眞：(603) 90576622
email:cite@cite.com.my

城邦讀書花園
www.cite.com.tw

美術設計　高偉哲
校　　對　吳美滿
排　　版　陳瑜安
印　　刷　前進彩藝有限公司

初　　版　2015年（民104）11月初版
2024年（民113）4月初版4刷
定價　340元
ISBN 978-986-5651-41-1

國家圖書館出版品預行編目資料

末日愚者／伊坂幸太郎著，李彥樺譯．初版．-- 台北市：
獨步文化，城邦文化出版：家庭傳媒城邦分公司發行，
2015〔民104〕
面；　公分．--（伊坂幸太郎作品集：22）
譯自：終末のフール

ISBN 978-986-5651-41-1（平裝）

861.57　　　　104018494